Мария
Метлицкая

Вечный запах
флоксов

сборник

ЭКСМО
Москва
2015

УДК 821.161.1-3
ББК 84(2Рос=Рус)6-44
М54

Художественное оформление серии
П. Петрова

Метлицкая, Мария.

М54   Вечный запах флоксов : сборник / Мария Метлицкая. — Москва : Эксмо, 2015. — 320 с. — (За чужими окнами. Проза М. Метлицкой и А. Борисовой).

ISBN 978-5-699-79484-3

Что такое счастье? Большинству кажется, что счастье — это что-то особенное. Оно обязательно наступит, только надо дождаться. А обычная жизнь — репетиция, подготовка к той самой счастливой жизни. И только немногим дано уже в молодости понять, что счастья не надо ждать, его надо искать в самых простых вещах: в солнечных лучах, которые тебя будят по утрам, в звучании любимых мелодий, в смехе ребенка. Мир на самом деле состоит из счастливых мужчин и женщин, которые каждый вечер встречаются за ужином у себя на кухне, разговаривают и пьют чай, строят планы и смотрят телевизор, проверяют уроки у детей и решают кроссворды. Они знают, что их ждут и что они нужны. Это и есть счастье.

УДК 821.161.1-3
ББК 84(2Рос=Рус)6-44

ISBN 978-5-699-79484-3

Соленое Черное море

Мария смотрела на дочь, едва скрывая презрение и брезгливость. От этого ей было даже слегка неловко, но... Ничего поделать с собой она не могла. Бестолковая дочь вызывала именно такие чувства. А еще — жалость и разочарование.

Люська же сидела у окна замерев, почти не дыша, вытянув тонкую белую шею. Пожалуй, не было такой силы на свете, которая оторвала бы ее от этого занятия. Впрочем, это было не то чтобы занятие — это был смысл Люськиного существования. Поджидать *этого*.

Днями, ночами — как уж сложится. А складывалось по-разному. *Этот* — а иначе Мария его не называла — мог явиться и поздно вечером, и далеко за полночь. А мог и «утречком», как говорил он сам. То есть часов в семь, особенно по выходным, когда все приличные трудящиеся люди имеют право на заслуженный сон. Загадывать было сложно.

Этот — по паспорту Анатолий Васильевич Ружкин — был хозяином своей жизни. Да ладно бы своей... Он был хозяином и ее жизни, Люськиной — жалкой, животной, убогой, — вот в чем беда!

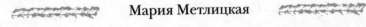

Люська жила от прихода до прихода Анатолия Ружкина. А в промежутках как будто спала. Вот и сейчас, услышав стук подъездной двери, чуть привстала, вся подалась вперед, на шее набухли голубые вены, белую кожу залила яркая краска и... Она застыла.

В дверь никто не позвонил. Люська снова опустилась на табуретку, и алая краска моментально сошла с ее острого, худого, измученного лица. Теперь она была мертвенно-бледной — побелели и сжались в полоску даже тонкие Люськины губы.

Мария встала со стула, громко крякнула и шарахнула чашкой об стол.

Люська вздрогнула, глянула на мать и тут же отвела отсутствующий, почти неживой взгляд.

Мария тяжело подошла к окну и задернула занавески. Люська метнулась и занавески отдернула.

Мария встала над дочерью, уперев руки в бока, — крупная, почти огромная, — она возвышалась над тощенькой, хилой Люськой, и ее взгляд не обещал ничего хорошего.

Тихо, почти умоляюще, дочь произнесла:

— Мама! Пожалуйста, не надо!

Мария громко вздохнула, со стуком передвинула стул и, болезненно скривившись, махнула рукой.

— Ну, валяй, бестолковая! Ты ж у нас на помойке найдена!

Люська тоненько завыла, и Мария, тяжело перебирая полными больными ногами, вышла из кухни прочь.

Ничего не поделаешь, только последнего здоровья лишишься. Слабая эта дурочка — ни характера, ни гордости, ничего от Марии. Ветром сдувает — сорок три кило удельного весу. А ведь уперлась!

И кто бы подумать мог! Вот чудеса. Не прошибешь и не сдвинешь. Вот она, кровь Харитиди!

Только бы не для этого случая... Вот в чем беда.

Мария вошла в комнатку и тяжело опустилась на стул. Ходить тяжело, дышать тяжело, жить тяжело. Все тяжело. Такая тоска на сердце... Хоть волком вой. И такая тоска от бессилья — ничего не может исправить, ни на что повлиять. Всю жизнь все могла, а тут... Словно лишили ее, Марию, ее магической силы. Со всеми бедами справлялась, как бы ни было тяжко. А Пигалица эта, сопля килограммовая. Всю жизнь — мамочка, как скажешь, мамочка, как ты хочешь!

А тут рогом уперлась, и хоть бы что. Ни страдания материны, ни сплетни, ни пересуды по городку — ничего не берет эту дуру. Как опоили!

Мария ходила к гадалке — живет такая ведьмака в соседнем поселке. Чистая баба-яга. Злая, резкая, зыркнет — сердце падает в пятки. Марию так просто не купишь — взгляд ведьмакин вынесла, не моргнула. Не на ту напали! Ведьма это почувствовала и даже предложила чаю. Мария отказалась — чай пьют с друзьями и с соседями, а я тебе, старая, деньги принесла. Да и не до чаев мне, беда у меня большая.

Ведьма прищурилась и рассмеялась неожиданно молодым и звонким смехом.

— Вот это беда? Глупая ты! — А потом грустно добавила: — С таким тут приходят, а ты....

Как укорила — время вроде бесценное отнимаешь.

Не понять ей — бездетная. Не понять, что, когда твое дитя пропадает — для матери это *горе*! И неважно, от чего пропадает это самое дитя!

Но — деньги-то плачены! — карты раскинула, кофе черный заварила, выпить заставила. Долго изучала дно чашки, а потом, вздохнув, объявила:

— Никакого приворота тут нет. Да и кто его сделает, если не я? А ко мне «по данному вопросу никто не заявлялся». А что «присушил» — так это бывает! —

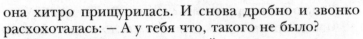
она хитро прищурилась. И снова дробно и звонко расхохоталась: — А у тебя что, такого не было?

Мария устало махнула рукой.

— Да при чем тут я? Не обо мне речь! Моя жизнь прошла! А тут — дитя! Единственное! Рожденное поздно, я уже и не ждала! Нет больше горя для матери, чем вид горемыки-ребенка!

Ведьма посерьезнела и строго спросила:

— Горемыка, ты говоришь? А вот это, милая, не тебе решать!

Разозленная Мария, не попрощавшись, пошла к двери.

Гадалка крикнула вслед:

— Деньги свои забери! Не было у меня с тобой работы!

Мария, не обернувшись, махнула рукой.

— Да подавись ты! Будешь еще мне указывать!

— Советовать! — поправила ведьма. — Не лезь в это дело. Ничего у тебя не выйдет, — тихо добавила она. И твердо повторила: — Ничего! «Любовь» это все называется. Поняла?

Мария вышла во двор. «Ну а вот это мы еще посмотрим! Видели мы таких. Умных и прозорливых».

Только громко хлопнув калиткой и спустившись по улице вниз, она остановилась отдышаться. Чертов вес, чертово наследство. Чертовы гены.

Чертова жизнь! Мать рожает дитя на счастье! А видеть, как гибнет ребенок...

Нету чернее горя. Нет.

* * *

Если подумать, вся жизнь Марии была сплошным испытанием. С самого детства.

Мать ее, красавица Татьяна, утонула, когда девочке исполнился год. Родилась на море, прожила всю свою короткую жизнь на море и — утонула. Местные тонули нечасто — только если по пьяни. А молодая женщина была трезва как стекло. Говорили, мол, сердце больное. Какое больное в восемнадцать лет? Отец, Харлампий, обожавший жену, к дочке не подходил лет до трех, отдав ее на воспитание своей старшей сестре, Марииной тетке Христине.

Тетка была задерганной, нервной — своих трое по лавкам, а тут еще и чужая девочка. Ну, не совсем чужая... Только Таньку, свою невестку, она не любила. Считала, что околдовала брата белобрысая стерва. Вот ее бог и наказал. Грешно так говорить, а ведь правда!

И невесту уже брату сосватали — из Краснодара привезли. Хорошая семья, не нищие, да и невеста с лица приятная. Из своих, из греков. А тут она, соседушка, подвернулась. Весь поселок за ней табуном — как с ума посходили. И братец первый. Высох весь, почернел. Потом поженились — не свадьба была, а поминки. Все Харитиди рыдали. Любимый сын, гордость родителей, а тут такое!

Шалава безродная. Нищая. Правда, красавица — ничего не скажешь. Волосы спину закрывают, глаза голубые. Тощая, однако. Какая из нее работница? Смешно. А уж про семью и говорить нечего — папаши нет как не было, а мать, Зойка, на приеме стеклотары — с утра глаза зальет, и анекдоты с матюками на всю улицу. Хороша родня! Врагу не пожелаешь. Танька-то, правда, тихая была, не скандальная. И мамаши своей стеснялась.

Только все это утешение слабое. И простыня в крови после первой брачной ночи — как положено у честных людей — тоже.

Чужая. Чужее не бывает. Хлопотливые сестры Харитиди весь день у плиты, у корыта и при детях.

А эта? Ни косые взгляды, ни замечания старших ее не беспокоят. Сядет под черешней на лавочке и — читать. Книжки замусоленные — из библиотеки. Про любовь, не иначе. А этот дурак с работы придет и поесть забывает — сядет возле нее и по ручке гладит.

А сестры и невестки судачат, перешептываются. А в душе завидуют! Никому из них не выпало такой любви и такого счастья. Ни одной! Вот и злобствуют — черные, как галки. Волосы жесткие, словно проволока. Носатые. И волосам ее шелковым завидуют — текут по спине как река, переливаются. А Харлампий эти волосы гладит и рукой перебирает. Огромной своей черной ручищей, взглянешь — и то страшно.

Не приняла родня молодую жену Харлампия. Ни красавицу жену, ни веселуху тещу. А теща и вправду была развеселая. Особенно после стакана. Нет, горькой пьяницей Зойка-приемщица не была. А вот выпить любила. Пила сладкий портвейн «Южный», закусывая подгнившим персиком. Когда-то и Зойка считалась красавицей... Правда, до дочки ей было как до луны. От кого родила она Таньку, Зойка, похоже, и сама не помнила. А шлейф ее молодых загулов все тянулся и тянулся, падая черной тенью на репутацию дочери. Да и сейчас у Зойки было полно кавалеров. Правда, таких, что и говорить не стоит. Домишко Зойки стоял аккурат напротив огромного, крепкого дома Харитиди — одна улица, утопающая в зелени пирамидальных южных тополей, душистой акации и нагло выпирающих из-за заборов разлапистых георгин и разноцветных душных флоксов.

Домик Зойке достался от родителей, сбежавших после войны из голодного Поволжья. Уже тогда, в далекие пятидесятые, домик был неказист и продуваем острыми и колючими зимними ветрами. Старик-отец, громко стучавший деревянным протезом по мостовой, хозяйство свое нехитрое еще как-то поддерживал, а как помер, так все и развалилось. Зойка в загулах, бабка, Зойкина мать, старуха.

Однажды Зойка исчезла — говорили, ушла с проходившим мимо цыганским табором. Правды никто не знал, и спустя полгода Зойку «похоронили». А еще через пару недель «покойница» вернулась — пузатая — и в срок родила дочь. Вот только на цыганку белобрысая Танька была нисколько не похожа.

Растила Таньку полуслепая бабка. Да как растила — и смех, и грех. Сидела девчонка в кустах и ковырялась в головке подсолнуха, вытаскивая сыроватые сладкие семечки. С детворой на улице не гоняла — выйдет за калитку, постоит молча и — обратно в дом.

Дразнить ее не дразнили — уже тогда, в детстве, Танькина красота ослепляла, а вот придурковатой считали.

В доме напротив, в большой, крепкой, как и сам дом, семье Харитиди чернявые и шумные, но дружные дочери и снохи убогих соседок жалели — когда полкурицы, только что зарезанной, еще истекающей теплой кровью, отнесут. Когда ведро помидоров — у «лентяек» даже это не растет. И это на жирной, словно маслом пропитанной, теплой южной земле! То подкинут яиц из-под пестрой несушки, а то угостят пахлавой, приторно-медовой сладостью, так любимой этим шумным и щедрым народом.

Зойка благодарила скупо: «А это еще зачем?»

Губы поджимала, но брала, чуть скривив в смущении и словно в презрении красивый, сочно накрашенный рот.

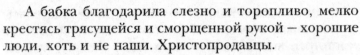

А бабка благодарила слезно и торопливо, мелко крестясь трясущейся и сморщенной рукой — хорошие люди, хоть и не наши. Христопродавцы.

А двенадцатилетняя Танька на бабку цыкнула:

— Наши! Потому что православные. — И с усмешкой добавила: — Что б ты понимала!

Бабка внучке не поверила, но в спор не вступила — только заворчала и махнула рукой.

Харлампий Харитиди влюбился в соседку лет в десять. Или по крайней мере стал на нее заглядываться. Это заметила мать — заметила и усмехнулась. Да гляди на здоровье! Хоть все глаза высмотри. Глядеть-то гляди, а из башки дурной выкини. Не нашего поля!

Так и сказала сыну спустя пару лет, когда шалый сын мотался под соседским забором и перекидывал туда записочки с камушком, перетянутые шпагатом и сорванные в родительском саду пышные и пахучие розы.

А уж когда он объявил о женитьбе... Вот тут разразился нешуточный и громкий скандал.

Кричали все — большая семья, южный крикливый народ. Грозились выгнать из дому, грозились отринуть от родни. Грозились, грозились... Потом уговаривали. Братья и шурья уселись на лавки широкими задами и достали по-родственному бутылочку. Хлопали «бестолочь» огромными ручищами по мускулистой спине — и снова уговаривали забыть эту «девку».

Случилась и драка — так, короткая и незлобная. И снова возникла бутылочка. Напоили Харлампия, а толку чуть — все равно мотал большой, кудрявой, черной упрямой башкой и повторял как заведенный: «Танька, Танька — и все. Не примете — уйду туда, к ней. Достанете — уедем совсем. Страна большая, нам места хватит».

Родня уложила пьяного олуха и дружно расселась за огромным обеденным столом на крытой летней кухне. Все вперемежку — родители, сестры, братья и прочая, уже давно «родная кровь». Посовещались — шумным шепотом, боясь разбудить «женишка», да где там! Спал счастливый и несчастный Харлампий крепким сном, из пушки не разбудишь.

Посовещались, переругались и постановили — жениться дурака «отпустить». Парень горячий — как бы чего не случилось! А эту моль белобрысую... Ну, потерпим. Куда деваться! Горе, конечно... Да что тут поделать. Нет сейчас у детей уважения — ни к родителям, ни к обычаям. Такие времена!

Зойка узнала о грядущем событии от присланных сватов — все честь по чести, надо же оставаться людьми! Сватов за стол усадила и налила чаю в разнокалиберные чашки. Сваты поморщились и достали шампанское и шоколад.

Зойка оживилась, махнула бокал и — принялась нахваливать свой «товар».

Сваты быстро свернулись, скупо и с явным недоверием ответив:

— Посмотрим!

Теперь счастливый Харлампий прогуливал законную невесту по родной улице и набережной, где угощал любимую мороженым крем-брюле.

Сыграли свадьбу, и молодые зажили. В доме Харитиди им выделили большую светлую комнату окнами на юг. Харлампий просыпался по-рабочему — рано и, подперев лобастую голову огромной ладонью, со счастливой улыбкой любовался спящей молодой женой. Танька морщилась от солнца, сводила тонкие светлые брови и зарывалась лицом в пышную пуховую подушку, одетую в крахмальную кружевную наволочку.

А он целовал ее в тонкое белое плечо и резко выскакивал из теплой постели, пахшей душистым, медовым телом жены.

Надо было торопиться на работу. Стройка начиналась с раннего утра — строили новый санаторий, очередную советскую здравницу.

На кухне терлись широкими задами женщины Харитиди — готовили мужьям и братьям сытные завтраки. Ставили и перед ним большую тарелку с дымящимся мясом, миску с помидорами и сдерживали тяжелые вздохи. Где это видано, чтобы жена не провожала мужа на работу? Не подавала полотенце у уличного рукомойника, не ставила перед ним тарелку с жарким, не наливала густой, почти черный от крепости чай?

Где это видано? Где видано, чтобы молодая спала и не шелохнулась? В каких приличных домах? Когда сноха вставала позже свекрови? Позор, одно слово! Снохи и золовки бросали друг на друга красноречивые взгляды, снова громко вздыхали и осторожно качали головами.

А счастливый муж жадно и торопливо проглатывал завтрак — жадно, потому что после ночи любви сильно проголодался. А торопливо, потому что надо было еще успеть заскочить в комнату и... Еще раз поцеловать молодую жену в теплое плечо. А если уж совсем повезет — то в чуть приоткрытые, горячие и такие сладкие губы.

Искус обрушиться рядом на белые простыни был так велик, что становилось страшно — вот опоздает он на работу, и точно — совсем засмеют!

И братья, и товарищи! Подденут: «Что, брат? Такая сахарная, что и не оторваться?»

Он, конечно, не ответит, пропустит мимо ушей, только сильнее сожмет упрямый рот.

Что они понимают? У них — *все не так.*

Потому что так, как у него, Харлампия... И вообще, у них с Танькой... Нет ни у кого на свете! Вот это — наверняка.

А Танька спала. И снились ей розовые облака и голубое — вот чудеса! — солнце. Проснувшись, она пугалась своих снов — ну у кого такое бывает? И поделиться страшно. Никто не поймет — даже муж.

Ее не заботили косые взгляды родни. Казалось, ее вообще ничего не заботило: хозяйничать ей было не нужно — полный двор опытных женщин, на работу ее не отпускал муж. Так, почитает, сбегает к матери — благо совсем близко, напротив. Посидит у себя в саду под черешней, поглядит в ясное небо. Послушает мать — да что там слушать! Стыдилась она матери — ну, когда та под газом ходила. Стыдилась ее громкого голоса, грубых ругательств, насмешек над новой родней.

— Не поддавайся, Танька! — смеялась она. — А то запрягут тебя, как вола ломового! Знаем мы этих!

Кого «этих», Танька не уточняла. К вечеру мать начинала нервничать и поглядывать за калитку. Было понятно, что ждет очередного хахаля.

Танька медленно поднималась и медленно шла к калитке. В новый дом идти не хотелось — в своем старом, маленьком и знакомом, было лучше — привычнее, уютнее, а главное — тише.

В мужнином доме не говорили — орали. Семья большая. Пока всех за стол соберешь — горло сорвешь, ей-богу. Детей полон двор, носятся весь день, старики сидят под тутовым деревом — там самая тень. Стариков было трое — бабушка Елена, сухонькая, седенькая, в глухом черном платье и косынке на голове. Ее сестра Кула — та еще древнее, лет сто, не меньше. Кула уже не разговаривала — смотрела

15

в одну точку и вытирала сухой ладонью постоянно набегающую слезу. И дед Павлос — муж этой самой Елены. Мать и отец Харитиди. Древние, как тутовое дерево, под которым они сидели. Собственно, он, Павлос, и застолбил в тридцатые годы эту землю на пригорке — тогда совсем сухую пустошь с одиноким кустом ореха у самой дороги. Привел туда молодую пузатую жену — рожать Елене было совсем скоро, — и заселились они в землянке. Там, в землянке, и родился их сын Анастас, брат Харлампия. А спустя год на земле уже стоял дом — в три комнаты, вытянутый и плоский, рассчитанный на большую семью. Детей Елена рожала дома, и Павлос, услышав протяжный и глухой стон жены, мигом бросался на соседнюю улицу — за повитухой.

Та, полная, даже раздутая какой-то сердечной болезнью, с трудом поспевала за беспокойным папашей.

— Успеем! Не кошка ж! — причитала повитуха, припадая на обе ноги.

Не кошка, а два раза не поспели — одного Елена уже выдавила из своего обширного нутра, но подхватить успели. А вот девочку не спасли — лежала она у Елены в ногах, обернутая, словно спеленутая пуповиной, и всем было ясно, что дело тут — увы — уже непоправимое.

Пятерых родила Елена — могла бы и больше. Крепкая была баба, здоровая. С быком управлялась точно заправский мужик. А заболела совсем рано — едва перевалило за полтинник. Слабая стала — ни ножа в руке удержать, ни кастрюлю поднять, ни курицу ощипать. Болезнь была неизвестная и непонятная — врачи, по которым таскал жену Павлос, качали головами и говорили, что ослабела она от родов и тяжелой жизни. Павлос не верил — когда это женщины ослабевали от родов и домашней работы? И верить врачам перестал. Только молился, чтоб бог подержал на земле Елену подольше.

Хозяйкой в доме стала старшая дочь Христина.

Братья Харитиди — Анастас, Димитрос и Харлампий — были непьющие и работящие. Сестры, Христина и Лидия, сами искали братьям невест — серьезное дело привести в дом человека. Со всеми сладили, даже с капризным Дмитрием. А вот с Харлампием, дурачком, не смогли...

Танька приходила домой аккурат к приходу мужа. Ждала не на кухне, где вечером собиралась семья. Ждала у себя в комнате.

Он вбегал в комнату запыхавшись.

— Гнались? — улыбалась счастливая Танька.

Харлампий мотал кудрявой башкой и махал рукой — какая разница!

И вправду, какая разница? Они так успевали соскучиться друг по другу, что неведомые силы подбрасывали, кидали в объятия, словно приклеивали друг к другу и... Они застывали.

Через час, надышавшись друг другом, они выходили к столу. Ужин уже подходил к концу, и проворные хозяйки спешно и ловко накрывали чай.

Глядя на молодых, кто-то усмехался, а кто-то недовольно хмурился.

А тем все нипочем! Тарелку с горячим супом ставила перед братом Христина, сестра. Чай наливала жена брата Агния.

Танька отламывала по кусочку хлеб и макала его в тарелку мужа. После чая, не принимая участия в шумных и бесконечных семейных разговорах, они молча вставали из-за стола, брали друг друга за руки и снова уходили к себе.

А на огромной, словно танцплощадка, летней веранде — три сдвинутых вместе стола, длинные

лавки, две газовые плиты в ряд, два холодильника, не справляющиеся с жарой и оттого шумно фыркающие и трясущиеся, словно больной в лихорадке, еще долго сидела семья — три поколения очень похожих друг на друга людей.

Чужих здесь не было — чужая женщина с белыми, летящими за тонкой спиной, легкими, словно ветер, волосами уже крепко спала в своей комнате, прижавшись острой и нежной скулой к могучему, темному от солнца и колючему от жестких, курчавых и густых волос плечу мужа.

На веранде народ постепенно рассасывался — сначала загоняли в дом ребятню. Потом подростков. Дальше провожали стариков, нежно поддерживая их под острые локти.

Потом уходили мужчины — завтра снова рабочий день. А женщины, усталые, замученные, вытирали мокрой тряпкой липкие клеенки, заталкивали вечно не помещающиеся кастрюльки и плошки в холодильник, гоняли веником упавшие со стола крошки и корки и, широко зевая, не забывали в который раз упомянуть вредных соседок, взлетевшие на базаре цены и, разумеется, дурака братца с «этой его белобрысой нерадивой козой».

Поговорили, и ладно. Последняя щелкала выключателем и наконец, устало перебирая ногами, шла к себе. Услышав за дверью храп мужа, шептала: «Слава те, Господи», — и тихонько, словно тень, просачивалась в комнату. Не дай бог разбудить — а то начнется! Харитиди — мужики крепкие, разбуди среди ночи — пожалуйста, никаких отговорок.

Знаем мы этих мужиков, им-то все нипочем! А сил-то совсем не осталось....

Дай бог доплестись до кровати...

Прошло два года, а Харлампий с Танькой ничуть не остыли. Все было по-прежнему. По-прежнему Танька читала в саду свои затрепанные книжонки, по-прежнему не спешила помочь золовкам и невесткам, словом, по-прежнему плевала на всех. И всем надоело обсуждать эту тетеху — больная на голову, что говорить. А то, что опоила этого дурака, итак понятно. Да кто бы в здравом уме из мужчин Харитиди смирился с таким позором!

Не сама опоила, так ее мать, Зойка-пьянчуга. Захотела пристроить девку на сытные хлеба! И под боком, напротив, и как сыр в масле.

Зойка к Харитиди не заходила — гордая! А если и случалось, то за стол не садилась, хотя жадно оглядывала великолепие щедрого и обильного стола.

Да и чувствовала отношение — что говорить. И к себе, и к своей бестолковой Татьяне.

А когда Христина или Лидия бросали в сердцах:

— Кого ты вырастила, Зоя?

Та зло прищуривала все еще красивые глаза и с недоброй усмешкой заявляла:

— И что? Вот вы, курицы, целый день хлопочете, целый день у плиты и у корыт! А мужики ваши вам за это хоть раз спасибо сказали?

Сестры, набычившись, молча ожидали продолжения.

И Зойка воодушевленно продолжала:

— Вот именно! А Таньку мою дурачок ваш на руках носит. Пылинки сдувает. И никто ему, кроме нее, нерадивой, не нужен! Что, съели? — Зойка победоносно оглядывала растерявшихся женщин.

Наконец кто-нибудь отвечал:

— Стыда на вас нет!

И все подхватывали эти слова, и начинался негромкий шелест.

— Нет! — соглашалась Зойка. — Объела вас моя Танька? Объегорила? Отобрала чего? Украла? Может, уважения не выказала?

Сестры удрученно молчали. Ела Танька меньше воробья, грубить не грубила, просить ничего не просила. Дурного слова ни про кого не сказала. Словно не живая баба в дом заселилась, а бесплотная тень.

— Не нравится — заберу к себе. Вместе с зятем! — пугала наглая Зойка и хлопала ладонью по столу.

Сестры вздрагивали и беспомощно смотрели друг на друга. Еще не хватало! В эту разруху, пьянку и нищету! Не приведи господи!

— Дуры вы, — с превосходством бросала Зойка, обернувшись на них у самой калитки, с удовольствием повторяла: — Дуры набитые! Там ведь... Любовь такая... Красивше, чем в иностранном кино!

Женщины Харитиди вздрагивали от громкого стука калитки и, тяжело вздыхая, отчего-то сильно смущенные, быстро, словно боясь опоздать, принимались заканчивать свои бесконечные дела.

Смотреть друг на друга не хотелось. Сплетничать тоже. Ну их к чертям! И Зойку, нахалку, и Таньку, дуреху. А про болвана этого, любимого братца, вообще говорить не стоит.

Нет, не так — за два года все изменилось! Еще жарче стали объятия, еще крепче. Пусть животная, ненасытная страсть чуть отодвинулась в сторону, чуть отошла, а вот нежность и притяжение стали еще сильнее. Теперь они спали, не разнимая рук, переплетясь ногами, прижавшись к друг другу так крепко, почти до боли, боясь ослабить их общую схватку. Он просыпался среди ночи и начинал задыхаться — ах, если бы можно было не расставаться.

Ни на миг, ни на минуту! Если бы можно было подхватить Таньку на руки и отнести на эту чертову стройку. И пусть сидит на скамеечке, книжки свои читает. А он, он обернется в минуту раз — и снова за мастерок. Просто будет знать, что она — рядом. За спиной. Дышит, листает страницы, дремлет, прикрыв глаза, заплетает свои небесные волосы в рыхлую косу, которая расплетется минут через десять, или разглядывает огромную коричневую с синим перламутром бабочку, севшую — вот представьте — ей на ладонь. Вот чудеса!

Не отнесешь — засмеют! Ему-то наплевать, но что Таньке пылью дышать, матюги мужицкие слушать! Пусть остается дома — там и прохладно, и чисто. Попьет холодного компота, сгрызет жесткую грушу.

А он — он еще сильнее соскучится. И будет видеть, как соскучилась она.

— Милая моя, милая! — шептал он, глядя на спящую жену.

И нежность была такая, что начинало болеть его здоровое молодое сердце.

А однажды, разглядывая на рассвете тонкий Танькин профиль — нос, скула, припухшая губа, приставший к щеке волос, — подумал: «А ведь я так ее люблю, что даже вот сейчас не хочу! Просто нежность такая...»

Не понял простой Харлампий такой расклад. Разве так бывает? Любить — это точно хотеть! А он ее не хочет. Потому что... да черт его знает, почему! Сложно все у них как-то. Не так, как у обычных людей.

От досады он чертыхнулся, осторожно выбрался из кровати и вышел на улицу покурить.

Руки дрожали, и никак не загоралась отсыревшая спичка.

Заклокотала назойливая горлица, и на заднем дворе неохотно, словно по долгу службы, пару раз коротко крикнул петух.

А Харлампий сел на скамейку под тутом, растер голой ступней упавшие темные ягоды и... Почему-то заплакал.

О том, что беременна, Танька сказала мужу среди ночи, обдав его жарким, смущенным шепотом.

Харлампий вскочил с кровати, подхватил жену на руки и долго, баюкая, как ребенка, носил кругами по комнате.

Танька плакала и смеялась, а он что-то мычал, не переставая ее целовать.

Прозорливые и опытные женщины Харитиди заметили изменения сразу — Танька стала много и жадно есть.

Однажды, стащив из огромного казана еще не остывший румяный голубец, вздрогнула от резкого упрека, раздавшегося за спиной:

— Ну и как? Вкусно?

Танька, покрасневшая, словно ее застали за воровством, оглянулась не сразу.

Позади стояла Христина и с недоброй усмешкой разглядывала растерявшуюся и смущенную Таньку.

Та растерянно кивнула и опустила глаза.

— Так и попробуй. Сама! Ты ж мужнина жена. И не разу ему борща не сварила! — недобро усмехнулась она.

— У меня не получится, — не поднимая глаз, тихо ответила Танька. — Неловкая я. Неумеха. Да и вы тут такие... Хозяйки! Где уж мне...

Христина неодобрительно покачала головой:

— Проще всего. Проще всего так сказать. Не боги горшки обжигают! А ты бы попробовала. Постаралась. Мужа ведь любишь?

Танька покорно кивнула.

— А *так* не любят! — упрекнула Елена.

Больше Танька на кухне не терлась — ходила в бакалейную лавку, брала каменных пряников, влажных вафель, хлеба и твердых плавленых сырков.

И тихо хрустела у себя в комнате.

К четвертому месяцу она сильно раздалась, отекла и подурнела. Даже золотые волосы потемнели, словно пожухли — будто осенние листья.

А муж ничего не замечал. Любовался ею, как в первые дни. Только по ночам прикладывал ухо к ее разбухшему белому животу и — слушал, слушал...

Рожать Таньку отвезли в Краснодар — было понятно, что есть проблемы. Оказалось, у «мамочки» нездоровое сердце. По дороге в больницу Танька все больше спала, привалившись к плечу мужа. В роддоме по лестнице поднималась тяжело, словно больная.

Такой он запомнил ее на всю жизнь — серая лестница из известняка, крашеные перила, и Танька — тяжело, медленно идущая вверх. И Танькины ноги — разбухшие, рыхлые, с темными пятками — совсем не ее легкие ноги.

На последнем пролете она обернулась, и лицо ее исказилось от неизвестности и страха. Сдерживая слезы, она попыталась улыбнуться, но это подобие улыбки было скорее жалкой гримасой.

Он тоже попытался ответить улыбкой и тоже не справился. И крикнуть вслед ей «люблю» не получилось. Не вырвалось из горла это «люблю». Не произнеслось.

Врач нервно крутил в руках шариковую ручку, отводил глаза и убеждал Харлампия (а скорее самого себя), что все будет «как надо». Да, сердце... не очень. Плод большой. Очень большой. Наверняка парень.

Измучится она, но... «Все будет как надо», — снова неуверенно повторил он и посоветовал будущему папаше «хорошо отдохнуть».

Харлампий слушал молча, опустив голову, и на прощание хриплым шепотом попросил:

— Ну... вы уж... постарайтесь.

Ночевал он на скамейке в сквере напротив роддома. Был октябрь, ночь была прохладной и, как всегда, очень темной. Он поднял воротник старого пиджачка, натянул рукава и постарался свернуться клубком.

— Завтра, — шептал он себе, — завтра все будет нормально. Завтра ей станет легче. Потому что завтра родится ребенок. Сын.

Только родился не сын. Это была девочка, дочь. Огромного, надо сказать, для девицы размера — четыре пятьсот! И где вы такое видели?

И Харлампий напился. С горя или с радости? Сам не понял. Орал под окном палаты. Громко орал.

Врач отказывался верить родне, что он, Харлампий, мужик непьющий.

Из роддома Танька вышла бледная и еще более тощая. «Молока не будет», — уверенно объявили женщины. И оказались правы — маленькая, совсем девичья, Танькина грудь молока не давала. Кормила ребенка золовка Агния. Ее сыну было уже полтора года, а молоко все не убывало — малыш то и дело подбегал к матери и требовал расстегнуть пуговицы на ее уставшей груди.

Мария оказалась точной копией отца, а значит, и всех Харитиди. Девочку мацали, тискали, целовали и не спускали с рук.

— Наша! — с гордостью признала семья. Ничего от *той* — ничего!

Впрочем, Таньку они почти простили — верующие люди, ни у кого не было в сердце злобы. А если что и было, так только разочарование и беспокойство — как она с дочкой-то справится? Коза наша безрукая.

Матерью Танька оказалась тоже неловкой — пеленала девочку плохо, укачивать не умела. И женщины, в который раз тяжело вздыхая, забирали у нее ребенка и ловко со всем справлялись. А Танька снова садилась в тени, качала коляску и с интересом, словно невиданную зверушку, часами разглядывала дочь.

Харлампий, придя с работы, брал дочку на руки и не выпускал — вместе купали, вместе кормили. Мужики неодобрительно качали головами — и где это видано? Чтобы мужик? Да еще и пеленки стирал? Позор, не иначе!

Зойка зашла один раз — тихая, опухшая от пьянки, — с радости, объявила она. Глянула на девочку и поморщилась:

— Ваша! От нас — ничего! Ничего от материной красоты не взяла! Галка и есть галка.

Харитиди махнули рукой — что с нее взять?

«Зимняя» кухня была тесной и темной, готовить на ней не любили, и до самых холодов, надев теплые боты, душегрейки и обмотавшись платками, замерзшими красными руками они чистили овощи, резали, терли и месили — все на улице. Изо рта шел пар, было зябко и неуютно, но выгнать оттуда их мог только дождь или мороз. Впрочем, какие морозы! И восемь по Цельсию считалось зимой.

Но прошли и зима, и весна, и снова настало лето. Мария уже вовсю ковыляла по двору на толстеньких и крепеньких ножках. Танька учила с дочерью стишки про бычка и про мячик. Читала ей книжки — про Муху-цокотуху и Бибигона.

Девочка слушала тихо, почти замерев, с открытым ртом.

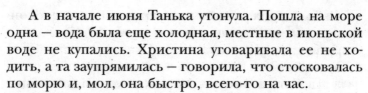

А в начале июня Танька утонула. Пошла на море одна — вода была еще холодная, местные в июньской воде не купались. Христина уговаривала ее не ходить, а та заупрямилась — говорила, что стосковалась по морю и, мол, она быстро, всего-то на час.

Нашли ее на третий день, когда Харлампий, почти теряя сознание, уже валился с ног, прочесывая берег.

На похоронах он застыл и не отвечал на вопросы. Глаза его казались безумными, словно стеклянными. Не видел, не слышал — словно умер вместе с любимой. А когда гроб с бедной Танькой стали опускать в каменистую землю — кладбище было у подножия горы, — он, качаясь, медленно побрел к выходу, не попрощавшись с женой.

Сдвинулся — решили все. Просто сдвинулся с горя.

Он пролежал почти месяц — не пил, не ел. Смотрел в одну точку и все время молчал. Заходили братья, пытались поговорить. Заходили сестры, пытались накормить, упрашивали поплакать — так будет легче, уверяли они.

Харлампий молчал. А через месяц встал и побрел на кладбище. Там провел сутки. А когда вернулся, молча поел и назавтра пошел на работу.

Мария была девочкой пугливой и тихой, словно понимая, какое горе и сумятицу внесла ее непутевая и несчастная мать в жизнь семьи.

Зоя, Танькина мать, пила беспробудно. Надев черный платок, шаталась по улицам и делилась с прохожими «горьким горюшком». Люди старались обходить ее стороной. А вскоре Зойка исчезла.

Подперла калитку булыжником и испарилась.

Харлампий сидел за столом, курил и смотрел в одну точку. Вышла Христина, держа на руках малышку. Харлампий дернулся, привстал и... Снова тяжело опустился на лавку.

Сестра, растерявшись, заметалась по двору. А он уронил голову на руки и молча заплакал.

Девочку подхватила жена Павлоса. И поднесла к Харлампию.

— Твой папа, смотри, Мария! — сказала она и протянула малышку отцу.

Тот резко поднялся, отпихнул невестку и пошел в дом.

Девочка, спокойная от природы, вдруг разразилась таким отчаянным криком, что сестры испуганно переглянулись и принялись малышку качать и тетешкать.

Только спустя три года Харлампий подхватил дочь на руки — Мария споткнулась о кривой корень тута, упала и заголосила.

Он беспомощно оглянулся и, увидев, что поблизости никого нет, подлетел к малышке и взял ее на руки.

Девочка тут же замолкла и с удивлением уставилась на спасителя. А потом вдруг улыбнулась и легонько стукнула его полной ладошкой по небритой щеке.

Христина видела в окно, как брат прижал дочку к себе и стал носить по двору, шепча ей что-то на ухо.

Мария молчала, крепко прижавшись к отцу.

Детство Марии было счастливым — наверное, так. Нянек — куча, детворы — полный двор. То один дядька подхватит на руки и подбросит до потолка, то какая-нибудь из теток сунет в рот леденец или пряник и в который раз поправит распушившуюся толстую косу.

То, что Харлампий — ее отец, она усвоила быстро. А вот Христина? Или Агния? Или Лидия? Кто же мать? Было непонятно и странно. Лет в пять Мария поняла, что Христина, смотрящая за ней больше всех, отцу не жена. Но спит почему-то Мария в комнате у Христины.

Просветили, конечно же, дети, объяснив ей, что они — брат и сестра. А вот про мать Марии все молчали...

А она, будучи скрытным и молчаливым ребенком, спросить не решалась.

Однажды пришла в дом странная женщина — сгорбленная, сухая, с большими запавшими глазами, в черном платье до полу и в черном глухом платке. Ее называли Зоей, и было понятно, что она из старых знакомых.

Зою кормили на кухне, окружили плотным кольцом, и женщины Харитиди о чем-то тихо шептались со странной и страшной женщиной, кивая головами в сторону Марии.

Потом «черная» женщина подошла к ней и подняла ее подбородок. Марии было больно — рука женщины была крепкой и цепкой. Она мотнула головой, пытаясь вырваться.

Тут женщина ослабила хватку, погладила Марию по голове и чуть дрогнула сухими губами:

— Иди, девочка! Иди, маленькая!

Мария, готовая к бегству, сделала шаг назад и тут услышала:

— Совсем на *мою* не похожа! Словно и не было ее никогда, Таньки моей!

Спустя много лет Мария узнала, что это была ее бабка Зоя, ушедшая в монастырь в далеком Поволжье.

Больше бабку Зою Мария не видела.

Отца пытались женить. Он отмахивался и даже слушать о сватовстве не хотел.

Старая Елена совсем слегла, когда Мария пошла в третий класс. И, взяв с сына клятву, спустя пару месяцев умерла.

Мария помнила, что отец куда-то уехал почти на неделю и перед поездкой был хмур и молчалив. С дочерью прощался долго, словно извиняясь перед ней.

А через неделю женщины Харитиди принялись готовить праздничный стол.

Мария поняла — будут гости. И вправду появились гости. Точнее — гостья, которая шла рядом с отцом, несшим старый маленький коричневый чемодан на металлических скобках и немалый узел из старого плюшевого покрывала.

Гостья была никому не знакома — за спиной Харлампия шла молодая женщина хрупкого вида с большими черными и очень испуганными глазами.

Мария запомнила, что ботинки у женщины были странные, мальчуковые, темно-коричневые, с сильно потертыми белесыми носами.

Навстречу брату и женщине вышла Христина, после смерти бабушки негласно считавшаяся главной из женского общества Харитиди.

— Добро пожаловать, — взволнованно сказала она и обняла женщину в стертых ботинках.

Мария увидела, что вещи — чемодан и плюшевый узел — отец занес в свою комнату.

И сердце ее почему-то дрогнуло.

— Дядька жену привез, — зашептали старшие дети, а Мария, услышав, бросилась вон со двора, обескуражив уже вовсю шумно галдевшую семью, рассаживающуюся за обильно накрытым праздничным столом.

Нашел ее Харлампий только под вечер. И где? В брошенном домишке бывших соседей. В Танькином домишке напротив.

Впервые Мария, отогнув хилую, почти сгнившую штакетину, забралась на соседний участок, дрожа от

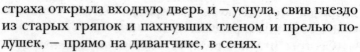

страха открыла входную дверь и — уснула, свив гнездо из старых тряпок и пахнувших тленом и прелью подушек, — прямо на диванчике, в сенях.

На любимом Танькином месте.

Он схватил девочку на руки, прижал к себе со всей силой.

Уткнувшись с густые дочкины волосы, громко, в голос, пугая все еще спящую девочку, страшно, по-волчьи, завыл.

И недетским басом ему завторила испуганная и сонная дочь.

Жену ему нашли — списались с дальней родней — в глухой деревне под Кировом. Эта совсем молодая женщина, воспитанная — ирония судьбы — мачехой, судьбе своей покорилась безропотно. За вдовца с ребенком? Ну, значит, так. Зато она знала, что едет в большой курортный поселок, почти город, на море, в богатую и дружную семью, где думать о хлебе насущном не придется. А все остальное приложится, даст бог.

После глухой деревни и отчаянной бедности, после холодных и долгих зим, после мачехи, трех ее детей, изнурительного деревенского труда, после куска хлеба, добытого почти с кровью — с кровавыми мозолями, — ей наверняка показалось, что она попала на небеса.

Женщины Харитиди приняли ее хорошо, с открытыми, готовыми к любви сердцами. Комната — светлая, с прозрачными шторами, с широкой дубовой кроватью и шелковым покрывалом — показалась ей раем. Не надо было вставать в три утра и выгонять на выпас скотину, не надо полоть огород, таскать из колодца воду и драить занозистый, черный от старости пол.

Сладкие фрукты падали на голову, помидоры краснели и наливались от щедрого солнца на заднем

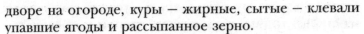

дворе на огороде, куры — жирные, сытые — клевали
упавшие ягоды и рассыпанное зерно.

Сестры и золовки мужа дарили ей свои платья
и обувь, а старшая, Христина, вдела ей в уши золотые сережки — подарок на свадьбу.

Про девочку, дочь мужа, она не думала, как не
думала о ней ее мачеха. Сыта, здорова, тетки хлопо-
чут — что ей еще? Свою любовь она предлагать и не
думала — не от злого сердца, а от скупости души, думая, что Мария в ней не нуждается. Словом, девочка,
молчаливая, тихая, с застывшим взглядом черных
маслянистых глаз, в расчет не входила.

В расчет входил муж, Харлампий. Нет, грубым он
не был! Но... И ласки она от него не увидела.... Ни
разу в жизни.

Впрочем, что она знала про ласки? Так проживал
жизнь и ее отец, и его братья. Так жили ее собствен-
ные женатые братья. Так жили и женщины Харитиди: честно и скупо радовались каждому дню — бес-
хитростно, не выпрашивая у бога ничего лишнего.
Здоровью детей, зарплате мужей, хорошему урожаю,
нежаркому лету, густому варенью и пышному тесту.
Трудились — с утра до заката, встречали мужей и шли
с ними в спальни.

Потому что так надо. Потому что надо рожать.
Потому что женщины.

А про ласки они и не ведали.

Потому что про Таньку и Харлампия давно поза-
были. Про то, *как* еще может быть в женской жизни.

Муж с ней почти не разговаривал: как дела? Что
на ужин? Что на базаре?

Она отвечала — коротко, сдержанно. Протирала
клеенку, прежде чем поставить перед мужем тарелку.
Подкладывала добавки, подливала компоту.

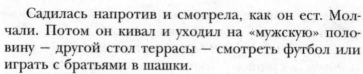

Садилась напротив и смотрела, как он ест. Молчали. Потом он кивал и уходил на «мужскую» половину — другой стол террасы — смотреть футбол или играть с братьями в шашки.

А после, переведя дух, направлялся к себе. Она боковым зрением среди кухонной колготни и трепа с невестками тут же улавливала это и спешила за ним.

Он уже лежал на кровати, глядя в потолок. Она быстро снимала платье и юркала под одеяло.

Он чуть отодвигался к стене и отчего-то вздыхал.

Она тоже лежала на спине и почему-то замирала в волнении.

Спустя пару минут он, громко крякнув и тяжело вздохнув, клал большую и сильную руку на ее съежившуюся от волнения грудь.

Она чувствовала, как холодеют ее руки. Он чуть подтягивал ее к себе и, словно коршун, не открывая глаз, склонялся над ней — огромный, тяжелый, прерывисто и шумно дыша.

Она вся сжималась — от непонятного страха и боли где-то внизу живота — и пыталась податься к нему. Он привставал, словно отдаляясь, и, быстро закончив свое мужское дело, молча отваливался на спину.

Засыпал он в ту же минуту — прямо на спине, сложив руки на волосатой груди.

А она тихо, беззвучно плакала, коря себя за эти фокусы и глупое ожидание того, что ей было и вовсе неизвестно, но женское чутье упрямо подсказывало, что все бывает не так. А как? Она и не знала.

Да, кстати, узнать ей так и не довелось — женщиной она была честной.

А про догадки свои скоро забыла — не до того! А может, она и вовсе фантазерка? И нет ничего на свете, что называется смешным словом «любовь»?

Через год после их скромной свадьбы она родила сына.

И уж тут — ну, естественно, — совсем стало ни до чего.

Мальчик был болезненным и беспокойным, с рук не сходил.

А у женщин в семье и своих деток хватало — рожали женщины Харитиди много и часто, спасибо, Господи!

И муж, Харлампий, был не помощник — сядет со своей лупоглазой дочкой-толстухой и шепчется о чем-то. Словно и нет у него сына, а лишь одна дочь.

Зиновию, Зину, как называли жену отца, Мария не полюбила. Да и с какой стати? Матерью ей по-прежнему была тетка, успокоившаяся наконец, что вторая жена брата любимую девочку у нее не отберет.

Отца Мария любила отчаянно — по вечерам висела на заборе и высматривала его с работы. К маленькому брату была равнодушна — в братьях и сестрах недостатка у нее не было. И никто не задумывался, кто кому родной, а кто двоюродный.

В комнату отца и его жены не заходила с тех пор, как однажды увидела разобранную постель — почему-то стеснялась.

К пятнадцати годам Мария превратилась в крупную, полную и высокую, с пышными формами девушку. Нрава была тихого, скромного — одноклассницы и сестры уже вовсю бегали на свидания, а молчаливая Мария сидела дома: или читала библиотечные книжки, или помогала теткам на кухне.

Однажды услышала, что ее собираются сватать — тетки обсуждали какого-то краснодарского жениха из «богатой» семьи и искоса поглядывали на племянницу.

А спустя пару дней Лидия повела ее в центральный универмаг и старательно выбирала ей новое платье и новые босоножки.

Мария решила, что это — на выпускной. А тетка небрежно, словно между делом, бросила:

— И на выпускной пригодится, и еще куда-нибудь.

— Куда еще? — уточнила Мария.

Тетка погладила ее по голове.

— Замуж, девочка. Замуж пора.

И очень грустно вздохнула.

А вечером пришли двое немолодых мужчин и долго сидели на кухне с отцом, негромко обсуждая какие-то важные дела.

Отец был очень печален и молчалив, больше обычного.

Тетки молчали и старались не смотреть Марии в глаза. Только Зина, жена отца, усмехнулась:

— Замуж тебя отдают! Ты что, дурочка? Не понимаешь?

Мария вспыхнула и бросилась прочь из дома. Поздно вечером, когда она, измученная от усталости и неизвестности, возвратилась домой, Харлампий молча курил у калитки.

— Правда, папа? — спросила она.

Он молча кивнул.

— Не пойду! — мотнула головой Мария. — Ни за что не пойду!

— А что тут плохого? — удивился отец. — Надо же... замуж...

— Не пойду, — упрямо повторила Мария и, отодвинув отца плечом, быстро прошла в дом.

После выпускного Мария собрала вещи и объявила родне:

— Все. Уезжаю. В Краснодар, в медучилище. А потом — в институт. Хочу быть врачом! И «взамуж» —

увы — не пойду. Так что разбирайтесь с женихом сами — сами сговорились, сами и разбирайтесь.

— Да как же? — растерянно спросил кто-то из дядьев. — Все вроде бы порешили... и семья хорошая, и жених.

— А меня вы спросили? — сверкнула очами Мария. — То-то и оно! Вот сами и разбирайтесь. Заварили кашу... — пробурчала она.

С отцом простилась холодно — было понятно, что оба в обиде. А вот жена отца радости от отъезда Марии и не скрывала — простилась с ней нарочито тепло и душевно.

В Краснодаре Марии дали койку в общежитии и стипендию — двадцать рублей. К Новому году она устроилась санитаркой в больницу: тридцать рублей — совсем неплохая прибавка к стипендии.

Училась она на «отлично», и в группе ее считали зубрилой, занудой и синим чулком.

Соседки по общаге сильно красили ресницы, густо поливались духами, надевали короткие юбчонки и колготки в сеточку и отправлялись покорять мужские сердца, бросая на зубрилу-соседку презрительные и брезгливые взгляды.

А Мария радовалась одиночеству — впервые в жизни она могла побыть дома одна. Заваривала литровую банку крепкого чая, забиралась с ногами на кровать — и читала, читала. Или готовилась к экзаменам.

Однажды приехал отец — привез огромную корзину еды и фруктов, долго сидел на стуле напротив кровати Марии и, тяжело вздыхая, тревожно оглядывал внезапно повзрослевшую дочь.

Мария проводила отца до автобусной станции, и они крепко обнялись, простив друг другу все и сразу.

Мария училась легко и с удовольствием, мечтая, конечно, о мединституте.

На каникулы ездила в родительский дом, где на нее шумно набрасывалось огромное семейство Харитиди. Но оставалась она там ненадолго — торопилась обратно. Нужно было зарабатывать деньги — брать у отца она не хотела. Конечно, дядья и тетки совали ей в карманы пятерки и трешки, но Мария отказывалась — гордая.

Распределилась она в небольшой поселок на море — желающих ехать туда было много, но путевку отдали отличнице. Мария приехала в Н. полная радости и душевного подъема. Поселок оказался не таким уж и маленьким — два кинотеатра и районная больница, которой заведовал Доктор — так она называла его, — немолодой сухопарый мужчина, похожий на доктора Чехова — бородка, круглые очки без оправы и повадки интеллигента.

Доктора обожали все — от самых капризных больных до усталых и всего повидавших больничных нянечек. Жил он в доме в двух шагах от больницы, побеспокоить Доктора в любое время дня или ночи было делом привычным и даже обыденным.

Он даже спал в первой, проходной, комнате на узком и жестком диване, чтобы прибежавший за ним коллега не побеспокоил членов его семьи.

А семья была огромна — две сестры, старые девы, старушка-мать, жена Доктора, маленькая и сухонькая Вера Васильевна, которую за глаза все называли Веруней, и три их с Доктором дочки.

Доктор и Веруня были так похожи между собой, что вполне можно было принять их за брата с сестрой. Три дочери — старшая, Лерочка, уже неудачно побывавшая замужем, с двумя малолетними детьми на руках, средняя, Валечка, на выданье, и младшая, Тоня, ученица восьмого класса.

Все они были как из одного инкубатора — белобрысые, с белесыми ресницами и бровями, чуть конопатые, тощие и всегда развеселые. Из большого сада то и дело доносился звонкий, быстро вскипающий смех, тут же подхватываемый обширным семейством.

Доктор, Виталий Андреевич, «дамочек» своих, как он называл их шутя, обожал.

В саду стояла большая беседка, где всегда пыхтел самовар. Слышался звук стаканов и ложечек, короткие споры — и снова взрывы веселого смеха.

Мария, проходя мимо дома Доктора, с жадностью заглядывала на участок за прозрачным забором. Ей, привычной к большой семье, не хватало и шума, и споров, и таких вот посиделок.

Доктор шел по улицам поселка, приветственно кивая головой налево и направо — все знали его и всех знал он. Ну, или почти всех — всем ведь когда-нибудь случалось прихворнуть. Был он отменным хирургом — операции доверяли только ему. А его молодой коллега, «отбывающий наказание» в провинции после института, оценив, как ему повезло, присутствовал на операциях и жадно учился. Мечтая при этом о столичной карьере, конечно же, в столичной клинике.

Марию Доктор выучил на операционную сестру. Тандем у них был блестящий, как часто бывает у хорошего врача и опытной медицинской сестры. Понимали они друг друга с полувзгляда, по взмаху ресниц или по неопределенному на первый взгляд, короткому жесту рукой.

Мария Доктора боготворила. После операции он горячо благодарил ее за помощь, уверяя, что без нее он бы «ни за что не справился».

Почему-то она жалела его... Какая глупость — он жил в большой и дружной семье, где все его уважали и слово его считалось законом. Его обожали все без исключения. Так почему же?

А просто увидела она как-то, как сидел он у себя в кабинете, уронив голову на сильные, тонкие, в ярких веснушках руки и смотрел в одну точку.

И она поняла — устал. Очень устал ее Доктор. Ее кумир. Ее бог, ее гений. Нигде нет покоя — ни дома, ни на работе.

А побывав однажды у него, окончательно утвердилась в своих догадках. Там было шумно, суетливо и бестолково. И «дамочки» Доктора были суетливыми и бестолковыми.

Нескладехами, вот кем они были. Мария вспоминала накрытый стол — белый хлеб, варенье и масло. Чашки были щербатыми и плохо вымытыми. Обедов у них не водилось! Все подходили к столу и наливали горячую воду из самовара. Доливали в чашку уже почти прозрачную заварку, хватали хлеб или пряник — и все, казалось, были довольны.

Однажды она заметила, что обшлага его рубашки, манжеты и воротник сильно потрепаны — как говорится, обтреханы. И еще углядела, что нянечка Стеша гладит любимому Доктору единственные на все сезоны брюки.

Веруня, Вера Васильевна, покачивалась в гамаке с очередным «ро́маном» в руке. Дочки... Да что там дочки... У них своя жизнь. Сестры, которых он, Доктор, кормил и тянул, без всякой надежды пристроить замуж, вязали крючком кривые салфетки.

Докторица Лариса, совсем молодая, чуть старше Марии, была остра на язык и уже почти безнадежно несчастна — мужчины Ларисы сторонились. Пожалуй, одна только Лариса не оказывала начальству должного почтения, не стесняясь комментировать и нелепого в своей растерянности Доктора, и его шумную и бестолковую семью.

— Мелкое семейство, — так называла она его родню. — Мелкое и бестолковое — бездельничают, веселятся, пьют пустой чай и еще размножаются.

Это, естественно, было брошено в адрес и незадачливой дочки, и их с Веруней собственных детей.

Вера Васильевна не работает. Почему? На этот вопрос она бы и сама затруднилась ответить. Негласно считалось, что Веруня растит детей. А на деле... После рождения младшей, Тонечки, муж объявил, что карьера Веруни закончена: три дочери — это не шутка!

Это и впрямь было серьезно — девочки оказались болезненными и беспокойными. Однако даже во время банальных простуд Веруня впадала в такую панику, какая, в общем, была довольно смешна для опытной многодетной матери. Вопросы решал, разумеется, муж. Вопросы любого масштаба — будь то болезни детей, продуктовые проблемы, материальные или визит водопроводчика или электрика.

Веруня беспомощно хлопала прозрачными, в светлых ресницах, глазами и разводила тонкими ручками.

— Виталечка, — детским голоском певуче выводила она, — кран снова бессовестно потек, лампочка в беседке перегорела, и суп — представь себе — тоже! Ну, в смысле, сгорел. Прямо на плите — просто выкипел! — искренне удивлялась она.

И на глазах у нее закипали слезы отчаяния.

Виталечка успокаивал ее и принимался «решать вопросы». Он говорил, что «Веруне не просто».

Это и дети, и свекровь, и золовки.

— У Веруни ангельский характер, — восхищался он, — ни одного скандала и ни одной распри! За всю нашу жизнь!

Это была чистая правда — скандалов в доме не бывало. Родня — мать Доктора и его незадачливые сестрицы — признавала в тихой Веруне хозяйку, а себя считала приживалками при невестке и любимом брате. Не то чтобы Веруня на этом настаивала... Но! Границы обозначила четко — она приняла их в семью! Приняла без истерик, спокойно и безоговорочно — после письма из Сибири, когда свекровь наконец решилась открыть сыну и невестке всю правду — жить невозможно, продуктов не достать, климат кошмарный, у старшей дочери астма, и теплые края им просто необходимы. Нужно было срочно что-то решать.

Беженцев приняли тут же — тогда еще в крошечной квартирке, выданной местной властью многодетному отцу.

А спустя полгода, устав от очередей в уборную, было решено «расшириться», то есть купить большое жилье.

Дом этот, уже тогда почти развалившийся и даже не скрывавший этого, беззастенчиво, не смущаясь, обнажал дырки в полу и прорехи в тонких стенах, но купили его быстро и сразу — деньги достала из носового платка мать Доктора — все, что удалось скопить за долгую жизнь.

В этом кособоком, продуваемом и ветхом жилище была какая-то особенная, уютная и светлая прелесть, сразу бросающаяся в глаза. Дом был и вправду светлым, воздушным и очень просторным — большая терраса, выходящая окнами на море, балкон на втором этаже с белыми, потрескавшимися и шаткими балясинами, полукруглые окна, скрипучие деревянные полы и даже остатки «барской» мебели — дубовый буфет в стиле ар-деко и пара козеток для «легких дам» — неудобных, узких, с затертым и расползающимся, совсем блеклым шелком.

Еще был стол. Да, стол! Огромный, дубовый, на единственной толстенной, мощной ноге — «семейный», вне всякого сомнения, стол. Стол и решил все дело — тут же заворковали сестрицы, и подхватилась Веруня: «Ах, семейные чаепития, ах ванильные сухари в плетеной корзинке! Ах, алычовое варенье и бублики с маком!»

Участок — всего-то четыре сотки. А куда же им больше? Заросший полынью, ковылем и давно одичавшими садовыми деревьями тоже был одобрен в момент — никаких огородов, боже упаси, только цветы и цветы!

Цветов, разумеется, никто не развел — все забыли об этом после пары неудачных опытов с розами и георгинами. И это на юге, при степном-то климате!

«Рожала» только оставшаяся от старых хозяев клубника — почти выродившаяся, совсем мелкая, но сладкая до невозможности. Из нее и варили варенье. У забора цвела кривая, мозолистая алыча — и это тоже шло впрок. И еще все никак не могла выродиться деревенская малиновая мальва — соседка кривой алычи.

В доме все постоянно ломалось, отваливалось, падало, вырывалось и билось. И все же простор всех расслабил и примирил — всем по комнатке, всем по углу — внизу сестрицы с матушкой, наверху сам хозяин — с женой и дочками.

Считалось, что хозяйством занимаются сестры — под строгим надзором матери. Ерунда! Поварихи были они никудышные. Веруню от домашних дел отстранили, а сами хозяйство так и не потянули — Ви-

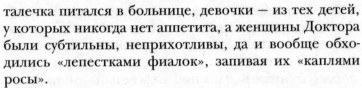

талечка питался в больнице, девочки — из тех детей, у которых никогда нет аппетита, а женщины Доктора были субтильны, неприхотливы, да и вообще обходились «лепестками фиалок», запивая их «каплями росы».

Зато в доме весело, шумно и мирно. Разве не это залог счастливой семьи?

Матушка Доктора занималась рукоделием, и считалось, что она всех обшивает, обвязывает и одевает. Бесконечно распускались старые кофты и платья, скатывались в клубки давно уже запутанные и перекрученные нитки, и она с упоением принималась за новый «шедевр». Так все и ходили — в пестрых растянутых кофтах на пуговицах и в сшитых ею же юбках из дешевой и «немаркой» ткани.

А глава семьи был совершенно счастлив! Все его женщины — любимые женщины — были рядом, жили все вместе, и он отвечал за всех!

Он вообще считал себя человеком счастливым: дом — любимый дом, — полный любимыми и родными лицами, море, на которое он любил смотреть на закате, и, разумеется, его работа! Его обожаемая, лучшая и необходимая работа!

Маленькая больничка — а больницей назвать ее было просто смешно — была ему даже не вторым, а первым домом. Торопясь по утрам на работу — смех, семь минут по соседней улице, — он в который раз ощущал себя счастливым человеком — вот оно, счастье! Просыпаться с торопливой мыслью о работе и с удовольствием спешить вечером домой.

Боялся он только одного: не приведи господи, слепоты или тремора рук — вот тогда точно беда!

Пару лет назад большой человек из районного центра пообещал ему «райский сад» в своей вотчине.

В благодарность за «спасение, так сказать, жизни». Доктор отказался, сильно удивив и расстроив партийного бонзу: «Райский сад у меня здесь, уважаемый! А эту больничку я сам поднимал. Да и к тому же — море, батенька! Вот посижу на берегу после трех операций — и будто заново родился, ей-богу. Весь налет с души и с сердца — прочь через десять минут. Вот сколько счастья — семья, больница и море! А вы говорите — в райцентр!»

Бонза покачал квадратной лысеющей башкой:

— Чудак вы, доктор! Ей-богу — чудак! И кто бы от этого... Да еще добровольно!

Доктор улыбнулся и развел руками. Бонза тот, кстати, после той истории так и лечился у Доктора, чуть что — высылал машину.

Мария своего Доктора обожала — он был для нее богом и небожителем. Однажды она остолбенела, увидев его на городском базаре — Доктор выбирал помидоры. Щупал, нюхал, как все остальные. Как все обычные люди, вот чудеса! Она встала чуть поодаль и не сводила с начальника глаз. Потом он засеменил к молочному прилавку и пробовал творог и сметану. Потом купил курицу, заглядывая в ее пустые и мутные глаза, по дороге прихватил винограду и быстро пошел к выходу.

Мария была потрясена — он, кумир, небожитель, нюхает куриную гузку, проверяя на свежесть! Когда дом полон женщин и девиц! Какая вопиющая несправедливость! Просто гадость, честное слово...

Возмущению ее не было предела. И вот именно тогда она стала подкармливать любимого Доктора, сменив на посту санитарку Стешу, приносившую из дома то котлету, то капустные пирожки. И именно тогда она возненавидела «мелкую» семейку. Вознена-

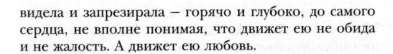

видела и запрезирала — горячо и глубоко, до самого сердца, не вполне понимая, что движет ею не обида и не жалость. А движет ею любовь.

Жизнь Марии протекала плавно и скучно, впрочем, скука ее вовсе не угнетала. Дом — работа. Хотя какой там дом! Дом был далеко, там, где осталась ее большая семья. А маленькая комнатка, которую Мария снимала, была не домом — так, скорее убежищем. Она приходила с работы, перекусывала и ложилась в кровать. Долго лежала с закрытыми глазами, думая обо всем понемножку. Тосковала по родне, особенно по отцу и Христине, почему-то стала чаще вспоминать младшего брата, к которому прежде не испытывала никаких родственных чувств. Даже с теплом думала о мачехе, наконец начиная ее по-бабьи жалеть.

Еще мысли Марии занимала работа. Она без конца перебирала события прошедшего дня и недели, переживала за больных и, конечно же, думала о Докторе. Она обожала его, восхищалась им, гордилась, что причастна к его судьбе. Жалела, скучала, когда не видела его слишком долго или видела слишком коротко. «Святой человек! — думала она. — Таких больше нет!» Засыпая, она радовалась, что завтра снова рабочий день, который начнется с обычной пятиминутки, и она опять увидит его, услышит его спокойный, размеренный и уверенный голос. Да если бы было возможно, она бы вообще не уходила с работы — дела в больнице всегда найдутся. Она с удовольствием брала подработки — ночные дежурства и операции. Кто-то считал ее жадной до денег, кто-то жалел — одинокая, скучно. Живет словно старуха.

Иногда она ходила в кино. Никогда — на танцы, стесняясь своей «крупноты» и «тяжелости».

Отец тяжело заболел, и Мария взяла неожиданный отпуск. Диагноз Харлампию поставить никто не мог, и относительно молодой еще мужчина медленно и верно впадал в дремучую тоску и отчаянье, не желая общаться даже с родней. Жена повезла его на свою родину к какому-то древнему колдуну. Колдун отменил все таблетки и дал им огромный мешок трав и настоек. Но облегчения травы не принесли. Тогда Христина отбила Марии срочную телеграмму. Когда она увидела отца, ее сердце чуть не разорвалось от боли. За полгода Харлампий превратился в согбенного, сморщенного старика.

Мария погладила его по голове и вышла во двор. За столом сидела притихшая и виноватая семья.

— Почему раньше не сообщили? — сухо бросила Мария и, не дожидаясь ответа, быстро пошла к калитке. На переговорном пункте она долго ждала заказанного звонка, а, наконец дождавшись, стала громко, торопливо и сбивчиво объяснять собеседнику суть проблемы. Телефонистка, бывшая одноклассница Марии, видела, как та, резко хлопнув дверью кабинки и даже не кивнув на прощание, красная, возбужденная, очень встревоженная, быстро вышла на улицу и чеканным шагом зашагала домой.

«Какая толстая, господи! — обиженно подумала одноклассница. — Ни слова ведь не сказала! И какая огромная, нелепая! Просто баба-тяжеловес», — и с удовольствием глянула на себя в зеркало, чуть одернув кофточку с большим, откровенным и призывным декольте.

Мария зашла во двор и строго приказала молодым женщинам отмыть кухню до блеска. Пол, столы, плиты. Так же поступить с туалетом.

— А вот комнату папы я уберу сама. Завтра приедет Доктор. Лучший из докторов. И все будет хорошо! — уверенно сказала она и даже слегка улыбнулась.

Доктора она встретила на автобусной станции рано утром. Они шли по улицам ее родного городка, и никогда — никогда — она не была так счастлива, как в тот тревожный, яркий и солнечный день. Они говорили о больнице, потом он подробно расспрашивал ее о болезни отца, задавал вопросы, вздыхая, качал головой, что-то переспрашивал и снова качал головой, а потом взял ее за руку и мягко улыбнулся:

— Справимся, Маша! Непременно справимся!

Как не разорвалось тогда ее бедное сердце? Как выдержало его улыбку, мягкую, но твердую руку, слова утешения и надежды?

Слезы брызнули из глаз, и она растерялась, залилась густой краской, смутилась и моментально некрасиво и густо вспотела.

Доктор внимательно и долго осматривал больного, щупал живот, слушал легкие и сердце, задавал вопросы и непринужденно шутил, похлопывая Харлампия по худому плечу.

Потом они вышли во двор и сели с Марией за стол. Он говорил тихо и уверенно:

— Скорее всего, опухоль кишечника. Я почти уверен. Нужна операция — без промедления. — Он, разумеется, берется, но... Оперировать здесь ему никто не позволит, а везти больного в поселок опасно и сложно. Что делать? Он задумался и стал смотреть в одну точку. Молчала и Мария, ожидая его решения, как приговора. Наконец он оживился, улыбнулся и легонько стукнул по столу своей легкой, сухой ладонью. — Эврика! — сказал он.

То, что пришло Доктору в голову, слава богу, сработало. А именно — он позвонил тому самому партий-

ному бонзе и попросил посодействовать в решении проблемы.

Бонза, будучи к тому времени уже руководителем края, решил вопрос в полчаса.

Стали готовить операционную в местной больнице, палату и перевозку пациента.

На следующий день Доктор уже оперировал больного. Он оказался прав — это была опухоль нижнего отдела кишечника. Операция прошла успешно — да кто же мог в этом сомневаться?

Мария из больницы не выходила. На вопрос, а что будет дальше, Доктор развел руками и поднял указательный палец к небу:

— Теперь — только он. Все, что могли, мы с вами, Машенька, сделали.

Первые три ночи он тоже не выходил из больницы. Они вместе сидели у постели спящего Харлампия и шепотом говорили о жизни. Он рассказывал, как жили они в далекой Сибири, куда попали его ссыльные родители. Как он рос — болезненным и слабым ребенком, не вылезая из простуд и пневмоний. Как прошел всю войну — до самой Праги — с военным госпиталем. Как после войны поехал в Крым и там и остался — потому что на море, в сухом степном климате он стал здоровым и сильным. Как полюбил море сразу и навсегда. И как оно действует на него в любое время года — стоит только сесть на любимую скамейку на берегу и «поговорить» с ним. Как встретил Веруню, пришедшую к нему, совсем молодому врачу, на прием — она тогда подвернула ногу. Как он бинтовал ей эту самую ногу и почти задыхался от жалости и умиления — так тонка и изящна была ее лодыжка и так хрупка была сама Верочка!

Мария слушала не дыша. А когда он заговорил про Верочкину лодыжку, непроизвольно задвинула свои тяжелые ноги под табуретку.

Эти три дня и три ночи были самыми счастливыми днями ее жизни. Самыми яркими и самыми счастливыми. И еще — самыми несчастными. Тогда она окончательно поняла, как он любит жену и детей, и оставила свои мечты и надежды навсегда, убедив себя, что встреча с таким человеком — это и есть удача. А уж любовь к нему — просто немыслимое человеческое и женское счастье. Просто быть рядом с ним — а уж в каком качестве, это не так и важно.

Он уехал, оставив указания лечащему врачу, смутив Марию словами: «Во всем слушаться дочку! Она у нас большая умница!»

Врач смущенно кивнул, бросив на Марию удивленный и слегка разочарованный взгляд.

Она осталась. Так же сидела у постели отца, радуясь малейшему улучшению в его состоянии. Через месяц Харлампия перевезли домой, и Мария наконец засобиралась обратно. В ночном автобусе, который вез ее домой, в поселок, она не спала ни минуты, вглядываясь в густую ночь.

Сердце ее пело от радости — с отцом, слава богу, все в порядке, и скоро, очень скоро, она увидит *его*! Будет стоять рядом с ним на операциях, ловить его взгляд, следить за его мимикой, за его умными и талантливыми руками. И ощущать свою причастность к нему.

Марии было уже чуть за тридцать, и жизнь ее совсем не менялась. Пожалуй, за все эти годы она заработала себе только непререкаемый авторитет и уважение коллег, больных и жителей поселка. Она еще больше погрузнела, подурнела, и черты ее яркого лица стали грубее и выразительнее. Так случается с колоритными южными женщинами почти всегда. Доктор стал еще суше, еще тоньше и почти совсем облысел — редкие светлые волосы смешно взлетали на его голове от малейшего дуновения ветра.

«Одуванчик», — прозвала его новенькая и молоденькая веселая медсестричка, обожавшая давать прозвища окружающим.

Марию повысили в должности, и теперь она была главной сестрой больницы. Но на сложных операциях по-прежнему только она ассистировала любимому Доктору. И только она видела, как предательски начинают трястись его умелые и такие чудесные опытные руки.

Был Новый год. Как всегда, отмечали его накануне, тридцатого вечером. В ординаторской накрыли столы и откупорили бутылку шампанского. Быстро выпили и быстро закусили — в больнице нет времени на долгие посиделки. Народ разошелся по своим делам. Остались только Мария и Доктор. От бокала, точнее, чашки шампанского его развезло, и он почему-то впервые начал жаловаться ей на свою судьбу.

Говорил он долго и бурно, вытирая набегавшие на глаза слезы. Говорил о том, что она и сама уже прекрасно знала и понимала, — у него начинался недуг, которого он боялся всю жизнь. Руки, его инструмент, предавали его — тряслись, и он уже сам видел, что оперировать ему заказано. Масштаб этого горя Мария прекрасно понимала. А потом он впервые заговорил про семью — про незадачливых и неловких, особенно в старости, бестолковых сестер, про то, как тяжело он пережил уход матери. Про хвори любимой Веруни и ее нежелание понимать его жизнь.

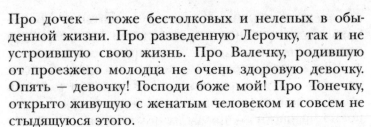
Про дочек — тоже бестолковых и нелепых в обыденной жизни. Про разведенную Лерочку, так и не устроившую свою жизнь. Про Валечку, родившую от проезжего молодца не очень здоровую девочку. Опять — девочку! Господи боже мой! Про Тонечку, открыто живущую с женатым человеком и совсем не стыдящуюся этого.

Он говорил об этом бурно, совсем не стесняясь Марии. А она сидела рядом и гладила его то по руке, то по голове, неловко пытаясь найти слова утешения и ободрения.

Она уложила его на шаткий диванчик и под его всхлипы и бормотанье продолжала гладить его по голове — как ребенка.

Ей показалось, что он уснул, и она попыталась встать с дивана. Он что-то забормотал и крепко взял ее за руку. Она снова опустилась на диван, уже не пытаясь освободить затекшую руку.

Вспоминая подробности того дня и той ночи — по секундам, минутам — всю жизнь, она никак не могла вспомнить, в какую минуту он спросил, закрыта ли ординаторская на ключ. Помнила только, как встала, повернула ключ в двери и, не чуя ни ног, ни рук, ни своего сердца, снова опустилась на диван рядом с ним.

Хорошо она помнила только одно — как поразили ее его руки, оказавшиеся такими сильными и настойчивыми, что у нее перехватило дыхание.

Она ушла на рассвете, когда он крепко и очень спокойно спал. Ушла тихо, плотно затворив за собой дверь.

В коридоре тускло горела лампочка на сестринском посту, и та самая смешливая новенькая медсестра спала, уронив рыжую голову на стол.

Тридцать первого и первого у Марии были выходные. С Доктором они встретились только через неделю.

Что забеременела, она поняла не сразу. Совсем не сразу — эта мысль казалась ей нелепой и невозможной и просто не приходила в голову. Странности по части женского здоровья она списала на нервное состояние и сильнейший эмоциональный стресс. Доктор встретил ее как всегда — с улыбкой и радостью, поинтересовавшись, как она провела выходные.

В какую-то минуту ей показалось, что ничего не было. Все, что произошло той ночью, ей привиделось, показалось, приснилось.

Что она испытывала? Ощущение счастья? Растерянность, чувство вины? Да всего понемногу, всего...

А он... Он встретился с ней пару дней спустя у операционного стола. Как всегда — предупредителен, мил и просто спросил, как дела и здоровье.

В его глазах и во всем поведении не было ничего — вообще ничего! Ничего нового, особенного! Словно ничего и не было той холодной и ветреной предновогодней ночью! Словно не было и самой ночи, и узкого дерматинового диванчика, и поворота дверного ключа. А может, он ничего и не помнил? Скорее всего. Ведь не мог же он *так*! Просто не хватило бы хитрости и опытной мужской сноровки. Какой из него изменник? Вот уж смешно! Значит, забыл. Точнее — не помнит. Ну, и слава богу! Не нужно ему знать ни про ее муки, ни про ее стыд.

И если бы не упорная тошнота по утрам... Она бы тоже — больше всего на свете! — хотела бы все забыть. Забыть, забыть... Как самый ужасный проступок на свете! Самый стыдный, самый предательский. Но тошнота никак не проходила, и гастрит

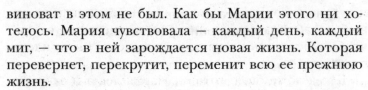

виноват в этом не был. Как бы Марии этого ни хотелось. Мария чувствовала — каждый день, каждый миг, — что в ней зарождается новая жизнь. Которая перевернет, перекрутит, переменит всю ее прежнюю жизнь.

И это было неизбежной реальностью, правдой, ее бедой и радостью. И еще — страхом. За все: за себя, за него и за того, кто уже вовсю копошился в ее большом и таком незнакомом сейчас теле.

Стеша первой заметила перемены в Марии.

— Понесла? — сурово спросила она, кивнув на Мариин живот.

Мария вздрогнула и тихо, оглядываясь, спросила:

— А что, уже видно?

Стеша мотнула головой.

— На тебе, кобылице, до самых родов видно не будет! Просто я это чувствую. Сколько вас видела-перевидела, прости господи!

Мария кивнула, залившись густой краской, и поспешила прочь.

Она быстро шла по улице, подставляя горящее лицо ветру. Господи! Что ее ждет? Она словно очнулась. Узнает родня — все ее тетки, дядья. Наконец, отец, брат. Жена отца. Ее заклеймят позором и проклянут навсегда.

А на работе? Соседи по улице... Да весь городок! Все будут показывать на нее пальцами и качать головой. Все — без исключения!

Она шла долго, давно выйдя за пределы поселка. Шла по пустынному и разбитому шоссе мимо серого, холодного весеннего моря. Ветер дул ей в лицо, размазывая ее слезы.

Остановилась, когда на улице было совсем темно, и испугалась — ушла она далеко, и обратно идти сил уже не осталось. Села на придорожный камень

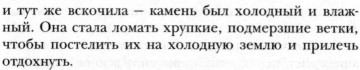

и тут же вскочила — камень был холодный и влажный. Она стала ломать хрупкие, подмерзшие ветки, чтобы постелить их на холодную землю и прилечь отдохнуть.

Когда ложе было готово, Мария легла и закрыла глаза. Было отчаянно холодно — никакие ветки не спасали от ледяного дыхания остывшей за зиму земли.

«Вот и хорошо, — подумала она, — вот сейчас заболею и выкину! А еще лучше — умру. Воспаление легких — это совсем не много, после такой вот ночи...» Она не заметила, как ее сморило, но скоро проснулась: ветер уже пробирал до костей — промозглый и влажный, весенний морской ветер.

Кряхтя, она поднялась со своей хлипкой лежанки и почти побежала обратно, в поселок. По дороге она чуть согрелась — даже сбросила шаг. Идти было тяжело, она задыхалась и, останавливаясь, прислушивалась к себе.

Ребенок не подавал ни малейших признаков жизни.

Она снова прибавила шагу и наконец дошла до поселка. До дома было рукой подать.

Она с трудом вставила в замочную скважину ключ — руки озябли, заледенели и совсем не слушались, наконец вошла в прихожую, и на нее пахнуло теплом жилья. Она села на табуретку и, раскачиваясь, тихонько, по-собачьи, завыла.

Она дотронулась до своего холодного, почти каменного живота, и в этот миг ее дитя, словно откликнувшись на ее боль и страх, зашевелилось, заерзало, словно подавая ей знак.

Она тут же вскочила, засуетилась, сняла мокрые боты и пальто, бросилась к плите, чтобы поставить чайник, переоделась, натянула шерстяные носки, обмотала живот и поясницу огромным серым пуховым платком и стала тихо приговаривать:

— Прости меня, детка! Прости, если сможешь! Все у нас будет с тобой хорошо. Господи! Какая же я идиотка!

Она гладила себя по животу, с радостью понимая — ребенок не умер! Он родится и будет жить. И нет ему никакого дела до душевных мук бестолковой матери. И наплевать ему на взгляды соседей и осуждение родни. Ему на все наплевать.

Деточка простила и до самых родов мамашу не беспокоила. Точнее — беспокоила. Но только так, как и было положено, — переворачивалась, выпячивала пяточку и кулачок, не давала спать по ночам и спокойно стоять у операционного стола.

В больнице все молча косились на Мариин живот и вопросов не задавали. А доктор, наконец обнаружив в любимой сотруднице перемены, нежно пожал крупную Мариину руку и поздравил ее «с новым и счастливым положением».

Почти перед самыми родами Мария поехала домой. Отец немного окреп и пытался помогать жене и сестрам по дому. Марии он обрадовался и слегка упрекнул:

— Ну ты, дочь, совсем раздалась!

Тетки и мачеха молча переглянулись. Только ближе к ночи, оставшись с племянницей наедине, уже почти слепая Христина погладила Марию по животу и тихо сказала:

— Девка будет. Наверняка девка. Я ведь ни разу не ошибалась, ты же знаешь!

Не поднимая глаз, Мария кивнула.

— Да и хорошо, что девка. С парнями сложнее.

— А это вот как сказать! — усмехнулась Христина и спокойно добавила: — Родишь — привози. До кучи!

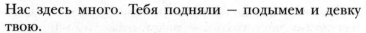

Нас здесь много. Тебя подняли — подымем и девку твою.

Мария кивнула — посмотрим.

В декрет она ушла поздно, на восьмом месяце. Сидела в перевязочной и крутила ватные шарики и тампоны. Когда случайно встречала Доктора, он неизменно справлялся о ее здоровье и сетовал, что в оперблоке без нее совсем плохо. Ехать рожать Мария решила домой, но роды начались на две недели раньше срока, и рожать ей пришлось у себя в больнице.

Роды принимал, разумеется, Доктор, призвав на помощь опытную акушерку Потаповну.

Девка — так назвала ее Потаповна — родилась мелкая, тощенькая — всего-то два шестьсот.

— Гора родила мышь, — со вздохом изрекла акушерка, подняв на плоской ладони сморщенную и красную рыжеватую малышку.

Доктор осмотрел ребенка, довольно хлопнул его по тощенькой попке и утешил роженицу:

— Хорошая мадемуазель, не сомневайтесь! Мои все три точно такие же были — и ведь доношенные же! А тоже такая же мелочь, только Тонечка, если не ошибаюсь, — тут он задумался, — да, точно, Тонечка набрала до трех килограммов.

Мария отвернула лицо и ничего не ответила. От волнения ей сдавило горло.

Да и что тут сказать? Ничего. Вот именно.

Он исправно навещал Марию каждый день. Говорил, что малышка красавица, и был внимателен больше, чем прежде. После его ухода она снова терзалась мыслями, не скрывает ли он своих догадок, понимая, что эта малышка — его четвертая дочь.

Вряд ли. Скорее всего, это была просто забота о любимой помощнице — и ничего больше.

На пятый день Мария выписалась домой. Дома она совсем растерялась — дочка орала дни напролет, не желала брать грудь и мучилась животиком.

Мария выбивалась из сил. Иногда заходила Потаповна и давала ценные указания. Она и установила, что молоко у Марии слишком жирное, оттого девочка и страдает животиком.

— Как назвала? — сурово спросила она молодую мамашу.

Мария пожала плечами.

— Людмилой назови, — так же сурово сказала Потаповна, — хорошее имя. И людям будет мила́.

— Люд-ми-ла, — повторяла Мария, словно пробуя предложенное на язык.

Людмила. А что, красиво! Или назвать Татьяной? В честь матери? Нет! Слишком страшная у мамы судьба, решила Мария, и девочка стала Людмилой.

Люда, Людочка. Милочка, Мила. Можно еще Люся — впрочем, «Люся» нравилось ей не очень.

А девочка стала именно Люсей. Точнее — Люськой. Потому что «Люська» — ей, рыжеволосой, конопатой, мелкой, тощенькой — подходило ей больше всего.

— Задрыга какая, прости господи! — бросила однажды в сердцах Потаповна.

Обидно было, а ведь чистая правда! Задрыга тонконогая. Никакой харитдьевской стати, мощи, яркости. А уж про красоту и говорить нечего — не поделилась покойная Танька ни с внучкой, ни с дочерью. Обидно... Оказалась сильна докторская порода — блеклые, будто смазанные черты лица, а как проявляются — одна за одной!

Люська росла болезненной, хлипкой, капризной и плаксивой.

Когда они шли по улице, картина и вовсе была смешная — величественная, неповоротливая, большая, почти огромная густо-черная, глазастая и носатая Мария — и вертлявая, мелкая, худосочная, веснушчатая и рыжая девчонка, пытающаяся вырваться из крупной и сильной руки матери.

Смех, да и только! Впору заподозрить, что капризулю эту рыжую ей подменили в роддоме. Подсунули, перепутав.

— Вот ничегошеньки от мамаши. Ну ни грамма!

И только одна Мария знала, в кого ее писклявая, конопатая и мелкая дочь.

В сестер. Посади рядом — и никаких сомнений. ИХ белобрысая порода. Как ни крути. Такие дела.

Никто и ни разу не спросил Марию про отца ребенка. Думали, наверное, так — в поселке решили, что дочку Мария привезла с родины — гостила же у родни там, на курорте, и закрутила роман. Наверняка с женатым курортником. Таких случаев — тыщи!

А домашние решили, что от кого-то из поселка. А почему одна? И не расспросишь — Мария человек суровый, немногословный. Хотела бы — поделилась. А так — что в душу лезть? Чтоб человека смутить? Не такие Харитиди, не из тех.

Когда Люське пошел пятый год, Мария приехала в свой город. Состарившийся Харлампий внучку прижал к себе и почти не отпускал — тетешкался, читал девочке книжки и выходил с ней за ворота — медленно, тяжело опираясь на самодельный костыль, — всего-то шагов десять.

У Танькиного дома они садились на трухлявую, черную от времени скамейку и долго и молча сидели, прислонившись друг к другу плечом.

Он умер, когда Люське исполнилось десять. И на похоронах она больше всех рыдала по деду.

Жена Харлампия, собрав вещи, засобиралась к себе в деревню. Там хотела женить сына, убедив невесток, что в городе «хорошего ждать нечего» — или запьет, или загуляет. Молодежь, она нынче...

Христина умерла через полгода после любимого брата. Постепенно уходили старики, разъезжалась молодежь, семья редела, и двор уже был не такой шумный, пестрый и суматошный. Оставшаяся за старшую Агния по-прежнему требовала варить первое в огромных кастрюлях и маниакально относила в погреб несметное число банок с компотами, соленьями и вареньем. А запасы не съедались. Из стариков едоки плохие, да и где они, старики. А молодежь... Молодежь наезжала теперь в отпуска — и только. И тащить на себе тяжелые гостинцы отказывалась, объясняя, что все сейчас «есть в магазинах».

Банки пылились в кладовке, и Агния тяжело вздыхала, вспоминая свою большую и дружную, шумную и прожорливую семью.

Праздник и радость были, когда Марии и Люське наконец выделили квартирку. Это и вправду была именно квартирка — квартирой назвать ее было сложновато. Однокомнатная — ребенок-то был однополый, а значит, вторая, отдельная, комната очереднице не полагалась. Зато! В квартире был балкон! А люди, живущие «на югах», знают, что балкон — это огромное счастье. Тем паче балкон был большой, почти огромный — целых три с половиной метра. Балкон, конечно же, утеплили и закрыли стеклянными рамами. Этаж был второй, и в окна бились ветки абрикосового дерева, дающие тень и прохладу в самые жаркие июльские дни. На этом балконе и «прописалась» Люська — туда был вынесен маленький столик для уроков, табуретка, две подвесные деревянные полки для книг и всякой девчачьей ерунды и, конечно же, узенькая кровать с никелированными шишечками.

На долю Марии осталась вся комната в целых пятнадцать метров и собственная кухня — четыре метра, зато! — бежевая кухонная полочка, тумба и белоснежная раковина с горячей водой.

Придя вечером с работы, Мария садилась на табуретку и замирала от счастья — кружевные занавески, синий, в красных цветах, чайник, голубая кастрюлька и розовый пластиковый абажур.

Она гладила ладонью клеенку в блеклый цветочек, и сердце ее сладко замирало — все это было ее и только ее!

Впервые в жизни она была хозяйкой. Полноправной хозяйкой такой неземной красоты!

Она долго пила очень горячий чай и снова осматривала свои владения.

Потом шла в комнату, включала телевизор и ложилась на кровать, покрытую синтетическим пледом с огромным ярко-рыжим клыкастым тигром.

На комоде, покрытом кружевной салфеткой, стояли фотографии отца, матери и Христины. Рядом — керамическая вазочка с искусственными пионами. На стене — ковер, вернее, небольшой коврик. Ковер бы Мария не потянула. Она засыпала под звуки программы «Время», и Люська, высунувшись из своего убежища, тяжело вздыхала и выключала громко орущий ящик.

В выходной день Мария «намывала» квартиру — остервенело начищала кастрюли, шваркала шваброй и густо, по-больничному, сыпала хлорку в раковину и унитаз.

Люська фыркала и убегала во двор.

А Мария выгребала с балкона яблочные огрызки, фантики от конфет и прочую чепуху, которой дочь с удовольствием захламляла свою «жилплощадь».

Мария чертыхалась и обещала себе наказать «эту засранку».

Но с Люськи как с гуся вода. Странная получилась девка — полублаженная, что ли.

Платьев новых у матери не просила и губы втихушку не красила. И подруг у Люськи особенно не было: так, поболтается во дворе — и домой. Только на море бегает. Купальщица! Прибежит с мокрыми волосами, отожмет кое-как купальник — и снова за книжку.

На море бегала до глубокой осени — на берегу только бакланы и чайки, пищат, дерутся, копаются в мусоре и огрызках, и — Люська. Холод собачий, а она в воду! А еще сидит на море и все любуется. А что на нее, на воду, смотреть? Тоска бескрайняя... Ни конца этой тоске, ни начала...

Мария море терпеть не могла. Помнила, что море сгубило, отняло у нее мать. На дочку кричала:

— Что тебе это море? Соленое до горечи! Слезы одни, а не море!

Впрочем, понятно, откуда такая «любовь». Доктор по-прежнему приходил на «свою» скамейку и так же подолгу глядел на бескрайнюю воду.

Лишь однажды — ну, просто курам на смех — у Марии «нарисовался» ухажер. Разумеется, из больных. Степан Багратович Арутюнц был пожилым вдовцом и директором гастронома на «центральной» площади.

Человеком он был нездоровыми, тучным, одышливым и незлобивым. Ухаживать он начал смешно и наивно, принося тайком в кабинет, обязательно — в дежурство Марии — то букет гвоздик, то коробку шоколадных конфет, то пышный, кремовый, затейливо разукрашенный торт. Все это делалось с изяществом и грацией слона — вечерком, оглянувшись, бочком, бочком... Но тут же падала ваза, предательски хлопало окно или дверь, и на шум сбегались дежурные врачи и сестры.

Он беспомощно разводил смешными пухлыми ручками, хлопал глазами и назойливо извинялся.

Мария тяжело вздыхала и осуждающе качала головой:

— Взрослый ведь человек, Степан Багратович, а все туда же!

Он смущался еще больше, бормотал что-то невразумительное и пятился к двери, непременно опрокинув стоящий на пути стул.

По отделению поползли шуточки: «А наша-то! И кто бы мог подумать?»

Мария «эти глупости» отмела резко и разом — все тут же притихли, и хохмочки прекратились.

Только Доктор сказал ей однажды:

— А зря вы так, Маша! Чудный человек этот Багратович. Добрый, широкий. Совершенно не типичный торгаш. Соединили бы свои судьбы, а, Мария? Может быть, обратите внимание? Ну, не всю жизнь одной. И дочке вашей... Будет неплохо. Человек он не бедный, да и нежадный, как видно... Так что — рекомендую.

Мария застыла, чуть не выронив из рук лоток с инструментами.

— Что? — переспросила она. — Не поняла.

Доктор стушевался и досадливо махнул рукой.

— Да не обращайте внимания. Несу черт-те что, сам не знаю. — Он пошел к двери и, обернувшись, тихо добавил: — А все-таки зря. Когда два хороших и одиноких человека... — Снова махнул рукой и вышел вон.

Мария опустилась на кушетку. Господи! Какая чушь! И кто? Он? Он советует мне «обратить внимание»? Рекомендует?

Он, кого она любила всю свою жизнь? От которого родила дочь и ни разу — ни разу! — не побеспокоила его и не потревожила его покой!

Он, рядом с которым она прожила свою жизнь, просто чтобы прожить ее рядом с ним! Он рекомендует ей!

Он, ради которого все эти годы она имела счастье каждый день проходить мимо его дома и видеть, слышать... Просто — знать! Знать, что он там, рядом, только протяни руку и...

Он там! Пусть со своей семьей, со своей Веруней! Ей, Веруне, он выбирает гранаты на рынке. У Верочки низкий гемоглобин. Ей, Веруне, он покупает мед — у Верочки слабый иммунитет. Ездит в центр за зимним пальто и справляется, где молодая докторша Светлана Васильевна купила такие замечательные осенние сапоги! Просит совсем уже слепую Потаповну связать «Верочке теплую шаль».

Все эти годы она слушала про его непутевых дочерей и сестер и утешала как могла.

На всех операциях стояла с ним рядом, плечом к плечу, даже тогда, когда он почти заболел, теряя сноровку и ловкость. Просто для того, чтобы он, не дай бог, не занервничал и не совершил ошибку.

Носила ему пирожки и борщ в баночке, чтобы он поел вкусного и горячего. Хотя бы там, на работе. Из ее рук. Да что там пирожки! Все эти годы она ни разу не подумала о другом мужчине. Восхищалась им, восторгалась и боготворила! Прощала ему его Веруню и его любовь к ней, ни разу — ни разу! — не заревновав к ней, потому что...

Потому что не это было главное! А главным было то, что бог дал ей *такую* любовь и счастье родить от него ребенка.

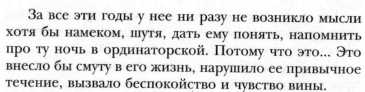

За все эти годы у нее ни разу не возникло мысли хотя бы намеком, шутя, дать ему понять, напомнить про ту ночь в ординаторской. Потому что это... Это внесло бы смуту в его жизнь, нарушило ее привычное течение, вызвало беспокойство и чувство вины.

Главное — он был рядом, почти каждый день, и она могла слышать его, разговаривать с ним, смотреть на него! Она любила его так глубоко, так сильно, так безнадежно, довольствуясь не просто малым, а почти невидимым, незаметным, совсем неслышным. И даже в минуты вселенского отчаянья и одиночества, когда подступала к горлу жалость к своей женской судьбе, своей неприкаянности, когда задыхалась от крупа его дочь Люська, когда не хватало денег выправить ей новую куртку и свозить ее в Питер, чтобы дочь увидела, как много есть прекрасного на белом свете, кроме ее дурацкого моря...

Она ни разу — ни разу! — не подумала о том, что надо ему сообщить. Сказать, поставить в известность. Воззвать к жалости или к совести, в конце концов!

Любовь к нему заливала ее сердце и душу, как расплавленный горячий свинец, который в детстве они плавили во дворе в пустой жестянке от консервов.

Всю жизнь она прожила рядом с ним. Да-да, именно рядом! И это казалось ей самым главным и значимым.

А он... Он не то чтобы не заметил всего этого...

Ему было на нее плевать! И в конце концов он решил ее сосватать. Сват и советчик! И это человек, в котором не было ни грамма пошлости! Никогда в жизни она не чувствовала такой обиды и боли. Ей казалось, что ее растоптали, унизили, оскорбили.

Ей захотелось догнать его и выкрикнуть — пусть слышат другие! — что-нибудь злое, ужасное, страшное — про ту их единственную ночь, про их общую дочь — пусть все узнают! И пусть «слабенькая» Верочка наконец потеряет покой!

Мария в изнеможении опустилась на стул и закрыла лицо руками. Спустя время она тяжело поднялась, бросила в сумку свои вещи — чашку с чайной ложкой, халат и тапочки — и медленно побрела к выходу. По дороге, у приемного отделения, вот, господи, испытание, ей снова попался Доктор.

— Маша, куда вы? — удивленно спросил он, взглянув на часы. До окончания дежурства оставалось еще три часа.

Она прошла мимо него, не взглянув в его сторону и не ответив на вопрос.

А если бы обернулась, увидела бы, что он застыл, словно соляной столб.

Она медленно шла домой, не видя никого вокруг и не замечая, как дождь хлещет ее по лицу и что туфли полны воды. Зайдя в квартиру, в первый раз она не подумала о том, какое же это счастье — отпереть входную дверь и вдохнуть запах родного дома. Она скинула туфли и плащ и, не умывшись, как подкошенная рухнула в неразобранную постель.

Люська тормошила ее за плечо.

— Мам, ну мам! Ты что, заболела? Пойдем обедать, мам!

Она присела на кровать матери и, видя, что мать не отвечает и даже не открывает глаза, горько заплакала.

— Что ревешь? — спросила Мария и тяжело сползла с кровати.

Побрела на кухню, достала из холодильника суп и поставила его на плиту.

Испуганная Люська сидела на табуретке и смотрела на мать.

Они молча пообедали, Мария помыла посуду и снова легла в постель.

Люська включила телевизор и кидала на мать тревожные взгляды. Мария смотрела в потолок и молчала.

Наутро она не поднялась как обычно и не стала собираться на работу.

— Может, врача? Позвоню в больницу? — осторожно спросила Люська.

Мария недобро усмехнулась.

— Не нужно врача. Хватит. Отлечились.

Потом села за стол и достала лист белой бумаги. Быстро, без раздумий написала что-то и протянула лист дочери.

— Сбегай в больницу и передай! — жестко сказала она. — Отдай этому... — тут Мария запнулась. — ...главврачу.

Люська растерянно глянула на бумагу:

— «Прошу отпустить меня в отпуск по собственному желанию», — вслух прочитала она и уставилась на мать. — Это что, мам?

Мария равнодушно пожала плечом.

— Заявление. Что, не видишь? Отнеси, — повторила она и отвернулась.

Люська кивнула, с тоской посмотрела на улицу, где снова лил сумасшедший дождь, и со вздохом стала натягивать резиновые сапоги и курточку.

Открыв дверь, она, запнувшись, посмотрела на мать.

— Мам! А ты хорошо подумала? Какой отпуск? Сейчас? Мы же с тобой в Питер собирались, мам! Ты же мне обещала! — осторожно и тихо спросила она.

Мария строго посмотрела на дочь и уверенно повторила:

— Иди, Люсь! Я кому сказала!

Она села у окна и стала смотреть, как крупные и тяжелые капли со стуком ударяются и медленно сползают по стеклу. Она вспомнила ту осень, тот дождь и ту ночь, когда ей хотелось умереть — впервые в жизни. Вспомнила, как испугалась потом своих мыслей и как корила себя за них. Вспомнила, как брела обратно, продрогнув до костей, мокрая и измученная, как тяжело давался тогда ей, тогда еще молодой, каждый шаг и как силы совсем покинули ее и она с трудом добрела до дома.

Как тяжело ей было носить в сердце свою тайну и боль, и смотреть на дочь, на ее фигуру, лицо и повадки, ежесекундно видя в ней отца и свою единственную любовь. Как боялась она все эти годы, что ее ужасный грех раскроется, и все узнают. Она вспоминала свои сны — люди кричали ей вслед бранные слова и смеялись над ней. А потом к ней приходила Веруня, его безликие сестры и одинаковые дочери — и их была целая вереница, которая никак не кончалась. Они окружали ее плотным кольцом и все повторяли: «Как ты могла, Мария! Как ты могла? Вытворить такое — да еще с нами!»

Веруня еле держалась на ногах, хваталась за сердце и молча плакала, приговаривая: «Как же так, Маша? Ведь мы так тебе доверяли!» А дочери умоляли ее не «отнимать у них отца» и тоже дружно ревели и протягивали к ней руки.

А сестры злобно шипели, словно змеи, укоряя ее: «В доме была как своя. Пили из одного самовара. А оказалась — обычная гадина!»

Она вспоминала, как стала тогда обходить стороною их дом — было стыдно и горько. Горько видеть их счастье, их тесный, веселый, шумный и дружный мирок.

Горько и стыдно — вот что она испытывала все эти годы! Сколько она корила себя, что не сделала

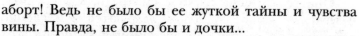

аборт! Ведь не было бы ее жуткой тайны и чувства вины. Правда, не было бы и дочки...

И все же грех говорить, жила бы с чистой совестью. Ведь муки совести, не приведи господи... Ничего нет страшнее!

И не чувствовала бы себя воровкой и предательницей. Впрочем, все тогда обошлось! Она понимала, что догадывается только Стеша. Но та — скала, никогда и ни слова!

А остальным... Да просто не было никакого дела до Марии и ее дочки. Ну, родила и родила — подумаешь, делов-то. Другие времена — бабы рожают для себя, и правильно делают. Толку от этих мужиков, как от козла молока...

Солнце, море, курортное место — закрутила одинокая баба с кем-нибудь из приезжих, да и слава богу. Не одна такая! Кому от этого плохо? А тот, из отдыхающих, ни сном ни духом — обычное дело! Вернулся небось к жене и не вспомнит.

А одинокой женщине радость — все не одна, с ребеночком!

Вдруг Мария подумала — жизнь была совсем ей не в радость. Ни рождение Люськи, ни любовь к Доктору — всю жизнь она испытывала страх и стыд. Только квартире и радовалась, а сейчас и эта радость прошла. Да нет, не только — с радостью всегда шла, нет, бежала она на работу — знала, сегодня, сейчас увидит его — и вот она, радость! Радость стоять рядом, подавать ему инструменты, не дожидаясь просьб и указаний, смотреть, как четко работают его руки, словно ловкие руки музыканта, играющего вслепую, без нот, по наитию и слуху. Радоваться вместе с ним после удачного исхода операции, горевать вместе с ним после трагических и безысходных случаев. Вместе! Все переживать вместе с ним! Как говорят — в горе и в радости! А после, когда он устало плюхался в кресло, приносить ему крепкий и сладкий чай — только из ее рук, только от нее...

И всегда — всегда! — он устало и мягко улыбался и просил ее задержаться. И она, каждый раз робея и стесняясь, присаживалась рядом, и они говорили, говорили... Сначала об операции — и ему всегда было интересно с ней это обсуждать, потом разговор плавно перетекал на дела больничные, а дальше и семейные. Она вспоминала, как он говорил жене: «Маша — мой первый друг!»

А у нее после этих слов все словно сворачивалось внутри — не друг, а предатель! Разве друзья так....

А теперь предателем был он — она вспоминала его гнусный смешок и не менее гнусный совет: «Пора наконец устраивать жизнь, Мария Харлампиевна! А то вы — не там и не здесь!»

Не там и не здесь... Правильно, это все про нее. И позор свой не скрыла — родила дочку. И уехать не уехала — боялась от него оторваться. И в дом его ходила как первый друг и дорогая гостья.

Кто же она после этого? Чужого не взяла, а ведь мечтала... и если бы это «чужое» хоть раз поближе к ней оказалось — да разве б она отказалась?

«Уеду! — решила Мария. — Вот сейчас точно уеду! Соберу манатки и... Куда? Домой? А что там дома?» Брат с мачехой давно уехали в деревню, тетки умерли, в доме уже другие хозяева — те, с кем она знакома слегка, почти шапочно. Туда она наезжала теперь совсем редко, пару раз в год — на могилы родителей и родни. Кто она там? Гостья. И вряд ли долгожданная. Да и как уедешь? Бросить дом, нажитое... Сорвать Люську со школы, оторвать от любимого места...

Снова начинать жизнь... Ни сил, ни желания.

Так она сидела весь день, вглядываясь уже в сумерки тихой улицы, и капли по-прежнему били в стекло и гулко стучали по подоконнику, отдаваясь в голове нерезкой и монотонной болью.

Люська застала ее в той же позе — стряхивая мокрую куртку, она смотрела из прихожей на мать и тяжело вздыхала.

— Ну? — спросила Мария. — Отдала?

Дочь кивнула и стала наливать в чайник воду.

— И что? — спросила Мария. — Подписал?

Люська пожала плечами.

— Не видела. Сказал, что ему сейчас некогда. Торопился, — добавила она и обернулась к Марии. — Поругались? — спросила она.

Теперь вздохнула Мария.

— Дура ты! — В сердцах сказала она. — Кто он и кто я!

Люська пожала плечами и вышла из кухни. «Странная все-таки мать женщина», — с сожалением подумала она.

Молчит все, ничем не делится. Кто знает, что у нее на уме? Ни друзей, ни подруг. Раньше хоть ходила в гости к Доктору. А потом и туда перестала. Ни гостей у них, ни родни. «Одни как персты, — подумала Люська и тут же призадумалась. — Персты? А почему бы нет? Перст — это ведь палец? А персты — пальцы, правильно. Вот они и есть эти персты — она и мать. И никого больше. И что там у нее на работе? И ведь не спросишь! Не у кого спросить! Разве что у этого доктора...»

Люська забралась с ногами на кресло и стала громко прихлебывать чай. Мария зашла в комнату, посмотрела на дочь и поморщилась — вот точно так же пьет чай ее отец. Шумно прихлебывая, втяги-

вая в себя горячую воду, дуя на поверхность стакана и морщась от горячего пара.

Никогда это ее в нем не раздражало. А сейчас, при виде того, как это делает дочь, ее вдруг замутило, и она поскорее вышла из комнаты.

На следующий день, рано утром, проводив Люську в школу, Мария быстро собралась и уехала в Энск. Прямо из автобуса, не заходя в отчий дом, она сразу пошла на кладбище. Долго прибирала могилы, обновила серебрянкой оградки, посадила маленькие вечнозеленые туи и устало поплелась обратно. Она долго шла к родительскому дому, удивляясь, как изменился город и знакомые улицы. На улицах и набережной было тоскливо и пусто — курортный сезон уже закончился, и закончилась, собственно, «жизнь». Не играла громкая музыка, не кричали зазывно фотографы и продавцы сладкой ваты, не пахло терпкими духами от проходивших нарядно одетых дам и не блистали голодными очами одинокие мужчины, надеявшиеся на бурный, но короткий курортный роман.

Мария присела на влажную скамейку и расстегнула воротник осеннего пальто. Ветер, подвывая, весело гнал по пустынной набережной обрывки газет и прочего мусора.

Жизнь замерла, словно остановилась. Город словно впал в зимнюю спячку в ожидании следующего лета. Впрочем, так оно и было — городок уныло дремал. Он просыпался только к весне, как всякий курорт. Вот тогда хозяева домов и хижин, картонных «шанхаев» и дырявых сарайчиков, не слишком приспособленных для жилья и все же в сезон идущих на ура, лениво прибирались, красили окна и двери, доставали ветхое, старое белье — для снимающих — и пыльные сковородки, отзимовавшие в холодных и захламленных сараях.

Мария перевела дух и двинулась к родному дому, не надеясь, впрочем, ни на что хорошее. Остановилась у знакомой калитки и, вытянув шею, стала вглядываться в глубь двора. Было тихо. Она толкнула калитку и вошла во двор. Главное место дома — любого южного дома — большая летняя кухня, или веранда — большое пространство, где до холодов варились обеды, пенились в медных тазах душистые варенья, пеклись пироги, мылась посуда, и вся семья собиралась за столом, где болтались весь день дети, выпрашивая у хлопочущих женщин то хлеб, то конфеты, где молча садились за стол уставшие после работы мужчины и важно дули на огненное жаркое, летний «зал» — земляной пол, навес — был пуст. Наступило холодное время, и вся жизнь переместилась, естественно, в дом.

Мария села на лавку и оглядела до боли знакомое место. Дверь распахнулась, и на пороге появилась молодая женщина, кутающаяся в огромный пуховый платок.

— Вам кого? — недовольно спросила она.

Мария вздрогнула, поднялась с лавки и тихо сказала:

— Да никого. Уже — никого.

И быстро пошла к калитке.

Женщина спустилась со ступеньки и выкрикнула ей вслед:

— А вы, собственно, кто?

— Уже никто, — откликнулась Мария, торопясь выйти на улицу.

Хлопнула калитка, и молодая женщина окинула взглядом веранду. «Странная тетка, — подумала она, — чудная какая-то. Может, воровка? Аферистка, может? Сколько их сейчас расплодилось! Хотя... — она тяжело вздохнула, — господи, да что тут брать? Старые кастрюли и сковородки?»

Она снова вздохнула и с удовольствием открыла дверь в дом. Запахло знакомым теплом, и громко заплакал ребенок.

На автобусной станции Мария почувствовала, что сильно проголодалась. В буфете она взяла пирожок и горячий чай в картонном стаканчике. Замерзшие руки слегка согрелись.

В автобусе она прислонилась к стеклу и тут же заснула.

Люська внимательно разглядывала уставшую мать. Мария, не глядя на дочь, молча разувалась в прихожей.

— Ну, — требовательно начала Люська, — и где же тебя носило?

— В Н. ездила. На кладбище, — сухо отчиталась Мария и пошла на кухню.

Люська вздохнула и снова уселась у телевизора.

— Этот приходил, — выкрикнула она, — твой! Целых три раза!

Мать не ответила.

Две недели в дверь настойчиво звонили. Мария не открывала и в окно не выглядывала. Просто прибавляла звук у работающего целый день телевизора.

Однажды, придя из школы, Люська увидела, как мать, стоя на стремянке, переклеивает обои.

— Ничего себе! — сказала она вслух и принялась собирать с пола обрывки старых газет.

Две недели Мария ожесточенно терла кастрюли, скребла сковородки, перестирывала шторы и скатерти.

Дальше принялась варить варенье из поздних фруктов — кизила и айвы. Сетовала, что «пропустила» помидоры и перцы, рассказывая дочке, «какие грандиозные запасы» делали ее тетки.

— Так там была семья! — отозвалась Люська, макая баранку в плошку с пенкой от варенья. — А у нас что? Кому это есть?

Мария вздрогнула и присела на стул.

«Там — семья! А у нас что?» — звенели в ушах слова дочери.

Что у нас? Что? Что есть у нее, у Марии? К чему эти хозяйственные подвиги?

К чему вся ее жизнь? Когда в ней нет никакого смысла...

Раньше у нее была работа, и был *он*... А сейчас? Да, у нее есть дочь. Но дочь эта... Человек пустой и ненадежный. Вспорхнет, и как не было. Мария вспомнила, как плакал отец, когда она уезжала. И как ей хотелось вырваться на свободу... и нет от Люськи никакого тепла... Такая же бессердечная, как и ее отец...

Про работу Мария старалась не думать. И все же снилась ей операционная, тонкое позвякивание инструмента и его глаза. Слов им уже не требовалось — она понимала его с полувзгляда. И он рассказывал всем, что операционная сестра — это важнее, чем жена. Потому что партнер. Потому что помощник. Говорил, что завидует сам себе.

И все же эти сны были лучше, чем те, которые изводили ее всю ее жизнь. Те были страшнее.

Теперь, идя на базар или на почту, Мария обходила тот дом стороной — не дай бог, кого-нибудь встретить. Не дай бог, встретить его!

Однажды увидела в магазине знакомую докторшу. Та, разумеется, набросилась с вопросами.

Мария сухо ответила — просто устала. Ноги больные, стоять тяжело. Хочу отдохнуть, а там — посмотрим. Может, найду работу полегче. Пойду в медпункт на вокзале. Или в поликлинику на прием.

Докторша с сомнением посмотрела на Марию и почему-то покачала головой.

Люська, видя хозяйственное рвение матери, бросила однажды со смехом:

— Ты б еще свиней завела! А потом — на базар!

Мария застыла с поварешкой в руках, посмотрела на дочь и задумалась. А наутро пошла в сараюшку.

Деревянные сараи, покосившиеся, кривые, словно пьяные, стояли во дворе дома — обычная южная история. Сарайчик прилагался к каждой квартире. Мариин пока пустовал — вернее, не был задействован. В нем хранила свой инвентарь — метла, лопаты и ведра — дворничиха Даша. Мария вынесла Дашино богатство во двор и принялась за уборку.

На следующий день приволокла деревянный ящик, в котором шумно гомонили две довольно облезлые белые курицы и жидковатый петух, норовивший клюнуть Марию в лицо или, на худой конец, в руку.

Мария насыпала новым питомцам зерна, налила воды и заперла сарайчик на новенький блестящий замок. Шумный петух с несвободой был не согласен и грудью бросался на хлипкую дверь. Мария вернулась и приперла дверцу здоровым поленом.

Люська, узнав про «хозяйство», покрутила пальцем у виска — совсем мать рехнулась. Но вопросов не задавала — каждый сходит с ума по-своему.

Последний штрих — Мария сменила шторки на кухне и притащила две новые кухонные табуретки.

Пересчитала оставшиеся деньги и тяжело вздохнула.

На следующий день, переводом, Мария устроилась в медпункт на автобусной станции. С больницей было покончено.

Люська заканчивала школу. Мать сурово спросила про планы на жизнь. За этой суровостью прятался страх, что дочка сорвется и уедет. Хотя бы в районный центр. Там, по крайней мере, есть три училища — педагогическое, медицинское и парикмахерское.

Люська сказала, что в районку не поедет. Останется в городе и пойдет работать. После выпускного отдохнула пару недель и пошла в магазин канцтоваров. Разумеется, продавцом.

Мария облегченно выдохнула — дочка пока оставалась при ней. Пока. Да и то слава богу! А значит, одиночество, которого она, как оказалось, боялась больше всего — всю свою жизнь, — ей не грозит.

Так ей казалось. Потом, спустя пару лет, она проклинала себя за то, что не выперла Люську учиться. Но жизнь уже распорядилась по-своему.

Анатолий Васильевич Ружкин был в городке человеком известным. Но, увы, не благими делами.

Был он человеком, по мнению окружающих, мягко говоря, пустым и неблагонадежным — тихим пьяницей, балаболом и бабником. Словом, никчемным. Работал электриком на телефонном узле. Ходил франтом — всегда при светлой сорочке, желательно голубой — под цвет ярких глаз, при галстуке в мелкую крапочку и в отутюженных, хоть и сильно потрепанных брючатах. Росту он был хорошего, фигуру имел стройную и лицо симпатичное — «интересное», — как говорили про него женщины. Коим, кстати, не было числа. Женщины Анатолия Васильевича очень любили. За что? Им, женщинам, виднее. Но кроме женщин случайных — а имя им легион, — были подруги и постоянные. Очень даже постоянные — практически гражданские жены. И было их, между прочим, целых три!

Катерина, первая любовь и мать двух его сыновей, была уже немолодой, довольно обрюзгшей и потрепанной жизнью. Торговала на железнодорожном вокзале водой с сиропом и без. Была она хамкой и сиропа не доливала, но все, кто однажды, по незнанию или неосторожности, с ней связался, помнил об этом не один день. И больше таких ошибок не повторял.

Два ее сына, оболтусы Витька и Колька, болтались по городу и задирали прохожих. К папаше относились с презрением, называя его сраным интеллигентом.

Обида за мать и полное неприятие папаши сделали свое дело. Когда он приходил к ним, они злобно цыкали и отпускали пошлые шуточки. Анатолий Васильевич расстраивался до слез и пытался с ними заигрывать. На что получал, разумеется, жесткий отпор.

Когда пацаны выкатывались за дверь, не желая наблюдать все эти «тити-мити», он жаловался Катерине на их грубость. Она шмякала на стол бутылку и коротко бросала:

— Безотцовщина! — прекращая этим все дальнейшие прения.

Анатолий Васильевич выпивал рюмочку, вытирал скупую мужскую слезу и переключался на другие темы — что напрасно душу травить?

Они вспоминали с Катериной молодость и свою пылкую любовь. А там, поверьте, было много, как ни странно, хорошего!

Катерина на судьбу не роптала — родила по любви и в любви прожила. Толик ее не бросил и, хоть его пассии были уже посвежее и помоложе, к прежней подруге захаживал и телом ее немолодым не брезговал.

А что у других, у замужних? Мужики — без слез не взглянешь, водкой по горло наливаются, баб своих матерят и руку на них поднимают. Вот и смотри на это с утра до вечера и жди, когда огребешь!

А тут — все культурно, со вкусом. От детей своих Толик никогда не отказывался, в метрике записан отец, денег, правда, почти не давал — да и откуда у него деньги? Человек он честный и бескорыстный. К ней всегда с почетом и уважением — Катя, Катя...

Ни одного грубого слова! Только ласка. Прижмет в коридоре и за задницу щиплет. Пустячок, а приятно!

На Восьмое марта всегда с пастилой и мимозой, а в букете открытка: «Спасибо, Катя, за пережитые чувства!»

Ну? И какая женщина от этого откажется? К тому же немолодая. А ведь ходит! Раз в две недели — как Отче наш! А ей больше и не надо — силы не те, да и страсть поутихла.

А что не женился — так она его давно простила. Холостяк по натуре, куда деваться...

Молодые его окрутить не могут, что говорить! Так что Катерине совсем не обидно.

Лариса Ивановна была женщиной строгой и даже принципиальной — завуч в школе, ноблес оближ, положение, как говорится, обязывает!

Женщиной она была видной — высокая, крутобедрая, грудастая. Юбка в обтяжку, блестящий и жесткий капрон. Душное облако духов и высокий начес. Боялись ее и ученики, и родители.

Не боялась только дочка Алена — тот еще фрукт! Алена была красавица и отличница. Красавица — в папу, отличница — в маму. Но вот папу своего, Анатолия Васильевича Ружкина, «папашку», Алена, увы, тоже не уважала.

Так и говорила про него — чмо. Мать свою не понимала — ну, что она нашла в этом уроде?

Нищий, пьющий, гулящий. Понятно — когда-то был дикий красавчик! Но что, как говорится, с того? А за то, что на матери не женился, у Алены была на него жгучая обида.

У нее — да, а у матери, видимо, нет. Вот чудеса! И ждет она его по-прежнему, выглядывая в окно. И стол накрывает: салатики, селедочка — прям как на Новый год! И причепуривается, словно на первое свидание. Духами так обольется, хоть нос затыкай!

И все мимо зеркала, мимо зеркала... Дура, ей-богу! Вот она, Алена, с таким вот чмом — да ни за что на свете и ни за какие деньги!

Когда папаша заходил в квартиру, Алена корчила лучшую из своих презрительных рожиц и обиженно надувала губы.

Папаша задавал дурацкие вопросы про школу и просил показать дневник. Алена смотрела на мать, и та делала «зверские» глаза. Дневник приходилось предъявлять.

Папаша надевал очки, листал дневник и начинал умиляться. Потом доставал из кармана шоколадку и, шмыгая носом от умиления, протягивал дочери. Словно это была не шоколадка, а золотые сережки.

Алена шоколадку брала, делала книксен и, боясь смотреть на мать, снова корчила рожу.

Потом собирала вещички и отправлялась к бабуле — маман уже нервно посматривала на часы.

На улице Алену душили злые и обидные слезы — ах, лучше бы ее отец был летчиком и разбился на задании! Или моряком, утонувшим при крушении корабля.

А Лариса Ивановна, покачивая красивыми бедрами, склонялась над Толиком, подкладывая ему салатик «мимоза» и дразня приоткрытым и пышным бюстом.

Они торопливо ужинали, выпивали бутылку шампанского, и Анатолий Васильевич благодарил «дорогую Лару» за прекрасную дочь.

«Дорогая Лара» снова нервно смотрела на часы и торопливо принималась убирать со стола.

Что ее ждет впереди, знала только она. И больше никто на свете — ни ее мать, ни подруги, ни, разумеется, Алена.

Потому что дело касалось личной, можно сказать, интимной жизни.

А личная жизнь ее заключалась в том, что каждый раз, ах, каждый раз! — в каждую их совместную ночь она переживала восхитительные моменты трепета, любви и полнейшего, через край просто, женского счастья.

Анатолий Васильевич был непревзойденным любовником и восхитительным мужчиной! А Лариса Ивановна была женщиной страстной и... очень страстной!

Нет, конечно, что греха таить, пару раз она пыталась найти ему замену — обижаясь на его холостяцкие замашки и нежелание идти в загс. Но все попытки завершались крахом — ни один мужчина не мог сделать ее счастливой, ни один!

Все они были лишь жалкий суррогат и подделка. Никто не говорил ей таких головокружительных, волшебных слов. Никто не придумывал такие милые, такие смешные, немного дурацкие прозвища.

Никто так не восхвалял ее ноги и грудь. И никто не думал в тот самый-самый жгучий момент о ней так, как думал он.

Помаявшись, она решила — так, значит, так. Значит, такая судьба! В конце концов, варить мужу борщи, стирать носки и выносить его занудство — не такая уж и завидная доля. А у нее дочка от любимого человека и щемящая радость от нечастых, но таких теплых встреч!

У нее — всегда праздник. Всегда Новый год. И черт с ним, с законным браком. Как говорится, хорошую вещь браком не назовут!

Подумала и смирилась. А что до Алены... Строптивая, да. Непокорная. Но сегодня эта Алена рядом, а завтра улетит замуж, и только ее и видели! А любимый Толик останется при ней. В этом она была почти уверена.

Третья подруга Анатолия Васильевича жила, слава богу, в соседнем поселке. И то счастье — Катерина и Ларочка друг с другом давно смирились и даже хмуро кивали друг другу при встрече.

А вот Альфия... Альфия была строгой. Требовала, чтобы он навещал ее и сына два раза в неделю. Он и старался.

Еще у Альфии был отец. Вот тот смотрел на Ружкина как волк на овцу. Стоял на крыльце, тянул «Беломор» и щурил злые глаза.

За стол с ним не садился — презирал. Вечером, в саду, когда Анатолий Васильевич торопился «до ветру», папаша железной дланью больно хватал его за локоть и грозно вопрошал:

— Когда? Когда с Алфиюшкой пойдешь и запишешься?

Анатолий Васильевич начинал что-то вяло и невразумительно мямлить, оправдываться и все пытался вырвать зудевшую руку.

А однажды сообразил и бодро сказал:

— А зачем я вам? Нищий, уже пожилой... Альфия ведь такая красавица! Найдет жениха помоложе. Как пить дать — найдет!

Папаша, как ни странно, задумался и согласился — позор они уже почти пережили, внучка своего он обожал. Только вот дочку жалко. Молодая ведь баба! И вот с этим вот... Говном — по-другому не скажешь!

Он злобно сплюнул и чертыхнулся — а и вправду, зачем ему такой зять? Ни дать ни взять, а не зять! Может, сосватает старая Зуля красавицу Альфию?

А красавица Альфия и слушать о женихе не хотела. Говорила — люблю отца моего ребенка. Люблю, и точка! А загс мне твой — как собаке пятая нога! Не нужен, и все!

И бросалась целовать сына — ожесточенно, словно в последний раз.

Вот такое «добро» и прихватила ее глупая Люська. Какая беда! Уж лучше бы отправила ее в город. Лучше бы там пропала, чем здесь, на глазах!

Дуру эту он подцепил в городском парке. Люська ела пломбир в вафельном стаканчике и глазела на стреляющих в тире. Анатолий Васильевич Ружкин тоже ел пломбир и тоже поглядывал по сторонам. Увидев Люську, он подошел поближе и нежно улыбнулся.

— Вкусно? — поинтересовался он.

Люська радостно кивнула. Ей и вправду было вкусно и весело. Погода стояла замечательная, и море прогревалось день ото дня. По ночам она долго мечтала, как примерно через пару недель она наконец зайдет в прозрачную и еще прохладную воду, которая обожжет ее моментально и сладко, она постоит так минут пять — плотно зажмурившись, а потом со всего маху бросится в воду и — поплывет! Ноги будет сводить — разумеется, дыхание перехватывать, но... Все равно это будет ни с чем не сравнимое счастье.

Люська доела пломбир и оглянулась в поисках урны.

— Постреляем? — задорно предложил незнакомый, немолодой, но все же очень интересный мужчина.

Люська радостно кивнула, и они подошли к стойке тира.

Анатолий Васильевич осторожно взял Люську за плечи, приобнял и вместе с ней стал наводить легкое ружьишко.

Люськины пульки отчаянно пробивали «молоко». Потом ружьишко взял Анатолий Васильевич. С третьего выстрела он попал в призового розового медвежонка и радостно протянул его Люське.

Люська прижала медвежонка к лицу и всхлипнула.

Анатолий Васильевич мягко прихватил ее под руку и повел по аллее к заезжему луна-парку.

Они прокатились на каруселях с цепями, пару раз — на маленьком колесе обозрения, где сидели очень плотно и тесно, и она чувствовала острой коленкой теплое бедро ее нового знакомого.

Когда аттракционы закончились и они вышли на улицу, он предложил ей посидеть в кафе — выпить «по чашечке кофе и бокалу «Советского полусладкого».

В кафе на центральной улице, где собиралась вся молодежь, Люська поежилась от смущения и одернула свое старенькое пестрое платье.

В зале было почти темно и тихо играла музыка. Подошла официантка, насмешливо оглядела вновь прибывших и со вздохом зажгла маленькую свечку, стоящую на кофейном блюдце.

После трех глотков шампанского у Люськи закружилась голова, и мир показался ей огромным и прекрасным.

И открыл ей этот мир ее новый знакомый, вежливо представившийся Анатолием.

Он рассказывал Люське, что глубоко одинок и даже почти несчастен. Проживает один, «пищу» готовит самостоятельно. Рубашки стирает, простите, тоже.

— А чего ж не женились? — осторожно спросила Люська.

Анатолий трагично развел руками — не сложилось как-то. Не встретил свою женщину.

И в этот момент больше всего на свете, до дрожи, до боли и сердечных спазмов, Люське захотелось стать его женщиной.

Он провожал ее до дома, осторожно держа под руку, а у подъезда поправил ей выбившуюся прядь, провел рукой по щеке и тихо спросил, имеет ли он надежду на счастье увидеть ее в ближайшие дни?

Люська торопливо вскрикнула:

— Завтра?

Это получилось так быстро, что она тут же смутилась и обрадовалась, что на улице темно, и он не видит, как она густо покраснела и стушевалась.

— Завтра... — громко вздохнул Анатолий. — Завтра, детонька, не получится... завтра еду к больной матушке.

На самом деле он планировал навестить Альфию с сыном Рустэмом, которого он не видел уже почти две недели. И еще раз громко вздохнул, представляя, какой Альфия закатит скандал. На это она была большая мастерица.

Люська грустно кивнула.

— Дни разлуки пролетят незаметно, — вдруг оживился Анатолий, — и мы снова окажемся рядом!

На сигаретной пачке он записал ее рабочий телефон, галантно поцеловал Люськину руку, покрытую шершавыми цыпками, как гусар, щелкнул каблуками и пошел восвояси.

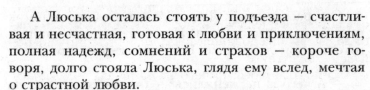

А Люська осталась стоять у подъезда — счастливая и несчастная, готовая к любви и приключениям, полная надежд, сомнений и страхов — короче говоря, долго стояла Люська, глядя ему вслед, мечтая о страстной любви.

Он появился спустя пять дней, и Люська уже вовсю горела в любовном огне. Он ждал ее после работы у магазинчика, и в его руке гордо пылала одинокая красная, чуть подвядшая роза.

Они сидели у моря и смотрели на тихую рябь воды. Он снова говорил ей про свое одиночество, а ее сердце снова рвалось от жалости и любви.

Потом он принес ей горячего шашлыка и очень кислого разливного красного вина в бумажном стаканчике.

Люська опять захмелела и почти сомлела на его широком плече. А он говорил ей о том, как она молода и прекрасна, как прекрасна ее белая, почти прозрачная кожа, как милы ее светлые и смешные веснушки, как хороши, просто волшебны, шелковые белые волосы, чуть отдающие нежным, неярким золотом.

Такое Люська слышала про себя впервые. Ей казалось, что она все про себя знает — некрасивая, худющая, почти тощая, голенастая и конопатая без меры, блеклая. Короче, совсем неинтересная.

Разумеется, как все женщины, она мечтала о любимом и о любви, но... Глядя на киношных красоток, на ярких, сочных, грудастых молодых женщин, которых встречала повсюду, коллег по работе, шушукающихся по углам про своих страстных любовников, она и думать не смела, что все ЭТО обрушится и на нее.

Она уже и не видела, что он совсем немолод, поношен и пошловат.

Он казался ей таким прекрасным, таким молодым, отчаянным и смелым — и таким несчастным, что счастью своему она до конца так и не верила и очень боялась его спугнуть.

Мария, казалось, ничего не замечала — носилась со своими курами и мечтала развести кролей.

— Со шкурок сошьем тебе шубу, — задумчиво говорила она, — ну или полупальто.

Люська морщилась и шубу из кроля не хотела. Да ничего она не хотела! Кроме свиданий с возлюбленным.

Девчонки на работе отследили ее ухажера и подхихикивали над его возрастом.

Люська вспыхивала, но на шуточки не отвечала — что они понимают? Да и при чем тут возраст? Анатолий красив как бог, обходителен, интеллигентен, внимателен и добр к ней. А возраст — какая же все это ерунда!

Никто так к Люське не относился. Даже мать была с ней всегда суха и жила как-то странно, замкнуто, отстраненно, вся в своих мыслях — никогда не понять, что у нее в голове, а уж тем более — на сердце.

Люська привыкла к своему одиночеству, как привыкают к хронической хвори — неприятно, а куда деваться. Это с тобой навсегда.

Никто и никогда не стремился с ней подружиться или просто сблизиться. Никому она была неинтересна — даже собственной матери. Так и проживала она свою жизнь, привыкнув к тому, что она — человек на обочине. Ну, что-то вроде второго сорта.

А этот человек всем своим видом, отношением, всем своим существом доказывал ей, что она, белобрысая Люська, ценнейшая из женщин, прекрасная из прекрасных, и даже мечтать о ней сладко, не то что держать за руку.

Мария засобиралась в Н. — пришло письмо от двоюродной сестры из Кишинева, что та собирается приехать туда всей семьей на пару недель в отпуск.

— Поедешь? — спросила Мария дочь. — Лиля приедет. Сходим на кладбище.

Люська нервно повела плечом.

— Не отпустят, мам! Август — скоро начнут собирать детей к школе. Самая работа. Да и девчонки все в отпуске.

Мария вздохнула и от дочери отстала. Только наказала следить за хозяйством.

Как только за матерью хлопнула дверь, Люська закрутилась по квартире как подорванная. Наконец-то! Наконец-то они останутся одни! Закончились эти шатания по темному городу, посиделки в парке на лавочках и обжимания в подъездах.

Наконец-то она может предложить любимому человеку... Уют, тепло, вкусный ужин и еще... Себя.

На последнем слове ее бросило в дрожь от страха и восторга. Сегодня! Сегодня он придет к ней и останется у нее! Сегодня произойдет то, что она так долго ждала.

Ну, словом, понятно. Люська долго, до красноты, терла свое тощее тело жесткой, словно железной мочалкой, а потом, выйдя из душа, внимательно разглядывала себя в зеркало.

Ничего хорошего, печально заключила она. И что он в ней увидел? Правильно говорят, любовь слепа...

Она спустилась в сараюшко и чуть приоткрыла хлипкую дверь. Куры всполошились, загомонили и встревоженно шарахнулись по углам.

Люська оглядела их внимательно, приценяясь, а потом пошла к дворничихе Даше — предложить ей работу.

Даша сидела в своей полуподвальной каморке размером с небольшой шкаф и, шумно прихлебывая, пила чай.

— Забить? — удивилась она. — Да тебя же мать покромсает! Как пить дать — покромсает! Она же за этих несушек... Горло перегрызет!

Люська продолжала стоять на своем.

— Оголодала, — наконец заключила Даша. — Оно и понятно. В магазинах-то голяк. Забыла, когда ела мясо, — пожаловалась Даша, — а уж про курей и не говорю!

Короче, сговорились — пять рублей и пяток яиц. И еще горло и потроха — Даше на суп.

Люська ушла в квартиру и стала чистить картошку. Через час появилась Даша и плюхнула на стол только что ощипанную хохлушку.

— Теплая! — радостно сообщила Даша. — Давай сразу в суп! И морквы положи побольше — чтоб слаще было! — Даша сглотнула слюну и закачала головой. — А все же... мать тебя покромсает!

Суп пах восхитительно! Даже Люська глотала слюну. Залезла в поваренную книгу и прочитала, что рис варится отдельно — чтобы не замутился бульон.

Сварила и рис. Потом поджарила картошку и призадумалась — а с чем картошку-то? Мяса нет, рыбы тоже. Залезла на антресоль — запасы за зиму изрядно поредели, и мать знала в лицо каждую банку. Наплевать! Все равно головы не сносить — что банка по сравнению с убиенной несушкой? Пустяки. Еще в заначке был обнаружен зефир в шоколаде. Это — к чаю. Как же без сладкого?

Люська накрыла стол скатертью, поставила парадный и единственный сервиз, подаренный матери на сорокалетие сотрудниками больницы, и довольно оглядела хозяйство.

Теперь пора было заняться собой. А это уже куда сложнее.

Она накрутила на бигуди свои жидковатые волосы, подвела голубыми тенями веки и попыталась накрасить ресницы. Ресницы красились плохо — сказывалось отсутствие опыта и плохая тушь, купленная у горластых цыганок, остро пахнувшая дешевым мылом.

Потом она достала единственный флакон духов, имевшийся у них в доме, — тоже подарок, разумеется, матери. Видимо, «отблагодарил» какой-то больной. Мать ими так и не попользовалась. Люська разглядывала пузатый флакон — духи были темного, почти оранжевого цвета. Она отвинтила пробку, и в нос ей ударил неприятный и резкий запах алкоголя. Спирт — догадалась она. Духи испортились! Вот незадача! А ей хотелось быть такой прекрасной и такой ароматной!

Все было готово, Люська села на краешек стула и стала неотрывно смотреть на часы. Время словно издевалось над ней — ползло, мешкало, спотыкалось.

Наконец раздался звонок. Люська подпрыгнула и бросилась к двери. Сердце билось отчаянно — ей казалось, что она слышит его прерывистый и частый стук.

На пороге стоял Анатолий и, улыбаясь, протягивал ей огромную ярко-красную разлапистую георгину.

Люська зарыла в нее лицо и расплакалась от волнения. Анатолий на секунду растерялся, потом подхватил ее на руки и отнес в комнату на кровать.

Там все и произошло — быстро, почти молниеносно, она почти ничего не помнила, кроме мгновенной и острой боли и его нежных, пугающих слов.

Он называл ее «маленькая», «птенчик» и «звездонька», а она снова плакала, уткнувшись ему в шею, и боялась глянуть ему в глаза. Было стыдно и страшно.

Потом, спустя полчаса, он поднялся, пошел в душевую и попросил полотенце. Она потянула ему полотенце и встала под дверью — тихая, огорошенная, счастливая и несчастная.

Он, бодро напевая, вышел из ванной, прикрытый полотенцем, ласково и небрежно чмокнул ее в бледную щеку и попросил «хотя бы чаю».

Она, словно очнувшись, бросилась на кухню разогревать свой ворованный бульон.

Анатолий, по-прежнему в полотенце, зашел на кухню и потянул носом.

Она поставила перед ним дымящуюся тарелку.

Ел он громко, торопливо, обжигаясь и восторгаясь. Даже слегка постанывая. Она как завороженная сидела напротив, подперев лицо руками.

«Мой мужчина, — крутилось у нее в голове. — Мой. Мой. Мой. Ест. Просит добавки. Моется моим мылом. В моей ванной. Вытирается моим полотенцем. Сидит на моей кухне. Лежит на моем плече. Целует меня в губы и гладит мою, смешно сказать, грудь. Говорит мне таки-и-и-е слова! От которых можно просто сойти с ума. А я и сошла», — спокойно заключила она и ничуть не расстроилась.

Потом он поел жареной картошки с солеными баклажанами, подливая себе белое вино, которое достал из портфеля. Потом, когда кончилось вино, откинулся на спинку стула, довольный, сытый и разморенный, и снова попросил чаю. «Промыть кишки», — хохотнул он.

После ужина они, совсем как семейная пара (счастье, снова счастье!), недолго посмотрели телевизор, и он вопросительно глянул на нее.

 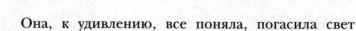

Она, к удивлению, все поняла, погасила свет и молча, почти молниеносно, юркнула под одеяло.

Он подошел не спеша, медленно снял полотенце с бедер, аккуратно прилег рядом, положил руку ей на грудь и жарко выдохнул:

— Девочка моя!

Люська закрыла глаза, задрожала всем телом, отчего-то испугалась и подалась к нему вся — от губ до пяток, желая только одного — чтобы все это не кончалось и не кончилось никогда.

Его слова, шепот, тело, горячие руки, осторожные ласковые губы, запах его волос — весь он, весь.

Который сейчас принадлежал только ей, и они были единым... Целым.

Впервые в жизни бедная Люська почувствовала себя желанной, единственной и любимой.

Ночью она не спала и неотрывно смотрела на него, спящего. Он лежал на спине, сложив руки на груди, чуть приоткрыв рот, и монотонно, негромко похрапывал.

Люське было трудно дышать, и казалось, что она задыхается от любви.

Она выходила на балкон и смотрела на море — оно чуть поблескивало и колыхалось.

Потом она снова ложилась с краю и смотрела на Анатолия.

Он проснулся, сладко потянулся и очень ей обрадовался.

Потом быстро выпил чаю и, посмотрев на часы, торопливо засобирался.

Она молчала и ни о чем не спрашивала — просто не решалась. Только у самой двери, которую он уже почти приоткрыл, тихо позволила себе, опустив глаза:

— Сегодня... Придешь?

Он досадливо махнул рукой.

— Что ты, милая! О сегодня не может быть и речи. Столько дел накопилось!

Она дрогнула и кивнула.

Он замешкался, словно раздумывая, погладил ее по голове и ласково спросил:

— Может, завтра? Ты ведь не против?

Против! Она — против! Господи, какой... Дурачок! Да она! Только бы дожить до этого «завтра»! Только бы не свихнуться и дожить! Потому что это проклятое время... Будет опять издеваться и мучить ее.

Она закрыла за ним дверь и села на пол в прихожей. «За что мне столько счастья? — подумала она. — Разве я заслужила?»

Анатолий Васильевич спешил на работу. Почти опаздывал. А вечером надо было объявиться у Ларочки. Что поделаешь — ее день, законный. Впрочем, по Ларочке он успел даже соскучиться — столько лет из жизни не выкинешь!

А девочка эта... Милая такая, трогательная. Одинокая, словно сирота необласканная. А вроде не детдомовская, с матерью живет! Странно даже... Будто слово ласковое впервые услышала! Так благодарна, что руки пыталась целовать. Чудеса!

Анатолия Васильевича Ружкина Мария знала давно — так сложилось, случайные обстоятельства. Давно, сто лет назад, Катерина, первая любовь и мать двоих детей Ружкина, рожала у них в больничке. Там и столкнулась впервые Мария с незадачливым папашей. Нет! Ружкин появлялся частенько, вот только передачки его для роженицы были предметом насмешек и обсуждений всего больничного персонала. Ну, а как вы думали? Банка скумбрии в томате и ливерная «собачья» колбаска. Нянечка, принимавшая передачи, поносила папашу на всю больницу. Тот растерянно хлопал красивыми, в густых ресницах, синими глазами и пытался оправдаться.

— Ну и муж у тебя! — раздраженно бросила нянечка, брякая перед Катериной тарелку с жидким больничным супом.

— А не муж он, — вяло бросила Катерина и отвернулась к стене.

Нянечка сразу подобрела и женщину пожалела.

— Да не реви! Зато — красавчик отменный! Дай бог, сынок в него пойдет!

Спустя пару лет в родилку попала и Ларочка. Ларочку все побаивались и связываться с ней не желали. Передачки Ларочке носила мамаша, но однажды появился отец ребенка. Он кидал в окно первого этажа камешки и махал Ларочке еловой веткой. Была зима.

Ларочка стояла у окна и смущенно отгоняла пьяненького любовника. Ей было неловко. Анатолий Васильевич плясал под окошком «Яблочко».

Ларочка дернулась и отошла от окна.

Вся больница, разумеется, признала в папаше Ружкина. А еще через год там снова рожала Катерина — теперь уже второго сына. И теперь Ружкин выкаблучивался под ее окном.

— Жалко баб, — вздыхая, сказала медсестра Ниночка.

— Ничего не жалко, — сурово отрезала Стеша, — сами виноваты. Рожают не пойми от кого!

Мария тогда стушевалась и быстро вышла из сестринской. У нее уже была Люська, и стыд она испытала за всех, включая себя.

Медсестры переглянулись, и Ниночка покрутила пальцем у виска, осуждающе глядя на Стешу.

Приехав в поселок, Мария обнаружила пропажу курицы и остатки бульона в большой кастрюле.

— Стерва ты, Люська, — грустно сказала она, — чтоб так, втихомолку... без спроса...

— Молись на них, — с вызовом бросила Люська, — а я буду картошку жрать. С маргарином.

То, что с Люськой происходит что-то не то, она заметила не сразу, а спустя месяца два.

Люська задерживалась на работе, сильно красила глаза и застывала на пару минут на месте, словно ее приклеили.

Но спросить ее, что происходит, Мария не смела — не принято было спрашивать про личные дела в их семье, не принято.

Только когда Люськино тощее пузо слегка округлилось, впервые в жизни налились впалые щеки и загорелись румянцем, только когда дочь стала банками есть соленые помидоры, Мария поняла — в доме беда!

— От кого? — коротко спросила она.

— Ты не знаешь, — так же коротко ответила дочь.

— И что дальше? — продолжила мать.

Люська пожала плечом.

— Ребеночек...

Раньше мучили страшные сны. Теперь она всю ночь лежала без сна и думала, думала...

За что такая судьба? За что? Разве нельзя по-человечески? Как говорила Стеша — по-людски? Повстречаться, сыграть свадьбу, назвать гостей и надеть белое платье... Все то, чего никогда не было у нее, у Марии...

Дочь ждала та же судьба — одинокая, осуждаемая людьми... С перешептыванием за спиной. И снова тянуть этот невыносимый воз позора, нужды, унижений. Кем они прокляты, кем? Почему такая судьба? Что она сделала не так? Почему не объяснила дочери, единственной дочери, как надо проживать свою женскую жизнь, чтобы не чувствовать себя ущербной

и виноватой? Разве мало настрадалась она, Мария? Разве мало пролила слез?

Она корила себя, что не нашла слов и времени, чтобы сблизиться с дочкой. И все потому, что всегда боялась вопроса: «А кто мой отец и почему? Почему... Почему ты не рассказываешь мне о нем, почему я не могу его увидеть? Почему я не имею права знать правду? Почему? Тебе стыдно за что-то? Ты виновата? Нет? Тогда почему? Почему ты так не уважаешь меня, свою дочь?»

Что скажешь? Потому что боялась правды — всю жизнь. Врать не умела. Придумает так, что самой станет смешно. Потому что боялась доставить ему неприятности. Больше всего на свете. Потому что считала его богом... Берегла его семью.

Стыдно было и страшно. И сейчас стыдно и страшно. За Люську.

А вскоре узнала, кто отец будущего ребенка. И тут наступил настоящий кошмар.

Она кричала дочери, что та — идиотка и дура, что «у этого по всему городу дети и жены», что она посадит его, привлечет. Что в дом его никогда не пустит — такую «скотину».

— Он же не человек! — кричала она. — Ты это понимаешь?

Люська усмехалась:

— А ты? Ты родила меня от *человека*? И где же тот человек? Где? Что же он ни разу не возник в нашей жизни? Ни алиментов, ни черта! Он — человек? Тогда скажи кто. Я пойду и посмотрю ему в глаза!

— Я уеду! — грозилась Мария. — Уеду, и останешься одна! Кто тебе поможет? Он? Да ни одна из его баб от него копейки не видела!

— А ты? — тут же включалась Люська. — Ты от своего много видела? На порог не пустишь? А я здесь прописана! И ребенок мой будет прописан! И еще! Я его люблю, понимаешь! Хотя... Где тебе понять! Ты только больных своих любишь. И еще — кур. Про тебя все понятно. Ты ведь меня... за всю жизнь... Ни разу не обняла! А уедешь... Мне только легче будет!

Мария опустилась на табуретку, закрыла лицо руками и... горько заплакала.

А утром в медпункт прибежала Стеша и сказала, что Доктор помер.

Мария словно окаменела. Быстро оделась, закрыла медпункт и медленно побрела домой.

Впервые в жизни она выпила полстакана водки и легла в кровать. Так пролежала она почти два дня — до самых похорон. В день похорон встала, надела черную кофту и темно-серую юбку, повязала на голову черный платок и пошла к больнице.

На гражданской панихиде было полно народу, и она еле пробралась сквозь толпу. Казалось, весь городок собрался провожать своего Доктора. У гроба, обтянутого красным и черным сатином, стояло два стула — с обеих сторон. На одном сидела Веруня, а на втором — неизвестная женщина с очень прямой спиной и широкой косой, уложенной вокруг красивого и тонкого немолодого лица.

Женщина смотрела на покойника, не отрывая сухих, воспаленных глаз.

— Кто это? — спросила у Стеши Мария.

Та посмотрела на нее, словно на дурочку.

— А ты что, не знаешь? — удивилась она.

Мария мотнула головой и пожала плечами.

— Родня? — неуверенно предположила она.

Стеша вздохнула.

— Ага, родня! Ближе некуда! — Потом снова с удивлением посмотрела на Марию. — А ты что, правда, не знаешь? Это ж баба его! Любовница! Вторая жена, можно сказать!

Мария отшатнулась от Стеши и побледнела.

— Что ты несешь, господи! Какая жена? Ты совсем, старая, спятила?

— Да это ты у нас спятила, — усмехнулась Стеша. — Говорю — любовница. Еще с войны. ППЖ, как тогда говорили. Весь фронт с ним прошла. А он после фронта — в семью! Возвернулся. А она... Замуж не вышла, детей не завела. А спустя четыре года приехала сюда, поближе к нему. И прожила тут всю жизнь. Лишь бы рядом. Жила она на Бельевой, у моря. Комнатка там у нее. Работала на почте, на бандеролях. Хорошая женщина, тихая. Никто про нее ни одного дурного слова.

Мария отшатнулась от Стеши.

— Вранье! И кто все это придумал?

— Ох, ну ты и тетеха! Весь город знал, одна ты только... Придурошная! Он ведь ходил к ней. Раз в неделю ходил. И не скрывал этого!

— А Веруня? — одними губами прошептала Мария. — Веруня знала?

Стеша махнула рукой.

— Да все знали! И мать его, и сеструхи, и дочки. И Веруня твоя — разумеется! Все знали, и все терпели. Друг друга терпели. И что это все? — грустно добавила Стеша. — Может, любовь? А мне такое не ведомо!

Мария не ответила и молча пошла прочь.

Она пришла на берег и села на лавочку. Жизнь прошла! Дурацкая, нелепая, полная страданий и вранья. Он! Бог и кумир! Тот, кого она боготворила всю свою жизнь! Боясь его потревожить. Боясь его подвести. А он! Обычный, заурядный бабник и подлец! Мотался от одной бабы к другой. А все терпели. И все прощали. И он этим пользовался и проживал жизнь во лжи и грехе. А она, Мария, корила и изводила себя — тоже всю свою жизнь!

Она просидела весь день, дотемна. Смотрела на серое море, которое так и не смогла полюбить. Соленые слезы, соленое море... Целое море слез... Никогда — никогда! — ей не было так горько и больно. Никогда она не чувствовала себя такой обманутой и нелепой. Да что толку? Жизнь-то прошла...

И ее так жестоко предали! На следующий день Мария собрала чемодан и, не сказав дочери ни слова, рано утром ушла из дому.

Анатолий Васильевич Ружкин мужественно воспринял новость о беременности Люськи.

— Детки — это ж радость, — тяжело вздыхая, сказал он. — Ты рожай, Люсенька! А там уж... Как-нибудь. Хорошие детки от меня получаются, — вдруг обрадовался он. И гордо добавил: — Красивые!

Про его женщин и детей она, разумеется, все давно знала. «Ну и наплевать», — решила она.

Роды у нее принимал совсем молодой доктор.

— Женщина! — радостно улыбнулся он. — Вот вы и мамочка! Любуйтесь своей красавицей!

Люська любовалась и плакала от счастья. Девочка и вправду была прекрасна!

Впрочем, какой младенец не прекрасен — особенно для матери.

Мария вернулась в родной город и шаталась по нему, чувствуя, как ее накрывает волна тяжелого жара.

«Заболела! — подумала она. — Вот и славно! Уйду сейчас на море и лягу на дно заброшенной рыбацкой лодки. И попрощаюсь со своей дурацкой жизнью... Как удачно все складывается!»

Она торопилась к морю и вышла на свою улицу. У дома своей матери, совсем ветхого и почти разрушенного, остановилась, с минуту подумала и решительно отодвинула кривую калитку, припертую серым булыжником.

Тропка, ведущая к хибаре, заросла густой и жесткой травой, похожей на осоку. Старая вишня и кривой инжир прочно сплели свои ветки, словно боялись расстаться. Колючие заросли шиповника не подпускали к дому, словно стоя на страже, охраняя его от незваных гостей. Но это было напрасно.

Дверца, ведущая в дом, была разбита, покорежена и держалась на честном слове.

Ступеньки, сгнившие и почти проваленные, скрипнули под тяжестью Марииного тела.

На терраске было прохладно — стекла были выбиты и торчали из рам острыми осколками.

На старом кривоногом столе стояли две грязные чашки и блюдце со сколотыми краями. По полу покатились пустые бутылки от портвейна.

Все понятно — в хибарке погуляли бомжи. В комнатке, на диванчике с торчащими клочками желтой свалявшейся ваты, лежали старое верблюжье одеяло и подушка.

Мария присела на стул, спокойно оглядела комнату и, тяжело вздохнув, принялась за уборку.

Веник, тряпки, вода. Остаток окаменелого стирального порошка, который она разбивала ржавым молотком. В сарае нашла пару листов фанеры и забила ими пустые рамы.

Сильно кружилась голова, и Мария, испугавшись, прилегла на диван, подложив по голову свою сумку и прикрывшись теплым халатом.

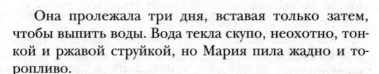

Она пролежала три дня, вставая только затем, чтобы выпить воды. Вода текла скупо, неохотно, тонкой и ржавой струйкой, но Мария пила жадно и торопливо.

На четвертый день она проснулась от страшного голода. Выйдя на улицу, столкнулась с той самой молодой женщиной, которую встретила тогда в своем доме.

— Новая соседка? — удивилась женщина.

Мария кивнула.

— Можно сказать и так.

— Заходите в гости! — улыбнулась та.

— В гости, — повторила Мария и улыбнулась, — ну, да. Наверное, так.

Скромный свой быт она обустроила быстро — чашка, тарелка, ложка. Кастрюля и сковородка. Купила крупы и картошки — что еще надо? Инжир, почти одичавший, все еще давал мелкие, но сладкие плоды. Она расчистила дорожку к дому, вынесла на улицу скамейку и стол — и зажила.

В чулане обнаружились книги ее матери, красавицы Таньки, — кое-где изгрызенные мышами, пахнущие прелью, со слипшимися страницами. Теперь она целый день читала, нацепив на нос очки, и все никак не могла оторваться.

Ей было хорошо одной — когда она думала о дочери, ей казалось, что одной Люське легче — Мария избавила ее от себя, тем самым избавив от проблем. «Пусть живет как хочет, — думала она. — А я... Я всегда всем мешала: отцу — строить новую семью, *ему*...» Хотя нет, ему она не мешала. Не смела просто. А теперь вот мешает и дочке.

Люська была счастлива. Она ни разу не подумала о том, что ей хочется что-то изменить в своей жизни.

Дочку она назвала Танюшкой — не в память о бабке, про нее она почти ничего не знала, просто ей нравилось имя Татьяна.

Анатолий приходил через день — радовался дочке и Люськиной непритязательности. Ни разу она не попрекнула его, ни разу не задала ни одного вопроса.

Она просто любила его и ждала — всегда ждала, а, увидев, бросалась к нему с такой улыбкой и с такими глазами!

Она всегда была ему рада — поддатому, усталому, с пустыми руками.

Он, засыпая, гладил ее по волосам и нашептывал нежные слова: «Какая же ты у меня красавица, Люсенька! А Танюшка наша — принцесса!»

Люська ждала письма от матери — каждый день бегала к почтовому ящику. Письма не было. Эта странная женщина, ее мать, не желала обнаруживать себя, и Люську накрыла обида: как же так? Бросила нас! А потом решила: ну, значит, так надо. Значит, ей, Марии, так проще и лучше. Успокаивала себя, что Мария живет у родни. Не пропадет, человек взрослый. Но обида Люськина нарастала как снежный ком.

— Не нужны мы ей, — говорила она дочке, зарываясь в ее рыжеватые волосы.

А Танюшка меж тем и вправду росла красавицей. Если бы ее увидел Харлампий, наверняка поразился бы сходству с Танькой, своей любимой женой.

Зиму пережить оказалось непросто, хоть и утеплила, как могла, дом, заткнула щели, забила окна, поставила новую дверь, но... Да и деньги закончились — хоть как экономь...

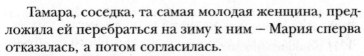

Тамара, соседка, та самая молодая женщина, предложила ей перебраться на зиму к ним — Мария сперва отказалась, а потом согласилась.

Собрала свой нехитрый скарб и перешла в дом напротив.

Теперь она сидела с Тамариными детьми, и это была плата за кров и хлеб.

Мария так и не рассказала ей, кто она и почему здесь. А Тамара была не из любопытных — мало ли что? Столько судеб на свете, столько чужих бед...

Когда Мария брала на руки сына Тамары, двухлетнего Костаса, сердце щемило.

А однажды ночью она проснулась от жуткой тоски, подступившей к горлу. Что она делает здесь, господи! На кого держит обиду? На дочь? А разве ее проклял отец, когда она родила ребенка без мужа? Разве попрекнула родня? Да какая разница, от кого родила эта дурочка! Там, дома — дома! — ее дочка и внук. А может быть, внучка. Она даже не знает, кого родила ее дочь! Разве Люська — преступница?

Разве преступник ее отец, Харлампий, всю жизнь любивший только ее мать, красавицу Таньку? Разве преступница она, Мария, родившая от женатого мужчины, которого любила всю свою жизнь? Разве ее в том вина, что не сложилась ее судьба? Разве виновата ее дочь, повторив ее, Мариину, судьбу, влюбившаяся не в того человека и родившая от него ребенка?

Вот и получается: все они — однолюбы! Все! И отец, и она, Мария. Веруня и Лиза, походная жена ее Доктора. И ее бестолковая Люська. Все они ради любви, одной лишь любви, шли на жертвенный ко-

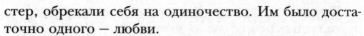

стер, обрекали себя на одиночество. Им было достаточно одного — любви.

И больше они ни о чем не думали!

Кто у нее есть, кроме дочки? Господи, как она могла уехать, не дождаться родов, не взять на руки малыша!

Глупая, чванливая гордячка! Всю жизнь ее мучила гордыня — один из смертных грехов. То, что она не смогла простить себе, она не прощала и дочке.

Вечером она сказала Тамаре, что уезжает.

Первым автобусом Мария поехала домой. Сердце пело — впервые в жизни ее отпустила многолетняя боль и вина. Впервые она отпустила свою душу и простила себя. Впервые простила свою непутевую дочь.

Она почти бежала с автобусной станции, почти бежала...

У двери замерла — как ее примет дочь? Простит или укажет на дверь? Было страшно, и сердце стучало как бешеное!

Люська открыла дверь.

— Мама! — проговорила она и разревелась. — Как же долго тебя не было!

Мария перешагнула порог и прижала к себе дочь.

Они ревели так громко, что в комнате заплакала, проснувшись, Танюшка.

Люська бросилась к дочери и схватила ее на руки.

— Какая красавица! — прошептала Мария. — А как ты ее назвала?

Анатолий Васильевич Ружкин тещу свою — а он величал Марию именно так — побаивался.

Мария хмурилась и сухо кивала, завидев на пороге «любимого зятя». Но — молчала. Только скоренько собиралась и уходила по делам — в магазин, на базар — или просто выходила во двор.

Только Люська несчастной себя не чувствовала. Радовалась Люська жизни, и все.

Глупая Люська, дурная башка! С малолетства была дурковатой. Сидит на своем балконе и на море смотрит. А на лице такое счастье, такая улыбка!

— Мам! — говорила она. — Ты что, не понимаешь? Я же люблю его, мам! И дочку от него родила! Посмотри на Танюху — какая красавица! А все почему — плод любви, вот почему!

Внучку Мария любила так, как не любила дочь. Просто сердце разрывалось от этой любви!

Теперь она была счастлива. Наверное, впервые за всю свою жизнь. Дочь она обрела. Внучка была ее счастьем.

А вместе с Доктором она похоронила свою любовь, свой стыд, свой страх и вину.

— Маша! — однажды окликнул ее кто-то.

Она обернулась. К ней подошла Веруня и взяла за руку.

— Как я рада тебе! Заходи к нам, Мария, — сказала она, — родные ведь люди! Сколько нас осталось на этом свете! И сколько осталось, собственно, нам самим!

Мария кивнула и обняла Веруню. Они стояли так долго, и Мария гладила седые и легкие Верунины волосы.

«Как все просто в жизни! — подумала Мария. — И как легко все усложнить! Никто не накажет человека больше, чем он сам! Никто не вынесет приговора суровей, чем приговор, вынесенный самому себе! — Она приобняла Веруню за плечи. — Совсем старенькая. И слабенькая такая! Казалось, что слабенькая. А на деле... На деле мы все сильные, не собьешь! А та, фронтовая... Тоже не из слабаков. Никому не дается больше, чем может вынести!»

Веруня крепко держала Марию за руку и говорила, конечно, о муже.

Через полтора года после своего возвращения Мария заметила перемены в дочери. Среди ночи Люська стояла на кухне перед открытым холодильником и снова поедала из трехлитровой банки соленые помидоры. Рассол лился по подбородку, стекая на ночную рубашку.

Мария опустилась на стул и уставилась на дочь.

Люська счастливо засмеялась, утирая мокрый подбородок рукой.

Мария, тяжело вздохнув, поднялась со стула и пошла к себе. Что делаешь, господи! Что творишь, Люська!

Люська догнала ее, повисла на шее и горячо зашептала ей в ухо:

— Хорошо, если девка! Да, мам? Танькины шмотки сгодятся! А вот если пацан...

Мария обернулась к ней и, вздыхая, сказала:

— Ну а если пацан... Так тоже не пропадем. Ведь не пропали же! Да и лучше, если пацан. С мальчишками как-то проще, ей-богу! А с нами, с бабами... Мука одна!

«Лучше пацан, — повторила она, тяжело ворочаясь в кровати и громко вздыхая, — нет, правда, лучше — пацан!»

И еще ей подумалось: «Женщины... они несли себя на заклание... Кто из них стал счастливой? Веруня? Она, Мария? Глупая Люська? Лиза, походно-полевая жена Доктора? Все они были счастливы и несчастны... Потому что любили... Потому что имели на это право. В жгучем, обжигающем, вязком киселе любви, в горячем, бурлящем котле — барахтались, изворачивались, карабкались, бултыхались, тонули... Только б не захлебнуться! Беспомощные, отчаянные и отчаявшиеся. Сильные, стойкие — почти как оловянные солдатики на одной ноге. Великая терпимица Веруня. Бесстрашная Лиза, бегущая вслед без оглядки за своим единственным и любимым. Мария, безропотно несущая всю свою жизнь бессловесную любовь и вину?»

Теперь туда, в этот котел, стремительно летела ее дочь, Люська. Без страха, без чувства опасности, очертя голову... Дурную свою башку. И имела на это право!

Все имеют на это право. На любовь. И никто не может его отнять...

Под небом голубым...

Диктор пропела нежным голосом:

— Началась посадка на рейс номер триста пятнадцать. — Первый раз нежно, второй раз с угрозой: — Внимание! — и повторила.

Их призывали не опоздать. Жаров вытянул шею и покрутил головой, ища жену в разноцветной толпе. Впрочем, это было несложно — Рита была высока, почти на голову выше всех прочих женщин. К тому же женский пол в основном был представлен паломницами — сгорбленными и не очень бабульками в светлых платочках, испуганно оглядывающимися по сторонам, вздрагивающими от колокольчика, предваряющего объявления. Все им было незнакомо и вновь.

В кресле, прикрыв глаза, сидел крупный, полнотелый батюшка. Паломницы с надеждой бросали взгляды и на него — он-то не бросит, поддержит своих прихожанок.

Рита стояла, отвернувшись к взлетному полю. Лицо ее было напряжено, брови сведены к переносью, а взгляд, как всегда, в никуда...

Точнее — не как всегда, а как в последнее время.

Жаров с минуту разглядывал жену — очень прямая спина, высокомерно вскинутая голова, юбка почти до щиколоток, серая кофточка на мелких пуговичках, шелковая косынка на голове, замотанная наподобие тюрбана.

Ему показалось, что она шевелит губами, впрочем, к этому он тоже привык, и это было уже не так важно. Он вздохнул, откашлялся и выкрикнул:

— Рита!

Она обернулась, нашла его в толпе и слегка нахмурилась. Он сделал жест рукой, показывая ей, что пора на посадку.

Она медленно подошла к нему и, не говоря ни слова, посмотрела на него тяжелым взглядом.

— Пора! — снова вздохнул он. И, словно оправдываясь, добавил: — Объявили.

Она вздрогнула и пошла вперед — к стойке последней регистрации.

Он привычно двинулся следом.

Сзади них пристроились бабульки-паломницы, и Рита, обернувшись на них, вдруг скорчила недовольную мину.

— К богу едешь, — тихо шепнул Жаров, — а вот ротик кривишь, — и он кивнул в сторону бабок.

Жена не повернула головы в его сторону.

Бабки и вправду суетились, нервничали и оттесняли Риту в сторону — вот и причина ее недовольства.

Наконец расселись в салоне. Рита у окна, он в середине. Рядом оставалось пустое место.

Паломницы, казалось, чуть успокоились — сели впереди них, и запахло вдруг ладаном, глаженым бельем и... старостью.

Сбоку сидела семейная пара — он был в светском, а она, его спутница, в длинном, до пола, шелковом платье и красивом, видимо праздничном, расшитом шелком, хиджабе.

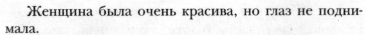

Женщина была очень красива, но глаз не поднимала.

«Шехерезада, — подумал Жаров, — как хороша!»

Наконец появился молодой человек с длинными пейсами, закрученными в спиральку, и в черной шляпе с высокой тульей. Он вежливо и приветливо кивнул, расположился рядом и достал планшет. Жарову стало весело. Вот чудеса, боже правый! И вправду святой город. Всем там есть место — и тем, и другим. И как бы там ни было сложно, к своим богам люди все равно будут стремиться, невзирая на конфликты и войны. И всем хватит места наверняка!

Рита откинулась на спинку кресла и закрыла глаза. Жаров расслабился, вытянул ноги и достал из кармана газету. Когда разносили обед, он тронул жену за плечо. Не открывая глаз, она мотнула головой, а он с удовольствием начал расправляться с тушеным мясом и рисом — вполне себе, вполне! Хотя после чашки пустого утреннего кофе...

Иногда он бросал взгляд на жену — ему казалось, что она задремала. Ну и слава богу! Вот отдохнет и...

А что, собственно, «и»? Ничего не изменится. Ничего.

Он вздохнул, закрыл глаза и попытался уснуть.

Борька мотался с унылой мордой, ожидая не очень званых гостей. Впрочем, морда у Левина всегда тусклая и почти всегда недовольная.

Увидев Жаровых, Борька рванул к ним, и щербатая улыбка осветила его мятую физию. С Жаровым они обнялись, похлопывая друг друга по спине, внимательно посмотрели друг на друга, оценивая, и снова обнялись. Теперь было видно, что Борька

рад старому приятелю. Рита стояла поодаль — отрешенно, словно не имела к этим двоим ни малейшего отношения.

— Что с ней? — шепнул Жарову Борька.

Жаров сморщил лицо и махнул рукой — потом, брат. Потом как-нибудь... После.

Мужчины подхватили чемоданы и двинулись к выходу.

Иерусалим жарко выдохнул им в лицо горячим дыханием и пряным южным запахом — нагретого асфальта, заморских цветов и восточных специй и... пыли.

Небо было таким ясным, чистым и таким неправдоподобно синим, что Жаров зажмурился. Пальмы чуть шевелили длинными жесткими, растрепанными по краям листьями. Пыльные бунгевиллеи — всех цветов, от белого до малиново-красного — вились по заборам стоящих вдоль дороги домов.

— Клево у вас. Просто рай, честное слово! — заерзал на сиденье Жаров и грустно добавил: — А у нас уже... Дожди и туманы... Октябрь, блин!

— Клево, — саркастически усмехнулся Борька и, тяжело вздохнув, добавил: — Хорошо, где нас нет! А потом, октябрь — самый хороший месяц. Только дышать начали. Тебя бы в июле... Вот когда чистая жесть!

Рита в разговор не вступала. Борька косился на нее удивленным взглядом, а потом снова вопросительно смотрел на приятеля. Жаров развел руками — что поделаешь, брат! Такая фигня!

Жаров крутил головой, пытаясь рассмотреть сразу и все.

Борька усмехнулся.

— Здесь, брат, двадцать лет проживешь и всего не увидишь! Такая страна...

На этой фразе он тяжело вздохнул, и было непонятно, восхищается он или сожалеет об этом.

Наконец въехали в Борькин район. Сразу стало как-то уныло — дома, похожие на московские хрущевки, отсутствие яркой зелени и хороших машин.

У подъездов, совсем по-московски, сидели старики и с интересом разглядывали редких прохожих и проезжающие машины.

— Приехали, — со вздохом констатировал Борька, — вот он, рай. Мать его за ногу!

Поднялись на третий этаж — лифта в доме не было, а лестница была узкой и неосвещенной.

— Экономия! — снова вздохнул Борька. — Здесь воду в сортире лишний раз не спустишь — счетчики, батенька!

— У нас тоже счетчики, — успокоил его Жаров, — правда, вот на сортирах мы еще не экономим — что правда, то правда! Но, — тут уже вздохнул Жаров, — наверное, скоро придется...

Рита шла позади мужчин и по-прежнему молчала.

Дверь в Борькину квартиру была картонной, не обитой и сильно потрепанной.

После московских, практически «сейфовых», это тоже было смешно.

Прихожей не было, сразу начиналась комната — узкая, небольшая, с низким потолком. Пол был выложен кафельной плиткой — Борька тут же прокомментировал:

— На жару, блин! А что делать зимой...

— Теплые полы! — сообразил гость.

Хозяин посмотрел на него, как на умалишенного.

— А! Электричество! — дошло до него наконец.

— Ну а тогда — в валенках! — бодро посоветовал Жаров.

Борька кивнул.

— Да все так и делают! Впору открывать артель. По валенковалянию. Другое «валяние» здесь не пройдет, — и снова тяжко вздохнул.

Из комнаты — салона, как высокопарно обозначил его хозяин, — вела дверь в восьмиметровую спаленку и крошечный туалет.

Жаров прошелся по квартире и присвистнул.

— И как мы тут? Все?

Левин пожал плечом.

— Не графья! Вам отдадим спальню, а сами с Наташкой — в салоне.

Рита стояла у окна. Жаров затащил чемодан в спальню, сел на кровать и задумался.

Господи! Какая же чушь! Припереться сюда, к Борьке. Упасть им с Наташкой на голову, стеснить близких людей... Нет! Надо в гостиницу. Непременно — в гостиницу! И что этот баран не сказал ему про свои «хоромы»? Они бы сразу все переиграли. И не было бы всей этой чуши... в тридцати метрах да с Ритой...

Наташка с ней никогда не ладила. Точнее — не могла найти общий язык. Впрочем, с коммуникацией у его жены всегда были проблемы... Не было у нее задушевных подруг — такой человек. А уж сейчас... Что говорить «про сейчас»?

На предложение снять гостиницу Борька ответил скептически.

— Это вряд ли, сейчас череда праздников, и с гостиницами в Иерусалиме сложности — с хорошей наверняка, а помойка вам не нужна, правильно? Да и цены здесь — мама не горюй!

В разговор вступила молчавшая до сей поры Рита:

— Меня все устраивает! — коротко бросила она и жалобно добавила: — А нельзя ли поспать?

111

Жаров оживился и обрадовался и начал застилать постель.

Борька по-прежнему смотрел на него с изумлением.

Рита наконец ушла в спальню, а они с Борькой вышли на балкон — покурить.

— Такие дела, Борька, — горько сказал Жаров, — такие дела... Подробности — письмом. Но ты мне поверь, — он посмотрел на Бориса страдающим взглядом. — Она имеет на это право. А я, — тут он усмехнулся, — а я, Борька, муж! И это, как говорится, и в горе, и в радости...

Он зашел в Борькину спальню, посмотрел на спящую Риту и прилег рядом. Через минут пять он уснул.

Наташка моталась по кухне как подорванная. Маленькая, росточком с сидящую собаку, как обидно шутили в их компании, крепенькая, наливное яблочко, круглая попка, большая грудь, кудряшки ореолом, словно нимб над головой, и — вечный стрекот! Наташка трещала всегда и всюду, в любой ситуации. Давно забылось, кто привел ее в их компанию, но она сразу прижилась, в один день. Тут же принялась хлопотать, опекать кого-то, возить заболевшим яблоки с апельсинами — словом, Наташка была «всешний» друг и соратник. Ее так и воспринимали — подружка. Можно было поплакать на Наташкином круглом и теплом плече, приложиться к мягкой груди и быть уверенным, что она все поймет. А главное — пожалеет! Вокруг кипели романы, бурлили страсти, кто-то кого-то безумно любил, потом, как водится, разлюбил. Все страдали, сгорали от любви, сходились-расходились, а она... Она по-прежнему была мамкой и нянькой.

Жаров помнил, как однажды, совсем среди ночи, будучи прилично бухим, он, не зажигая света, вслепую, на ощупь, набрал ее номер и хрипло выдохнул в трубку:

— Зотова, спаси!

И самое смешное, что, «выхаркав» свою боль, он тут же уснул, а через полчаса в дверь раздался звонок — на пороге стояла Наташка Зотова и встревоженно смотрела на него.

Ну, ночью тогда все и случилось — он помнил плохо, почти не помнил совсем, ему тогда это было просто необходимо, и она поняла. Вот только утром он почему-то смущенно извинился, а она, жаря яичницу, весело объявила:

— Да забыли, Жаров! Скорая помощь — и все дела! Тебе уже легче?

Наверное, стало легче... Черт его знает. Все давно стерлось, забылось, покрылось «пылью времен» — не о чем вспоминать. Наташка Зотова — и смех и грех! «Подруга дней его суровых».

Потом у Наташки образовалась свободная квартира — бабкина, что ли... ключи просили все попеременно, и Зотова никому не отказывала. Все знали, где лежит чистое белье и что в холодильнике всегда есть пельмени и яйца.

Когда Борька Левин объявил, что они с Зотовой вступают в законный брак, все удивились. А Жаров не очень — с бабами у Борьки не складывалось: Борька, смешной, носатый, унылый и занудливый, ценился исключительно как друг.

Было вполне логично, что они «спелись». И Жаров тогда порадовался за обоих.

Свадьба была шумная, сумбурная — оказалось, что у Борьки и Наташки целая куча родни, и Наташкина мать хотела все сделать «по правилам».

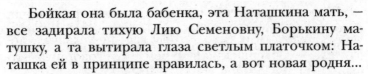

Бойкая она была бабенка, эта Наташкина мать, — все задирала тихую Лию Семеновну, Борькину матушку, а та вытирала глаза светлым платочком: Наташка ей в принципе нравилась, а вот новая родня...

— Это надо пережить, — посоветовал он в курилке вконец раскисшему Борьке, — в конце концов, родители имеют на это право!

Так он сказал, а вот думал иначе: после всей этой вакханалии — с тамадой, ансамблем, танцем молодых и пьяными родственниками — решил твердо: такого у него никогда не будет!

И вправду не было — с Ритой они расписались без помпы и тут же уехали в Таллин.

Рита... Он влюбился в нее сразу, в одну секунду — в эту странную, холодную, как казалось, и замкнутую женщину. Загадка... загадка она, и загадка его к ней любовь. Большая любовь, длиной в целую жизнь.

Ему никогда не было с ней просто. И все же... Он никого и представить не мог рядом — ни одну из его прежних и многочисленных пассий.

В компанию Риту не приняли — ни ребята, ни тем более девочки. Инка Земцова, большая умница, кстати, сказала ему тогда:

— Ты, Жаров, лопух! Или — слепой. Ты что, не видишь, что Маргарита твоя... Не нашего поля!

Он усмехнулся, в душе обидевшись, — не вашего? Ну, уж не твоего точно! А про мои «поля» не тебе, мать, судить!

Его, Жарова, мать тоже не приняла Риту — «после всех твоих девочек, Шурик!»

И началось перечисление — Мариночка, Света, Танюша.

Мать и вправду всегда находила с ними общий язык — общалась легко, пили чай на кухне, сплетничали и обсуждали его, Жарова.

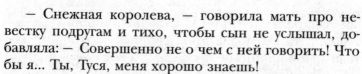

— Снежная королева, — говорила мать про невестку подругам и тихо, чтобы сын не услышал, добавляла: — Совершенно не о чем с ней говорить! Что бы я... Ты, Туся, меня хорошо знаешь!

А молодая жена никому не стремилась понравиться. И только он, Жаров, знал ее всю, до донышка, знал и любил.

Был уверен — она не предаст. Никогда! Никогда не скажет ни о ком дурно — даже о тех, кто явно не симпатизирует ей.

Никогда не осудит чужие проступки, только вздохнет:

— Все мы люди, Саша! И никто не знает, что нас ждет за углом.

Ее считали высокомерной, надменной, а она была просто... Скрытная, не очень «людимая», любящая уединение и тишину.

Она могла уйти гулять в парк одна и надолго — сначала он обижался, а потом привык.

В его компанию она ходила неохотно, но ходила.

— Я не могу лишать тебя обчества, — вздыхая, говорила она.

А в Новый год попросила:

— А давай вдвоем, только ты и я? Можно?

Жаров растерялся: уже были составлены списки покупок и меню — им, например, надлежало сделать салат из крабовых палочек и испечь лимонный пирог.

Он вздохнул.

— Хорошо... Раз ты хочешь...

И вправду, Новый год тогда удался. Они накрыли стол, зажгли свечи, загадали желания, выпили шампанского и пошли танцевать. А в час ночи, абсолютно игнорируя разрывающийся телефон, пошли в лес —

благо лес располагался рядом, только перейти шумное шоссе.

В лесу они зажгли бенгальские огни, снова выпили остатки прихваченного шампанского — полбутылки и прямо из горла — и... раскинув руки, упали в сугроб!

Над головой низко висело темное низкое небо, на котором, словно новогодние лампочки, горели мелкие и яркие звезды.

Она знала все звезды и все созвездия.

— Откуда? — удивился он.

Она объяснила:

— Да я все детство ошивалась в планетарии. Ездила туда по два раза в неделю. Там такая благодать, — сказала она задумчиво, — тишина и покой. И звезды на небе...

Он удивился:

— Одна? Ты ездила туда одна? Без подруг, без девчонок?

Теперь удивилась она:

— А кто мне был нужен? Там? Наверное, я сбегала туда от всех — от брата, родителей, школы... Только там я могла побыть... одна. Совсем одна, понимаешь?

Он тогда привстал на локте и, смахивая с варежки снег, как бы между прочим спросил:

— Рит! А тебе... Вообще... Ну, кто-нибудь нужен? В смысле — по жизни?

Она рассмеялась — это модное нынче «по жизни» они ненавидели оба.

А потом тихо сказала:

— Ты. Ты, Жаров, мне нужен по жизни. Чессно слово! А больше... — Тут она замолчала и продолжила: — А больше — никто!

Врала. Вот про это «никто» безбожно врала. О ребенке она мечтала. И как! Вслух это не обсуждалось, но... Он это знал.

И ничего не получалось. Проверились — оба здоровы. Совершенно здоровы. Ну, просто придраться не к чему. А вот не получалось, и все!

Господи, через какие муки она прошла! Ректальная температура, графики женских событий, календари для успешного зачатия. Четыре больницы. И — снова в «молоко».

Он уговаривал ее успокоиться. Господи! Ну, бывает и так. И что, жизнь заканчивается? Да ничего подобного. Продолжается жизнь! И чем она, скажи на милость, плоха? Чем плоха наша с тобой, моя дорогая, семейная жизнь?

Она замыкалась все больше и отвечала одними губами:

— Ничем. Ничем не плоха. А вот...

Путь был проторен — сначала врачи, потом знахарки, возил ее куда-то, чуть ли не в Белгородскую область к какой-то полусумасшедшей бабке. Ночевали в Доме колхозника — сырость, холод, мышиный запах от влажного белья. Бабка дала пять бутылок мутной воды. Вода была выпита, бутылки валялись на балконе, и она почему-то все не давала их выбросить.

Пустое. А потом началась церковь. Она ходила туда пару раз в неделю — служба утренняя, служба вечерняя. Появились новые «подружки» — баба Валя и Соня. Первая — простая, обычная и душевная, одинокая бабка, а Соня эта... Он сразу понял — вот Сони не надо. Странная, молчаливая, тихая... А рядом с ней страшно. Ездили с Соней на богомолье. Он сказал: «Без меня!»

Потом Соня куда-то исчезла. Он пошутил:

— В монастырь?

Рита ответила — спокойно и буднично:

— Умерла.

Оказалось, та была страшно больна.

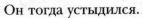

Он тогда устыдился.

— Ну, надо же. Но я ж не знал!

— А никто не знал, — откликнулась Рита, — даже я. Узнала все позже, постфактум.

Они тогда очень отдалились друг от друга. Он подчеркнуто не принимал ее жизнь, а ей, казалось, стала безразлична его.

Однажды взмолился:

— Рит! А как раньше не будет?

Она пожала плечом.

— Как раньше... — И честно сказала: — Не знаю. — А подумав, твердо добавила: — Этот путь я пройду до конца.

Потом она собралась в какой-то дацан — в Улан-Уде, что ли. С каким-то Николаем и его сестрой Таей. Те были буддистами. И что-то там сорвалось. Слава богу. Какие буддисты, какой дацан? Свихнуться можно. Еще стала почитывать какие-то брошюрки, пряча их в свою тумбочку. Однажды он вытащил их — очередная белиберда: адвентисты седьмого дня приглашали ее в свое «лоно».

Он порвал тогда эти письульки и выкинул. Она очень плакала, дурочка.

«Ясно», — кивнул тогда он и уехал на три дня на Волгу. Прийти в себя, порыбачить на даче сотрудника. Может, отойдет? Тоска отойдет, напряженка.

Отошло. Иногда думал: привязаны друг к другу толстенными канатами — не отвязать. Пятнадцать лет «общей» жизни. Вечность! Проросли друг в друга корнями — не разорвать. Только если рубить топором, по живому.

Он — молодой, по сути, мужик, сорок пять — тьфу, чепуха! Прожить две полноценные мужские жизни — да раз плюнуть! Завести молодую жену, родить пару-тройку детей...

С нуля, с чистого листа — без помарок.

А ее оставить в прошлой жизни. Почти наверняка — одну навсегда. С ее-то натурой... Вряд ли она сможет устроить личную жизнь — сорок два года для бабы... Ну, почти каюк, кранты. Редкий ведь случай. И не для нее, Риты!

И живо представил — сухонькая, одинокая, стареющая женщина. Одна во вселенной. Ну, может быть, с кошкой...

Старые, пожелтевшие газеты на тумбочке в коридоре, запах заваренной валерьянки и вареного хека для кошки. Десятилетней давности плащ на крючке и стоптанные ботиночки — почти мальчиковые, удобные, плоские — всесезонные.

Что она сможет еще позволить на жалованье учителя хореографии?

И будет она истончаться, стареть — медленно, но бесповоротно. И станет почти бесплотной старушкой, с трудом выходящей в полдень за хлебом. Вязаная шапочка из дешевой шерсти с оптового рынка. Суконная юбка, плешивая шубка.

Нет! Да пошли вы все к черту. Значит, так — как дадено богом. Значит, вместе и до конца. Потому, что «проживать» он ту, другую, жизнь просто не сможет! Не может, потому что... Любит? Жалеет? Богом даденная жена? Да все вместе — наверное, так... И любит, и жалеет, и жена... Просто с годами все так трансформируется... Концов не найдешь — где любовь, а где жалость. И еще — где привычка!

Или он слишком хорошего мнения о себе? Понимает ведь, что жизнь их, семейная, личная, так сказать, интимная (Фу! Совсем противно!) закатилась в тупик. Стоит там как ржавый, давно списанный паровоз и ждет своей участи — то ли на металлолом, то ли так и сгниет в темном отстойнике сам по себе...

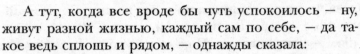

А тут, когда все вроде бы чуть успокоилось — ну, живут разной жизнью, каждый сам по себе, — да такое ведь сплошь и рядом, — однажды сказала:

— А давай съездим в Иерусалим? Ну, просто еще раз попробуем... Мне кажется...

Тут он перебил ее, и довольно резко:

— Съездим! — И по складам: — Раз. Тебе. Ка-же-тся.

Сначала злился — задолбали его эти «кажется» и «а вдруг». А потом подумал — осень, есть десять дней отпуска. Море еще теплое. Ну, наконец, повидает друзей — Борьку, Наташку. Да и сам город — грех не увидеть. В общем, как ей откажешь — поехали!

Они проснулись, услышав звонкий голос Наташки — она бесцеремонно засунула кудрявую голову в комнату и улыбнулась.

— Вы что, идиоты? Спать, что ли, сюда приехали?

Жаров вскочил, наспех умылся и бросился в ее крепкие объятия. Наташка почти не менялась — те же кудри, те же объемная пятая точка и пышная грудь. Только везде прибавилось, разумеется. Она накрывала на стол и тараторила, тараторила...

Вышла Рита, и все наконец уселись. Попробовали местные специалитеты: пасту из гороха — со стойким вкусом орехов, баклажаны пяти, наверное, видов — в майонезе, с орехами, морковью, чесноком и прочей чепухой. А дальше было все знакомо и привычно — картошка с соленой скумбрией, салат, курица из духовки. Пили пиво и по чуть-чуть водки.

Наташка рассказывала про работу, общих знакомых, сына Димку и хвалила страну.

Борька скептически усмехался и восторгов жены, похоже, не разделял.

Наташка вообще была из тех, кто видит одно хорошее — вот уж счастливая способность, что говорить! Квартира мала? Не на улице! А что, в Москве была больше? А в Москве мы бы жили с Борькиной мамой.

— Да, Борюсь?

«Борюсь» вяло пожимал плечами.

— Жарко? Это да! Но для меня это лучше, чем московская слякоть и снег. Тяжело работаем? Господи, да где же легко? Все сейчас пашут как проклятые! Все и везде. Зато море — это раз! Сели в машину — и через час на море. Продукты — это два! Молочко и фрукты — язык проглотишь! А медицина? — Наташка совсем распалилась. — Мама вот пишет, что у вас...

— Наташ! — перебил ее Жаров. — Да все хорошо. Ты не горячись так. И не уговаривай — мы сюда насовсем не собираемся. А что тебе тут прикольно, так мы очень рады! Правда, Ритуль?

Рита кивнула.

Димка, сын Наташки и Борьки, служил в армии и приходил домой на выходные, так что встреча с ним временно откладывалась.

Наташка накрыла чай и наконец притихла.

— А какие планы? Вообще? Что посмотреть хотите, куда съездить? Может, взять вам экскурсии?

Рита мотнула головой и посмотрела на мужа. Жаров отвел глаза.

— Мы сами, Наташ. Спасибо. Сами разберемся.

Наташка пожала плечами и стала убирать со стола. Жарову показалось, что она слегка обижена.

Утром проснулись от такого яркого солнца, от какого, конечно, не спасали легкие бамбуковые жалюзи.

Жаров подошел к окну, потянулся и стал глазеть на улицу. Улица была пуста, по ней проезжали лишь редкие машины.

Они выпили кофе, надели удобную обувь и заказали такси.

— Старый город, — коротко объяснил Жаров таксисту, похожему на индуса.

Таксист включил индийскую музыку.

— Откуда здесь индус? — удивленно пробормотал Жаров.

— Они везде, — объяснила жена, — индусы и китайцы. Везде, во всем мире.

Иерусалим переливался под солнцем — желто-белый, как сливочная помадка, яркий, несмотря на отсутствие красок. Одинаковый, но совсем не монотонный. Периодически, точно огни иллюминации, вспыхивали кусты бугенвиллей — красные, розовые, малиновые, оранжевые и белые.

А впереди уже показалась стена Старого города. Почему-то заныло сердце — тревожно и сладко.

Они вышли из машины и пошли пешком — дальше проезд был закрыт.

Узкие улочки перегораживали шумные толпы туристов. Звучала пестрая речь — английская, французская, испанская, итальянская. И, разумеется, родная русская.

Все одинаково задирали головы вверх, кивали, слушая экскурсовода, и наводили объективы камер и фотоаппаратов.

— Куда? — спросил он у Риты. — Сначала — куда?

Она как-то сжалась, напряглась, заглянула в блокнот, потом в карту и тихо сказала:

— Направо. К храму Гроба Господня.

Он вздохнул и кивнул — направо так направо. К Гробу так к Гробу.

Они долго шли сквозь арабский базар — шумный, грязноватый, назойливый, пахший подгнившими фруктами, специями и лежалым тряпьем. Вниз по ступенькам. Вверх. Снова вниз. Древний щербатый булыжник временами поливали водой. Где-то валялись раздавленные шкурки бананов. — Он взял ее под руку.

— Осторожно! Скользко.

Почувствовал, как напряжена ее рука. Она не оглядывалась на зазывал, не заглядывала в пестрые лавки.

Она шла так упорно, так прямо, словно знала дорогу. Ну и, естественно, заплутали. Монашка — совсем старенькая, в «ленноновских» очочках, в бежевом платье и белом островерхом чепце с накрахмаленными крыльями — вежливо вывела их на правильную дорогу.

Наконец вышли. В храм, туда и обратно, словно рекой с сильным течением, вносило и выносило людей.

— Пойдешь? — спросила жена.

Он мотнул головой.

— Здесь посижу.

Она кивнула и тут же влилась в толпу. И он сразу же потерял ее из виду.

Он сел на теплый камень — что-то вроде бордюра — и прикрыл глаза. Отовсюду раздавался приглушенный и монотонный шум. Солнце светило уже почти отчаянно — полдень, середина дня. И плевать, что осень и начало октября!

Он открыл глаза — мимо прошел высокий священник в черной рясе и высокой, узкой, как цилиндр без бортов, шапке. Дальше — стая монашек в голубом, совсем молодых, дружно щебечущих. Православный батюшка — ну, тут он узнал моментально. Серая ряса, непокрытая голова, волосы, собранные в хвост на затылке. Широкий крест. К нему поспешила одна из паломниц, похожая на ту, что летели

123

тогда в самолете, он перекрестил ее, и она склонилась в поклоне.

Католический священник — в шелковой сутане и белой шапочке на голове. К нему обратилась женщина из толпы итальянских туристов. Священник подошел, начался шумный разговор, и все дружно смеялись. Потом он с поклоном простился.

Из переулка показалась яркая толпа иностранцев — они негромко пели псалмы и держались за руки. У входа в храм все притихли и внимательно слушали рекомендации руководителя.

Жаров посмотрел на часы — Рита отсутствовала уже сорок минут. Он вздохнул и снова закрыл глаза.

«Надо набраться терпения! — подумал он. — В конце, концов, если ей так проще...»

Наконец показалась Рита. Он поднялся и пошел ей навстречу.

— Ну, как? — спросил он, понимая всю нелепость вопроса.

Она посмотрела на него и одними губами ответила:

— Все нормально.

Он снова вздохнул и взял ее под руку. У торговца сухофруктами спросили дорогу. Он говорил долго и громко, размахивал руками и предлагал попробовать сушеных персиков.

Двинулись. Снова по влажным ступенькам, мимо лавок, домов, крошечных молелен и мечетей.

На посту — две молоденькие девчонки в беретах и парни в форме хаки — прервали свой веселый треп, проверили их сумки и пропустили через детектор. Они пошли дальше, а молодежь снова громко загомонила на гортанном незнакомом языке.

Вышли на площадь. Она была огромна, эта площадь. Там, у стены, толпился народ. Слева мужчины, справа женщины. Кто-то сидел на пластиковых стульях, кто-то стоял.

Рита направилась к женской половине. Там, среди пестрых одежд, ярких и темных головных платочков и шляпок он снова быстро потерял ее и, оглянувшись, уселся прямо на землю. Точнее — на каменную мостовую рядом с шумной компанией разновозрастной ребятни. Дети — кудрявые, глазастые, со смешными завитушками вокруг нежных лиц — пили воду, отбирали друг у друга конфеты, спорили и переругивались. К ним подошла женщина, скорее всего мать — высокая, полная, с покрытой платком головой. Она цыкнула на них и отошла к подругам. На минуту дети притихли, а потом снова расшумелись и разошлись. Мать обернулась. Жаров столкнулся с ней взглядом, и она, широко улыбаясь, беспомощно развела руками.

Он увидел, что женщина беременна, и подумал: «Господи! Такая вот куча, а снова туда же! Да наши бы уже орали как резаные! А эта... цыкнула и махнула рукой. И снова треплется и улыбается... Чудеса».

Мимо проходили мужчины в странных одеждах — кафтаны, панталоны, огромные, словно надувные круги, шляпы, отороченные мехом. «Неужели это повседневная одежда? — с ужасом подумал он. — Это сейчас октябрь, а летом... Носить вот такую махину из меха!»

Он прислонился головой в каменной тумбе и продолжал рассматривать толпу. Мужчины молились, раскачивая туловищем. Кто-то был покрыт, как покрывалом, белым шарфом с синими полосами.

Малыш из соседней компании прислонился к ребенку постарше и сладко, приоткрыв рот, заснул. Брат, которому он явно мешал, чуть подпихивал его плечом, а тот снова заваливался и продолжал спать. Мать пригрозила старшему пальцем, и он, скорчив гримасу недовольства, замер как неживой. Сестра — девочка лет восьми — подошла к спящему ребенку и аккуратно засунула ему пустышку.

Наконец Жаров увидел Риту. Она шла медленно и плавно, и на ее губах чуть мерцала счастливая улыбка.

Он поднялся с земли, отряхнул джинсы и спросил:

— Ну, на сегодня — всё?

Она пожала плечами.

— Да, наверное. Пойдем поедим, а? — добавила она жалобно.

И снова ступеньки и уже надоевшие запахи. Снова зазывные окрики торговцев. Раздавленные бананы, кожура граната. Ее рука, доверчиво вложенная в его ладонь.

Приземлились — прохладно, старый, очень старый дом, в распахнутую дверь видны столики кафе. Наструганное мясо, мелко порезанные овощи, лук кольцами, соленые огурцы, теплая лепешка. Вкусно! Запивали только что, прямо на глазах, выжатым гранатовым соком.

Ноги гудели, глаза слипались, хотелось рухнуть в неразобранную постель и уснуть.

Устали. Он заметил — жена ест с аппетитом. Жадно, отламывая руками лепешку, макая ее в густой кисловатый соус.

Ну и слава богу! Давно не видел, как она увлеченно ест. «Значит, уже не зря», — грустно подумал он.

Конечно, ко всей этой затее он относился скептически: ну не получается. Что тут поделать! Бывает и так. Оглянись вокруг — куча людей живет и не парится. А тут... Вбила в голову — последний шанс, я почти уверена...

126

И все же нельзя лишать человека надежды. Никто не имеет на это права. Да понятно, что все это... глупость. В конце концов, лучше бы приехать сюда с другой целью — например, хорошая клиника. Но... Все уверяют, что они здоровы. Абсолютно здоровы. Значит, клиника, даже лучшая, тут ни при чем. А что же тогда? Судьба? Расположение звезд? Несовпадение светил? Сколько он, видя, как страдает жена, думал над этим...

А тут — помолодела, порозовела, лопает, как портовый грузчик. Только вот что будет потом... когда снова — и ничего?

Он перегнулся через стол и отер кетчуп с ее щеки. Она улыбнулась и перехватила его ладонь.

С минуту они смотрели друг другу в глаза. Потом, сглотнув в волнении комок, он бодро сказал:

— В магазин, а, мадам? Ну, что-нибудь там, из плотского? Из совсем низменного, например?

Она улыбнулась, кивнула и легко поднялась со скамейки.

А в магазине она быстро скисла, сказала, что устала, и попросилась «домой». Он вздохнул и кивнул — домой так домой.

В такси молчали. Она опять отвернулась к окну, словно отгородилась, отстранилась от него, и он снова почувствовал незримую, непробиваемую стену между ними.

Он взял ее за руку, но она высвободила свою ладонь.

Хозяева были на работе. Обед стоял в холодильнике — об этом сообщала Наташкина записка. Рита, не раздеваясь, легла на кровать.

Он открыл холодильник, вынул из пластикового контейнера холодную котлету, тут же сжевал и запил апельсиновым соком.

Потом сел в кресло и подумал: «А ведь достало все! Ой как достало! Все эти закидоны, припадки, тихие истерики. Человеку нравится жить в своих страданиях! Просто кайф упиваться ими. Нет чтобы жить и радоваться — денег хватает, работа — ну, синекура, а не работа! Ходи в своей кружок «умелые ноги» три раза в неделю и пей кофеек. Вот нет же, вбила себе в башку!»

Он совсем расстроился, досадливо крякнул, достал из холодильника початую бутылку водки, налил полстакана и опрокинул в рот.

Потом улегся на диване в салоне, включил телевизор и не заметил, как уснул.

Разбудил его Борька — что-то грохнул на кухне. Жаров поприветствовал приятеля и заглянул в спальню — Рита читала какой-то журнал.

— Хочешь чего-нибудь? — спросил он.

Она кивнула — кофе.

Он обрадовался, побежал на кухню и стал варить кофе. Борька сидел на стуле и молча отслеживал его движения.

Вышли на балкон — перекур. Сначала смолили молча, а потом Жаров спросил:

— Ну а как тебе тут? Вообще?

Борька пожал плечами.

— Вообще... Вообще — хреново. Только... — тут он запнулся, — только не в стране дело. Страна тяжелая, правда. Но не тяжелее России. Не в стране дело — во мне. Мне везде хреново, понимаешь? Везде грустно, везде тоскливо. Ведь все от натуры... Вот Наташка, — тут он оживился, — русская баба, а в страну эту — необычную, очень необычную, — влюблена! И все ей по кайфу: и климат дурацкий, невыносимый. И работа нелегкая. И квартирка эта... — Он замолчал, задумавшись. — Говорит, ненавидит мороз. Врет! Мороз она тоже любила. Она все любит, понимаешь? Или — все готова любить. Настрой у нее такой. Все любит, и ничего ее не раздражает. Даже я... А я бы себя на ее месте убил. Нытик, зануда, брюзга... Да если бы не она, — тут Борька крепко затянулся и сглотнул слюну, — если бы не Наташка... Меня бы вообще давно не было!

Жаров молчал, свесив локти на перила. Потом кивнул.

— Тебе повезло! Она всегда была... Мать Тереза. И все ее очень любили!

— Да никто ее не любил! — вдруг завелся Борька. — Только пользовались — ее добротой и ее безотказностью! И даже я... Даже я ее не любил! Ну, в смысле — не сгорал от страсти. Она же была пацанкой! Всеобщий дружбан! Позвони — прибежит, не задумается! А поженились... Она одна, и я один. Два неприкаянных. Вот и прибило к друг другу волной. От одиночества. И оба мы все понимали. А я был влюблен в Светку Беляеву. Ох, как страдал! Просто загибался от страсти. Ходил тогда с температурой под сорок. Мама к врачу отвела, а те ни хрена не понимают. Анализы нормальные, симптомов никаких. А я... не могу встать с кровати!

Они снова молчали, не поднимая глаз друг на друга.

— Вот что это? — горячо заговорил Борька. — Любовь? Я честно не понимаю! Никогда у нас не было ничего такого... Ну, чтобы крыша поехала. Наверное, я ее тогда пожалел и еще — себя. И у нее так же, я думаю. И что получилось? Потом эмиграция. Я ведь не очень хотел, а она вот хотела. Почему? Ей-то в спину ничего не шипели — вали отсюда, жидовская морда. Шипели мне — с моей-то внешностью.

И она решила — все, хватит! Едем. Потому что не хочет, чтобы и сыну вот так же. Она ведь лезла драться в таких ситуациях. Представляешь, эта сопля, метр с кепкой — и на здорового мужика! Я ее отодрать от него не смог! И здесь, по приезде... Ничем не гнушалась, ничего не боялась, хваталась за все. И сортиры мыла, и бабок лежачих таскала. И все — с улыбкой! Ни разу не захныкала и не пожаловалась. В отличие от меня... — Борька посмотрел Жарову в глаза. — А получилось вот что — да я жить без нее не могу! Дышать не могу, понимаешь? Вот если прихожу с работы, а ее еще нет... Задыхаюсь. Как приступ астмы. И не потому, что она сильная. Не потому, что плечо и жилетка. Не потому, что обнимет — и все, как рукой... А просто... И вот теперь объясни — что это? Любовь? Жалость? Привычка? Ты хоть что-нибудь понял про эту семейную жизнь? Ну, или про жизнь вообще? Лично я — нет! И могу тебе в этом признаться!

Жаров кивнул.

— И любовь, и привычка, и жалость. Все вместе, Борь! Такой вот микс из «много чего»! И злишься порой, и недоумеваешь — а что я делаю тут? С этой женщиной рядом? Она ведь мне так надоела, прости господи! И привычки ее раздражают — вот, пьет кофе и двумя пальцами крошит печенье. И крошки, крошки — по столу и на блюдце... И помада ее не нравится — ну, не идет ей коричневый цвет! А ведь упрямая — что ты понимаешь в женском мейк-апе! И брюки узкие не идут! Уже — не идут! Потому, что не тридцать, и потому, что задница... И красное старит, и журналы читает дурацкие. И с мамашей своей треплется, закрывшись в сортире. Вот о чем? И почему при закрытых дверях? А, обо мне! Наверняка — обо мне! И храпеть стала во сне, представляешь? Ну, ладно — не храпеть, похрапывать. Но все равно —

смешно! И морщит лицо, смешно так морщит, разглядывая морщины. Расстраивается! Гримаса такая на лице, что ухохочешься. И седину закрашивает, скрывает. А ты все видишь, и тебе смешно! Смешны все эти ухищрения, все эти уловки. И она... Смешная и... жалкая. Видишь, как стареет, видишь, как мучается. И хочется крикнуть — дурочка! Да разве в этом дело! Мы ведь с тобой такое прошли! Разве все это забудешь?

Опять помолчали. А потом Борька спросил:

— Слушай, Саш! А вот... все эти штуки... Ну, про приезд, про... Ты понял! Это что? Она всегда была странной, твоя Рита. А сейчас... Я вообще ничего не понимаю. Ты извини, если что не так. Ладно, Сань?

Жаров кивнул.

— Не парься. Все нормально. Спросил и спросил. Имеешь право. Я ничего не спрашиваю, Борь. Просто соглашаюсь, и все. Ей так легче — пожалуйста! Сначала храм Гроба, потом Стена Плача. Завтра пойдем в мечеть. Кстати, а баб туда вообще пускают?

Борька пожал плечами.

— Вот так решила. Говорит, попрошу у всех. У кого «у всех»? Не понимаю! Я вообще далек от всех этих... Штучек. Она говорит — последний шанс. Ну, хорошо. Пусть так. Если ей легче и она верит. А мне уже ничего не страшно — после буддизма, знахарок, гадалок и адвентистов каких-то.

Закурили по новой.

— А технологии новые? Ну, я не знаю — подсадка там, суррогатное материнство? Детдом, в конце концов? — осторожно спросил Борька.

Жаров досадливо махнул рукой и поморщился.

— Говорит, попробуем еще раз. В смысле — обычным способом. Естественным, в смысле. Вот иногда думаю, — продолжал Жаров, — надоело. Все надоело!

Эта тоска, эта зацикленность. А потом вспоминаю... Все вспоминаю. Когда поженились — сразу, через пол-года, — она залетела. А я тогда испугался! Куда нам ребенок? Ни кола ни двора. Оба студенты. Рухнуть с младенцем родителям на голову? Бред, не дай бог! Моя мать не любит ее, ее отец — солдафон. Привык всех в шеренгу. Не вариант. Две зарплаты — как две слезы. И куда вот сейчас? Уговорил подождать. Она очень плакала, очень. Обещала, что справится. А у меня командировка в Анголу. А там война. Вернусь — не вернусь. Кто знает... Уговорил. Отвез в больницу, назавтра забрал. Поплакала с неделю и успокоилась. Так мне казалось. Ну а потом кончилась Ангола, по-явились бабки на первый взнос в кооператив, по-явился этот кооператив, потом машина. Потом снова командировка. Жили не бедно. А вот детеныш не получился... Она все прошла — и Крым, и Рим. По полгода по больницам. Хрен! Потом деньги стал за-рабатывать. Хорошие деньги! Ну в девяностые. Лег-кие были деньги. Большие и легкие. Все обновили — квартиру, машину. Жизнь. Потом — бац, все накры-лось. В два дня. Меня тогда в подвале пятеро суток продержали, пока не подписал. Пока не отдал все, что было. Вот часто думаю — как она прожила эти пятеро суток? Как не свихнулась? Говорила, что все двадцать четыре часа стояла у окна. Потом ложилась на пол. Поспит полчаса — и опять стоит. Ждет. До-ждалась. Говорила, что верила — жив. А все осталь-ное — труха. Пошла тогда убирать квартиры. Куда ее балетное образование? Правильно, в помойку. Брала с собой треники старые, косынку на голову, тапки. И — вперед! Я когда заглянул в этот пакетик со шмотками... Рыдал, словно баба. А потом... по-том все наладилось. Поднялся. Как ванька-встанька. Ожил. Снова зажили по-человечески. Только в доме поселилась печаль. Вот часто думаю: а на черта? Ну, не хочет человек жить. Не хочет радоваться. Не хочет принять все, как есть. Капризы, капризы... Ну, пусть не капризы, пусть боль. И все равно! В чем трагедия? А потом вспоминаю... Для чего человеку память дана? А чтобы вспомнить, когда шальные мыслишки запрыгают и — по башке! По самой тыковке! Вспомнил? Ну, умница. И командировку в Анголу, и просьбы «чуть-чуть подождать». И что? Что теперь? Стряхнуть ее, как пепел с сигареты? Вот она была — и нету? И будет легче? Навряд ли... Мне точно — нет. И веселее не будет. Потому что однажды опять вспомню. Подвал и эти пять суток. И ее у окна. А ты говоришь — «что?». Да все! И привычка, и жалость. И любовь! Конечно, любовь! Пусть не дрожь в коленках при виде ее груди... А ощущение. Ощущение родного плеча. Тут — родинка, а тут след от прививки, оспинка. И вот за это неровное, рябое пятнышко... Жизни не жалко. Вот и думай...

Они долго молчали, два старых приятеля. Два молодых, в сущности, мужика. Ну, что за возраст для мужчины — сорок пять лет? Самая зрелость, самое то, как говорится...

А потом пришла Наташка, и все закрутилось, завертелось — ну, просто тайфун, а не тетка! Сели обедать. Или ужинать? Борщ — настоящий, «хохляцкий». Наташкина бабка была родом с Кубани. Водочка под чесночок, черный хлеб с горчичкой. Наташка рассказывала про сына — как служит, как гордится страной. А Борька смотрел на нее и... Балдел Левин, балдел. И думал наверняка, как ему повезло.

А ведь повезло, кто спорит! Потом вспоминали молодость, общих друзей — кто, где и как. Вспоминали разные случаи из общей жизни, спорили, грустили, смеялись. Хороший был вечер. Жаров смотрел на жену — напряжение исчезло, и она тоже смеялась, и тоже что-то рассказывала. От сердца чуть отлегло. Подумал — не зря. Не зря сюда приперлись. Как не хотел он ехать сюда, в Борькину тесную хату. Мотаться по всем этим святыням, видеть ее застывший взгляд. Трепаться со старым приятелем — о трудной жизни, тяготах эмиграции. Выслушивать Борькино нытье, бесконечное тарахтенье Наташки — он привык к женщине молчаливой. А ведь хотел на Мальдивы. Дайвинг, то-се. Чтобы никого не видеть и ничего не раздражало. Хороший отель, прозрачное, бирюзовое море. Вышколенная обслуга и — тишина. Он привык отдыхать именно так. Привык... И не стыдно, ребята! Заработал он на свою «дольче виту» тяжелым трудом. Не роскошная жизнь, а достойная. Долгие годы он вообще, кстати, не расслаблялся — не получалось просто. Спал со снотворным.

А вышло все складно. Тепло. Хорошо, что вырвались. И... дай бог, чтобы Рите стало полегче. Хотя бы чуть-чуть. А как славно выпили, как расслабились! Воспоминания — вот главная ценность жизни. И старые друзья — свидетели, так сказать, твоей молодости. Шальных планов. Влюбленностей, пылких и честных молодых отношений. Бескомпромиссность — вот чем гордились они тогда. Никаких отступлений от правил — честь гораздо важнее. Страсти — на разрыв, на разрыв! Ночные посиделки до первого тусклого проблеска света в окне — под шорох шин первых, нечастых тогда, машин. Пепельницы, полные окурков, поиски заныканных сигарет по карманам — а вдруг? Поиски таксиста с крамольной и дорогущей водкой — как всегда не хватило, как всегда — на совсем пустой мостовой — три утра, совсем тихо, черные окна до-

мов и — удача! Бежишь обратно, прижимая ее, родную, к самому сердцу, и нет ничего ценнее этого груза. А если водила откинет еще и пачку «Беломора» или две пачки «Примы» — вот уж приветствуют тебя ожидающие! Самыми громкими аплодисментами. И снова о жизни, снова о планах, и снова, конечно, о главном — о любви! И еще... Святая уверенность, непоколебимая... Все — слышите! — все у них сложится. И все будет отлично. И дружить они будут, конечно, всю жизнь. Всю свою долгую и очень счастливую жизнь — семьями, с женами и детьми, всю-всю... До конца.

В эту ночь Рита спала спокойно, а он не спал совсем — мысли в голове крутились, точно белье в стиральной машине — по кругу, по кругу. Вспоминалась и молодость, и их с Ритой жизнь — все вместе, все разом, все вперемешку. Пару раз вставал и выходил на балкон — перекурить и вдохнуть свежего воздуха. Было прохладно, и совсем не верилось, что утром снова объявится огромное белое солнце, совсем не октябрьское, и распалится к обеду, надышит горячим дыханием, прогреет булыжную мостовую, и снова будет сложно представить, что где-то за две тысячи километров, в родной Москве, уже совсем холодно и даже прошел первый снег.

И снова отправились в Старый город. Жаров уже узнавал узкие улочки, мечети, православные часовни и древние синагоги. Золотистым куполом сияла мечеть Омара...

У входа аккуратно стояла обувь — тапочки, сандалии, ботинки, кроссовки.

Жаров прислонился к каменному парапету и стал ждать.

Рита подошла к нему и взяла за руку.

— Очень хочется есть! — чуть улыбнулась она. — Найдем какую-нибудь харчевню, чтобы было много мяса. Много и разного. Бараньих ребрышек, стейков, каких-нибудь жирных купатов и картошки. Ужасно хочется жареной картошки... — И снова виновато улыбнулась.

Господи! Ей хочется картошки и мяса! Ей хочется есть — много и вкусно! Жарова залила горячая волна радости, почти счастья — жена была к еде почти равнодушна.

Они поймали такси и объяснили шоферу, что нужен мясной ресторан — и обязательно хороший мясной ресторан. Чтобы по высшему классу, брателло!

Мясной ресторан нашелся — и он оказался грузинским. Привычный интерьер — на стенах чеканка из советских времен, непонятно, как сохранившаяся, глиняные кувшины, папахи и рог для вина.

Вышел хозяин — обрадовался им, как своим родственникам, — грузины всегда так встречают гостей, усадил за стол и принес меню. Рассказал, что ресторан держит совместно с братом жены, тот известный в Батуми повар, уговорили приехать сюда и открыть дело. Дело пошло — все родня, и никакого обмана. Жена Манана держит бухгалтерию, золовка на кухне — подмога мужу, теща дома лепит хинкали, и лучше ее их здесь (и в Батуми, разумеется!) не лепит никто. За официантов дочка Нино и сын брата Бесо. А вот сегодня молодежь отсутствует — праздники. И за подавальщика он, Давид, собственной персоной. Вечером будет аншлаг — и тогда подключатся все, вся семья. Придут Нино и Леван, невеста Левана и жених дочери. Ну, и дай бог! Тьфу-тьфу, чтоб не сглазить.

Читали меню и глотали слюни — хачапури трех видов, пхали из свеклы, пхали из шпината, лобио зеленое и красное, сациви, солянка, харчо, собственно бабушкины хинкали (так и написано — хинкали от бабушки Тамар!), цыпленок табака, купаты на кеци и еще куча всего, скорее бы, только скорее!

Запивали домашним вином — и откуда оно здесь, чудеса! Ели так жадно и с таким аппетитом, что хозяин, сидевший за соседним столом с какими-то бумагами, только посмеивался, когда Жаров, с набитым ртом, поднимал кверху в восторге большой палец.

Пообещали, что придут сюда снова и приведут друзей.

Вышли на улицу и сели на лавочку. Рита положила голову ему на плечо и тихо пробормотала:

— Подремлю, а, Жаров? Идти не могу — так объелась, просто нет сил!

Жаров погладил ее по руке.

— Спи, милая! Спи. Куда торопиться? Правильно, некуда. Отпуск у нас. Вот и спи.

Она и вправду уснула. Он подивился — вот так, на улице — ну, чудеса! И это она, Рита, которая и в своей постели подолгу уснуть не могла! Какие-то успокоительные капли, таблетки валерьянки, ново-пасситы, старо-пасситы... И черт его знает что...

А здесь — дрыхнет посреди улицы, и хоть бы хны!

А потом гуляли по центру, пили кофе в кофейне, ели мороженое и снова бродили, бродили по старым улочкам, дивясь на прохожих, — какая пестрая толпа! Как все смешалось в этом чудном городе! Какая невидимая сила собирает всех вместе тут, на этой земле? И всем хватает места, и все находят именно то, чего каждому так не хватало. Здесь, в этой шумной восточной пряной пестроте, в гамме разноголосой толпы, чего ищет здесь человек? Надежду? У Стены Плача, в мечети, в храме — о чем они просят Господа? Каждый о своем? Да, разумеется. Но, думается, их

просьбы похожи и не сильно отличаются друг от друга.

Все просят здоровья — отчаянно просят! Спокойствия и покоя — чуть тише, наверное. Смущаясь слегка — жизни послаще и чуть посытнее. Родителям, детям и внукам. Друзьям.

Терпения просят и сил. На всех языках. Читая молитвы и своими словами. И снова надеясь, что Господь услышит.

Услышит, услышит — иначе зачем я здесь?

И просит его жена. И вдруг он поймал себя на мысли, что и ему, Жарову, хочется обратиться к нему. Впервые в жизни. И попросить. Не за себя — за нее, Риту. Просто попросить, чтобы он... Ей помог!

Он растерялся и смутился от этих мыслей — куда идти и как просить? Он, некрещеный, неверующий, не признающий всего *этого*. Этих обрядов, отправлений, ритуалов.

У кого спросить? У Риты? Смешно! Она и сама не ведает, что делает: мечется и просит «у всех». Наверное, так неправильно... Но если так легче...

А что делать ему? Борька далек от всего этого, Наташка тоже.

Он озирался по сторонам — все эти люди знали, куда идти. Все они знали, зачем приехали.

Только он приехал сюда «за компанию». Группа поддержки, приличный и виноватый, жалостливый супруг.

Благородный муж, пожертвовавший Мальдивами.

Ладно, поехали домой. Устали. А дома их ждал пивной вечер — море пива, соленая рыбка и креветки — по неподъемной, разумеется, для хозяев цене.

Ладно, разберемся, решил Жаров. Компенсируем, так сказать. Вот чем — здесь надо подумать.

И снова была нирвана — такая благость на душе, такое благолепие! Снова бесконечная трепотня, взрывы смеха и слезы умиления.

Назавтра был выходной, и решили ехать на море. Решали — а на какое? Поплавать — на Средиземное, а подивиться — так это на Мертвое. Там не поплаваешь, зато полежишь, как будто в шезлонге, на соленой и плотной поверхности, надышишься бромом, намазюкаешься целебной грязью и — как новенький! А вот на Красное — далековато. Тем более одним днем.

Экзотика, конечно же, только на Мертвое! Средиземное мы повидали, причем с разных сторон.

Ночью, когда все спали словно подкошенные, Жаров осторожно, чтобы никого не разбудить, поднялся и вышел на балкон.

Сначала закурил сигарету, потом почему-то поспешно затушил и поднял глаза к небу.

Оно было очень темным, с просинью, с густыми и яркими звездами и желтой, как головка голландского сыра, большой и круглой луной.

Он закинул голову и зашептал:

— Прости меня, Господи! Я... Я не знаю, как к тебе обращаться! И не понимаю, как и о чем тебя просить! Потому... Потому, что стесняюсь... И еще — не умею. Потому что не вспоминал о тебе никогда. Когда было плохо — вспоминал, прости, черта. А когда хорошо — никого. А надо было сказать тебе хотя бы спасибо! Тебя ведь редко вспоминают, когда хорошо. Редко благодарят. Такие, как я. А теперь... Теперь я прошу тебя! Помоги ей! У меня все нормально. Все хорошо у меня. Виноват я, а страдает она. Не наказывай ее, прошу тебя! Накажи лучше меня. Она ни при чем! И еще — прости меня. За что — знаем и ты, и я. И еще... Не сердись, если я прошу тебя слишком о многом. Я ведь не знаю, честное слово...

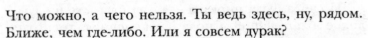

Что можно, а чего нельзя. Ты ведь здесь, ну, рядом. Ближе, чем где-либо. Или я совсем дурак?

Он шептал это так горячо и так страстно, что не заметил, как по лицу потекли слезы — быстрые, горячие, торопливые.

Он снова смотрел на небо и снова что-то шептал. И ему казалось, что там, наверху (господи, а где там-то?), его внимательно, очень внимательно слушают...

И еще — ему верят....

Жаров, дрожа, вернулся в комнату, прижался к Ритиной спине, пытаясь согреться, долго не получалось, ему очень хотелось ее обнять, но боялся потревожить.

В голове было пусто, но странно легко. Словно он наконец сделал что-то такое, что принесло ему облегчение и какое-то знание. Какое — он совсем не понимал, да и не мучился этим.

Понимал, вернее чувствовал, он одно — этот разговор, эти просьбы там, на балконе, в синюю и прохладную ночь, были ему жизненно необходимы. И как, дурак, он не сделал этого раньше?

А в восемь утра Наташка протрубила подъем: «Хватит дрыхнуть, сейчас все рванут на море, и мы завязнем в пробках!»

Наспех перекусили, и Наташка начала стругать колбасу и сыр на бутерброды. Жаров ее остановил — перекусим в кафе, не морочься, мы приглашаем.

Рванули. Город еще спал — в легкой туманной дымке, чуть серебристой. Стены домов отсвечивали мягким золотом — город был тих и снова прекрасен.

Пробки москвичей рассмешили — и это после наших родных, бесконечных! И все же на шоссе машин прибавилось.

Ехали сквозь горные ущелья, пустыню, мимо шатров бедуинов, возле которых бродили ленивые

140

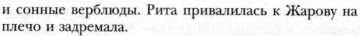

и сонные верблюды. Рита привалилась к Жарову на плечо и задремала.

Они с Борькой вполголоса обсуждали новинки мирового автопрома — обычный мужской разговор. Наташка свернулась клубочком и тоже уснула.

И Жаров почувствовал, что его накрыло какое-то удивительное спокойствие, умиротворение, что ли... Он был так расслаблен и так спокоен, как не случалось уже много лет.

Этот однообразный и успокаивающий пейзаж за окном — желто-красные пески, небольшие островки зелени, низкие кустики какой-то пустынной травы, растущие вдоль дороги. Небо очистилось от утреннего тумана и жгло глаза ослепительной, почти неестественной синевой.

Они тихо переговаривались с Борисом, боясь потревожить своих женщин. *Своих*. И не было дороже вот этих самых минут, не было пронзительнее...

Они словно поняли друг друга и замолчали. Борька вел машину спокойно, а Жаров смотрел вперед, пытаясь справиться с непонятным сердечным волнением.

Первой проснулась Наташка и затребовала туалет и кофе. Припарковались у заправки. Взяли кофе и булочки, вышли на улицу и расположились на капоте машины. Пили молча, рассматривая окрестности и удивляясь тишине.

Подъехал экскурсионный автобус, и из него вывалилась толпа соотечественников — шумная, всклокоченная. Все рванули в туалет и кафе, а они поскорей свернулись и поехали дальше.

Наташка включила музыку — нежно запели Никитины, призывая, как всегда, помнить о том, что мы — люди.

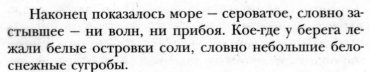

Наконец показалось море — сероватое, словно застывшее — ни волн, ни прибоя. Кое-где у берега лежали белые островки соли, словно небольшие белоснежные сугробы.

Вышли, расположились. И осторожно зашли в воду, предварительно проинструктированные аборигенами. Не кувыркаться, переворачиваться осторожно, сесть как на стул и — балдеть!

Вода была такой странной, словно в ней растворили баржу с глицерином — жирная и плотная на ощупь. Концентрация соли — Жаров не удержался, лизнул — была невообразимой.

После воды побежали в душ — тело пощипывало, всюду чесалось. Потом намазались серой маслянистой грязью, естественно, сфотографировались, потом опять залезли под душ, посидели на песке, выпили прихваченный запасливой Наташкой чай из термоса и двинулись обратно.

На обед остановились в придорожном кафе — кебабы, салат, разумеется, хумус и много зеленого чая.

Вернулись домой и дружно рухнули спать — Борька дал этому научное объяснение: воздух на Мертвом насыщен йодом и бромом. Расслабон нереальный! Признался, что еле доехал — так клонило в сон.

Вечером гуляли по центру, заходили в сувенирные лавочки, скупали подарки по списку — Жарову на работу, девочкам, мальчикам, заму, бухгалтеру. Разумеется, матушкам, близкой родне. Ритиным девицам на работе. Домработнице, консьержке, косметичке, дачному сторожу, зорким оком оберегающему их владения от воров. Уф!

А вечером пошли к Давиду. Он встретил их как самую близкую родню. Шепнул Жарову:

— Меню не смотри, все сделаю как себе!

Жаров улыбнулся и кивнул. И снова было так вкусно, что они мычали от удовольствия, щурились, причмокивали, качали в изумлении головами и показывали поднятые кверху большие пальцы довольному хозяину.

Но надо было возвращаться — назавтра они улетали. Рейс был утренний, совсем ранний, и нужно было спешить, чтобы собрать чемодан.

Чемодан был собран, и они сели на кухне.

— Прощальный чай, — объявила Наташка.

Прощальный чай оказался грустным — всем было немножко не по себе. Отчего-то накрыла такая печаль... Печаль от расставания, от того, что закончился праздник, случившийся так неожиданно и внезапно, праздник, на который никто из них не рассчитывал. Печаль от того, что они вдруг снова ощутили себя такими родными и близкими, потому что нет родней и ближе свидетелей твоей молодости. Печаль от того, что приходится расставаться и, несмотря на возможности нового времени видеться, встречаться, общаться в скайпе, все понимали, что жизнь снова закрутит, завертит... И снова они будут откладывать, переносить... — до лучших времен, до лучших времен...

И разлука может обернуться долгими годами. А жизнь-то летит! Летит, как сверхзвуковой самолет. И годы летят — «наши годы как птицы».

И они будут клятвенно обещать друг другу, что вот на следующий год — обязательно! А в этом не получилось, прости... Но на следующий год найдутся дела, и обнаружатся неразрешимые проблемы, и подведет здоровье, и не будет денег или аврал на работе...

Обязательно найдется какая-нибудь мелкая или крупная помеха, не стоящая, в принципе, ничего.

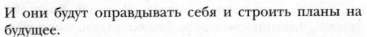

И они будут оправдывать себя и строить планы на будущее.

В зале аэропорта они встали кружком и говорили о какой-то ерунде. Жаров обнял Борьку и Наташку и, проглотив тугой комок в горле, хрипло сказал все, что держал в голове всю эту неделю. И про тепло их гостеприимства, и про них, таких родных, любимых и замечательных. И про Наташкины котлеты с борщом, и про их с Борькой ночные перекуры на узком балкончике. И еще про то — не очень внятно, скомканно, очень смущенно, про то... Ну, что они значат в его жизни.

— В следующем году в Иерусалиме! — выспренно заявил Левин.

Рита подошла к Наташке, и они обнялись. Борька, смущаясь, поцеловал Риту в затылок.

Пройдя регистрацию, они обернулись — долговязый силуэт Левина и маленькая, почти невидимая фигурка Наташки уже растворились в толпе.

В самолете Рита села у окна и прикрыла глаза. Жаров как всегда начал листать газету.

Самолет пошел на взлет, и Жаров почувствовал, как жена напряглась — она боялась посадок и взлетов, да и сам полет был для нее всегда стрессом и усилием над собой.

Он взял ее за руку, и она благодарно пожала его руку. Взлетели. Самолет стал выравниваться и набирать скорость. Зажглась табличка — можно расстегнуть ремни и посмотреть телевизор. Запустили старый штатовский боевик с неутомимым Дольфом Лундгреном. Жаров, как всякий мужик, любил такую ерунду, крепко и грамотно сбитую Голливудом.

Рита уснула, прислонившись головой к окну. Самолет слегка затрясся, запрыгал на облаках, и пилот объявил попадание в зону турбулентности. Зажглось табло, и стюардессы прошлись по рядам, призывая к порядку.

Он снова взял Риту за руку, и она крепко сжала его ладонь. Минут через пятнадцать все успокоилось, и самолет пошел плавно, гладко, будто выбрался из короткого шторма.

Погасла табличка, и стюарды засуетились с обедом.

— Слушай! — вдруг оживился Жаров. — А давай наконец заделаем баню! Поставим в углу, у забора, — места полно, на улице стол, скамейки. Нет, ты представь, — загорячился он, — зима, снег, сугробы. Напаришься и — на улицу, сразу в сугроб! А летом на столике чаи погонять, а Рит? Мы же давно мечтали! Приедем — поставим сруб. За зиму он отстоится, и весной можно строить. А к лету все будет готово. И непременно — купель! Прямо на улице, чтоб сквозь ледок! А? Здорово, правда? Мы же так любим с тобой эти штуки!

Рита улыбнулась, взяла его за руку и, наклонившись, сказала чуть слышно, на ухо:

— Давай подождем с баней, а, Сань? Ну, не к спеху же. Столько ждали, еще подождем. Годик хотя бы...

Он не сразу въехал — мужик, что поделаешь! Реакции замедленные, надо признать...

А когда до него дошло то, что она имеет в виду, он откинулся на спинку кресла, расстегнул ворот рубашки, потому что вдруг ему стало душно, выдохнул, пытаясь дышать спокойно, и взял руку жены. Ритины теплые пальцы погладили его вспотевшую от волнения ладонь. Она положила голову ему на плечо, и он закрыл глаза.

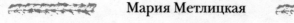 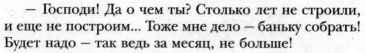

— Господи! Да о чем ты? Столько лет не строили, и еще не построим... Тоже мне дело — баньку собрать! Будет надо — так ведь за месяц, не больше!

— А домой хочется, правда? — спросила она.

Он кивнул. Домой хочется всегда. Потому что домой.

Взлет, зона турбулентности, воздушные ямы и рытвины, посадка. Пристегнуть ремни и ослабить.

Собственно, как вся наша жизнь. Очень похоже.

И еще — надежда. Без нее никуда. Ни в полете, ни в жизни.

Вечный запах флоксов

Дорога от станции была знакома до мелочей — до таких незначительных мелочей, на которые обычный прохожий просто не обратил бы внимания. Серый валун у дома с зеленым забором. Густой разросшийся шиповник на перекрестке Садовой и Герцена. Дряхлая, почти черная скамеечка у дома с покосившейся башенкой — когда-то тысячу лет назад, когда она была еще девочкой, на этой скамейке сидела совсем древняя старуха. Старуха смотрела в одну точку, и казалось, что она дремлет с открытыми глазами. Старухи давно уже нет, а скамеечка все стоит — гнилая, темная, с трухлявыми ножками, прибитыми ржавыми гвоздями.

Трехколесный детский велосипедик, тоже брошенный еще в те времена и так и прижившийся за кустом жасмина, — никто и не думал его убирать.

«Белый дом» — тогда еще самый высокий, с огромной мансардой, выкрашенный в такой непрактичный, совсем «не дачный» цвет. Хозяин его — известный композитор — был чудаком и выдумщиком.

Кривая сосна — и вправду кривая. Совсем непохожая на своих сестер — высоких, стройных, точно гигантские спички, тянущихся еще дальше, вверх.

Эта уродица стояла у дороги — низкая инвалидка с перекрученным стволом и неряшливой разлапистой кроной.

Она служила опознавательным знаком для гостей — мама так обычно и объясняла: «От кривой сосны направо, еще метров двадцать — и серый забор». Еще сосна была демаркационной линией для маленькой Нюты — например, разгоняться на велосипеде можно было только до «кривой». Дальше — ни-ни! И если мама увидит — на следующий день с участка не выпустят. Страшное наказание.

Позже, в возрасте нежном, у «кривой» собирались компашки. И, разумеется, назначались свиданки.

Словом, *кривая* была местом известным и знаковым. Идя со станции, она обязательно останавливалась у «кривой» — тяжелые сумки оттягивали руки, и, хоть до дому оставалось рукой подать, ей не терпелось передохнуть, оглядеться, глубоко вздохнуть, набрав в легкие воздуха, увидеть свой серый забор и наконец прочувствовать, что она — дома.

Московскую квартиру Спешиловы не любили, хотя ждали долго, лет двадцать — в смысле, свою, отдельную. Метро в двух шагах, до рынка пешком. Рай, что и говорить. Да и квартира была замечательная — две комнаты окнами во двор, просторная кухня, большущая ванная. Живи и радуйся! Радовались, но... Дачу любили больше.

Жертвовали центральным отоплением, удобствами, поликлиникой, метро и прочими благами цивилизации. Чтобы летом дышать сиренью, жасмином, сосной. Слушать пение птиц, смотреть, как заходит солнце. Слышать, как ритмично барабанит по жестяной крыше дождь. Как желтеет клен под окном, как первый снег покрывает прелые хвою и листья.

И еще — отцу там работалось. Это и было главной причиной. С раннего утра он уходил в крошечную мансарду на втором этаже — лестница шаткая, надо идти осторожно, — включал настольную лампу, садился за старый дубовый стол, покрытый местами заштопанным маминой ловкой рукой зеленым сукном, и — начиналась работа.

Часов в двенадцать мама относила ему чай в подстаканнике — очень крепкий, долька лимона и три ложки сахара. На краю блюдца — пара овсяных печений. К обеду отец не спускался — не хотел прерываться. Обедали вдвоем с мамой. А уж ужинали вместе — тут и начинались разговоры про жизнь и про всякое другое. Если работа ладилась, отец был очень оживлен. А если спускался мрачнее тучи, за столом стояла гробовая тишина. И Нюта старалась быстрее поесть и юркнуть к себе. Днем полагалось отдыхать. Но не праздно валяться, а читать, или решать примеры, или учить английский. Такой вот был отдых. Она не роптала, только иногда вскакивала с кровати и подбегала к окну. Там была жизнь! Проносились на великах друзья, девчонки сидели на бревнышке и плели венки, провожая пролетавших мальчишек заинтересованными и почему-то осуждающими взглядами. Нюта смотрела на часы и вздыхала — стрелки ползли как сонные черепахи. И вот — свобода! Она выбегала на улицу, распахивала калитку и врывалась в прекрасную жизнь.

Осенью, конечно, уезжали — у дочки школа, ничего не поделать. Но в субботу, с утра пораньше, торопились на электричку — у отца за плечами огромный рюкзак, набитый провизией, да и у мамы приличная сумка.

В электричке было сильно натоплено, и Нюта, прислонившись к отцовскому плечу, засыпала.

А вот когда выходили на платформу... Тут и начиналось всеобщее счастье. Снег, голубоватый, серебристый, сверкающий до боли в глазах, переливался на солнце. На ветках сидели пухлые, словно елочные шары, красногрудые снегири. Под заборами, как заполошные, проносились озабоченные белки. Дорожка была протоптана, и под сапогами снег скрипел и вкусно похрустывал.

Отец шел впереди быстрым, спортивным, уверенным шагом. Мама с Нютой все время отставали и умоляли его замедлить ход. Он посмеивался, оборачиваясь на них, и называл их клушами. Наконец подходили к забору. Отец доставал ключ и долго возился с замерзшим замком, отогревая его зажженными спичками.

Потом пробирались по засыпанной дорожке к дому. В доме было совсем холодно, и отец, сбросив рюкзак, принимался топить печь. Печь была замечательная — уже через пару часов в доме было почти тепло, а уж часа через четыре стояла такая жара, что они раскрывали окна.

Нюта выходила на улицу, лепила снежную бабу, раскидывала пшено в кормушки и бегала в сарай, вытаскивать санки и лыжи.

Потом наспех обедали и наконец отправлялись в лес.

В лесу было чудесно! Мама все время вздыхала, останавливалась, закидывала голову к небу и повторяла:

— Лесная сказка! Просто берендеев лес! Так и ждешь, что из-за елки вот-вот выйдет старик Морозко.

Отец посмеивался и говорил, что мать — отчаянная выдумщица. Отец убегал быстро и далеко, скоро его синий лыжный костюм пропадал за стволами де-

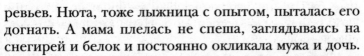

ревьев. Нюта, тоже лыжница с опытом, пыталась его догнать. А мама плелась не спеша, заглядываясь на снегирей и белок и постоянно окликала мужа и дочь.

Возвращались такие усталые, что сил хватало только напиться чаю и рухнуть в постель. А вечером отец просил «ведро жареной картошки», обязательно с салом и лучком. Под эту картошку он непременно выпивал пару рюмочек водки. В печке трещали дрова, в доме было тепло, и снова начинались долгие разговоры «за жизнь». Нюта клевала носом, и отец брал ее на руки и уносил в ее спаленку. Сквозь сладкий сон она слышала, что родители еще долго не ложились, тихо журчала беседа, и все так же потрескивали в печке дрова.

Утром будило яркое солнце, и она, сладко потягиваясь, радостно думала о том, какая она счастливая.

Она выскакивала на кухню, где мама уже жарила яичницу, помогала накрывать на стол — ждали отца. Он, покрякивая, под окнами обтирался снегом, и Нюта махала ему рукой.

Потом собирались домой, и уезжать совсем не хотелось — на даче были самые любимые книжки, самые дорогие сердцу куклы, пяльца с незаконченным вышиванием, рисунки — все из ее детства.

А в понедельник начиналась школа. Школу Нюта недолюбливала — училась прекрасно, а вот близких подруг не завела — так получилось. Все самое лучшее, в том числе и подруги, было «дачным».

Два раза в неделю приходила учительница немецкого Эльфрида Карловна, дама строгая и сухая, — по понедельникам и четвергам. А во вторник и пятницу были уроки музыки — их вела замечательная Алла Сергеевна, студентка последнего курса консерватории. Аллочка — так называла ее про себя Нюта — была веселая и остроумная. Она рассказывала смеш-

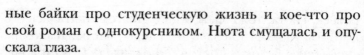

ные байки про студенческую жизнь и кое-что про свой роман с однокурсником. Нюта смущалась и опускала глаза.

Аллочка была хорошенькая, словно кукла, — маленького росточка, очень изящная, с густыми, темными кудрявыми волосами. Однажды она поделилась со смущенной Нютой, что карьера пианистки ее вовсе не занимает — ей хочется замуж, свою квартиру и парочку деток.

— А для чего консерватория? — краснея, спросила Нюта.

Алочка ответила, что Нюта — святая наивность! Где же найти перспективного мужа? Такого, у которого бы «все получилось». А уж она, Аллочка, ему в этом поможет. Сделает из него второго Рихтера, не сомневайся!

Такой подход Нюту расстроил — любимая Аллочка оказалась корыстной и расчетливой. Ей хотелось выбраться из нищеты (жила она в коммуналке, в крошечной комнатке в восемь метров с мамой, подрабатывающей также уроками).

На последнем курсе Аллочка осуществила мечту и вышла замуж — муж ее был из известной музыкальной семьи. И все получилось — пышная свадьба, ресторан, отдельная квартира с домработницей. Вот только мужем стал не тот молодой человек, в которого она была влюблена, а совсем другой. Она пригласила на свадьбу и Нюту, но та не пошла — неловко было смотреть на пышное пиршество и обманутого жениха и родителей. Она знала про Аллочкин корыстный интерес. После Аллочкиного замужества уроки, естественно, закончились — в заработке она больше не нуждалась. Пару раз позвонила бывшей ученице, жарко рассказывая, какая прекрасная наконец настала и у нее жизнь, и — скоро пропала.

Пианино Нюта закрыла и больше к нему не подходила. Почти пять лет.

Зато теперь четыре раза в неделю приходила Эльфрида — немецкий «надо усиливать», говорил отец. И это было логично и правильно — на семейном совете было решено, что поступать Нюта будет на немецкую филологию. Логично еще и потому, что Нютин отец был известным переводчиком немецкой поэзии.

Придя с фронта, куда отец попал в последний призыв, двадцатидвухлетним выпускником университета, он встретил Нютину мать, свою будущую жену — вот с этим было ясно в первую же минуту. Юная студентка пищевого института Людочка Крылова покорила сердце молодого фронтовика моментально — она была серьезна, образована и очаровательна — пепельная блондинка с длинной, по пояс, косой и задумчивыми серыми глазами. Подкупило и то, что Людочка всем сердцем любила поэзию. Три месяца прогулок по ночной Москве — чтение стихов попеременно — то он, то она. Иногда кто-нибудь начинал, а второй тут же подхватывал. Словом, полное единение душ. Свадьбу сыграли скромную, в Людочкиной с родителями коммуналке, куда были, естественно, приглашены все соседи. Зажили в углу, отгороженном старой китайской ширмой.

Дачу строили вместе с тестем — своими руками. Жили в полном согласии и уважении, а когда огромную квартиру принялись расселять, решено было въехать в новую вместе, тем же составом. Тем более что Людочка ждала ребенка.

Соседи уехали осваивать новые районы — Черемушки, Медведково, Зюзино.

А Спешиловым дали в самом центре, на Тишинке, — отец был фронтовиком и уже членом Со-

юза писателей, и тесть, отец Людочки, тоже прошел всю войну.

Нюта родилась на Тишинке и хорошо помнила, как с дедом и бабушкой они ходили на знаменитый Тишинский рынок. Она помнила, как очень боялась калек, просящих милостыню или торгующих старыми вещами.

Дед и бабушка в новой квартире прожили недолго — сначала заболел дед, а следом слегла и бабушка. Так и ушли они один за другим в течение года.

Людочка осталась за хозяйку и очень растерялась — до этого она не знала ни магазинов, ни обедов, ни стирки, ни глажки. Все делала бабушка, умудряясь заниматься еще и внучкой.

Слава богу, что Нюта уже пошла в школу, и Людочка терпеливо, долго и неумело, штудируя поваренную книгу, возилась с обедом.

Отец работал дома и, видя усилия жены, только посмеивался — учись, матушка! Не боги горшки обжигают!

Мать глотала слезы и рвалась на работу. А отец оказался «тираном» — по ее же, Людочкиным, словам. Он был убежден, что место женщины — дома. Тем паче что муж работает там же и дочь «надо встретить со школы».

Людочка вздыхала и бралась за пылесос и тряпки. Иногда она застывала у окна и закусывала губу — ей казалось, что там, за окном, кипит настоящая жизнь. А здесь она пропадает — под вечными домашними руинами и завалами.

Покой в ее душе наступил, когда умный муж приобщил ее к делу — она научилась печатать. Теперь он загружал ее работой, и она чувствовала себя необходимой и значимой.

Послушав подружек, встающих в шесть утра и спешащих на службу, она успокоилась — вот ей никуда торопиться не надо. Не надо так рано вставать, толкаться в метро, после работы спешить обратно домой, обежав несколько магазинов — уже наступила пора дефицита.

Ребенок присмотрен, муж обихожен, она — не замученная жизнью, нервная женщина, а помощница мужу и прекрасная, спокойная мать.

Нюта успешно сдала все экзамены. Учиться было легко и интересно, к тому же появилась и задушевная подруга — Зина Быстрова. Готовились вместе к экзаменам, бегали в кино и на выставки, ходили в театры «на лишний билетик». В группе их уважали, но считали зубрилами и «синими чулками» — кавалеров не наблюдалось. Зина была некрасивой, блеклой, сутулой и носила никак не красящие ее крупные и тяжелые очки.

А Нюта... Нюта была хорошенькой, но... Однажды на Герцена ее окликнули — оказалось, Аллочка, бывшая учительница музыки. Аллочка стала еще красивей и выглядела роскошно — пушистая шуба из серебристого меха, лаковые сапожки, сумочка через плечо. В ушах сверкали сережки, и пахло от нее волшебными и незнакомыми духами. Аллочка была весела, рассказывала, что жизнью довольна, муж «послушен» и «выбился в люди», сплошные командировки *туда* — Аллочка почему-то подняла глаза кверху. Купили кооператив, обставили «дорого», есть машина, словом — не жизнь, а сказка.

Потом Аллочка погрустнела, надула ярко накрашенные губки и промолвила:

— А ты, Нюта, меня расстроила, — сказала она обиженно.

Нюта растерялась, не поняв, в чем дело. Аллочка объяснила:

— Смотреть на тебя... тошно, ты уж меня прости. Выглядишь, как тетка на пенсии — посмотри на себя! Ни грамма косметики, ни украшений — пусть простеньких. Что за пучок на затылке? Как будто тебе двести лет! А во что ты одета? Ты студентка. Москвичка, дочь приличных и небедных родителей! — И она дернула цигейковый воротник Нютиного пальто. — Ну просто стыд, честное слово! И как допустила такое Людмила Васильевна? А сапоги, Нюта! Просто кирза новобранца!

Нюта расстроилась до слез — все было чистая правда. И пальто, перешитое из маминого, и дурацкие сапоги на грубом каблуке грязно-коричневого цвета. И краситься она почему-то стеснялась. Стеснялась, между прочим, из-за Зины — не хотелось быть краше и ярче ее.

Аллочка все кривила красивый рот и осуждающе качала головой. Нюта понуро обещала исправиться.

Потом пристально, с прищуром посмотрев Нюте в глаза, Аллочка сказала:

— Ну, про кавалеров не спрашиваю — и так понятно. Глухо, как в танке. И можешь не сочинять — все равно не поверю!

На прощание, взяв с бывшей ученицы честное слово и пригрозив ей пальцем, Аллочка обещала все «скоро проверить».

Нюта уныло кивнула и побрела восвояси. Дома она долго разглядывала себя в зеркало — Аллочка была стопроцентно права. Что это за старческий пучок на затылке, бледные губы, светлые ресницы. Серая юбка и кофточка с глухим, до самого подбородка, застегнутым воротом...

И было принято волевое решение объясниться с мамой. Людмила Васильевна всплеснула руками и запричитала:

— Господи! Какая же я... Идиотка! Нет бы самой догадаться — ты ведь у меня уже на выданье!

Нюта совсем смутилась — ну, при чем тут это!

Мать тут же отправилась к отцу, и он в полном недоумении: «Что-то не так, Люда?» — тут же выдал приличную сумму.

Теперь Людмила Васильевна была при деле — целыми днями с раннего утра она толкалась в очередях, обегая ГУМ, ЦУМ и Пассаж.

Она узнала: в конце месяца непременно выбрасывают «импорт» — обувь и вещи, а в «Ванде» надо просто отстоять огромную очередь — косметика там есть всегда. В «Бухаресте» приличные сумки, в универмаге «Москва» бывают югославские сапоги и польские блузки. А в ЦУМе можно достать отличное демисезонное пальто — если, конечно, повезет.

За две недели Нюта преобразилась до неузнаваемости — блестящие сапожки на изящном каблучке, костюм из голубого мягчайшего трикотажа, бордовое пальто с белым песцовым воротником. Теперь она подкрашивала ресницы — чуть-чуть, но глаза стали крупнее и ярче, слегка красила рот бледно-розовой помадой, пользовалась духами «Пани Валевска» в темно-синем непрозрачном флаконе и — самое главное — сделала модельную стрижку. Аллочка, конечно, пропала и не объявлялась, но спасибо ей за прекрасный урок! Своей ученицей она была бы довольна.

А вот Зина отреагировала на изменения скептически:

— Для кого стараешься? Для этих? — и презрительно кивнула в сторону парней.

Нюта пожала плечами:

— Для себя! Просто... так приятнее!

И между подругами впервые пробежала черная кошка.

И все же Нюта радовалась переменам, даже походка у нее изменилась. Стала легче, плавней. И глаза она теперь не прятала, а смотрела в лицо собеседнику, и людей, проходящих по улице, разглядывала с веселым интересом — особенно женщин. Подмечая, какое у кого пальто и какой шарфик.

Тот день, когда отец шумно ворвался в дом и с порога возбужденно и радостно закричал: «Люда! Я нашел Яворского!» — она запомнила на всю жизнь.

Потому что день был весенним и прекрасным, на улице было почти тепло и уже распускалась сирень. Потому что успешно были сданы все зачеты и даже экзамены — как всегда досрочно. И еще потому, что впереди маячило лето. А значит, и дача! Совсем скоро, уже собраны сумки с вещами и коробки с крупой и консервами, а мама переглаживает «дачное» постельное белье, и отец собирает свои бесконечные бумаги и книги.

Отец быстро скинул плащ и ботинки и влетел на кухню, где мама разогревала обед.

— Ты слышишь, Людмила! — продолжал горячиться он. — Яворский нашелся! Приехал из Мурманска, вот ведь старый жук! Захожу к секретарю, а тут он выскакивает как черт из табакерки! И все такой же — тощий, поджарый, с буйной копной — правда, почти седой. С палочкой, конечно, — сказал, что нога ноет сильно. Но полон жизни и планов. Семью не завел, детей нет. Служит в центральной газете, живет бобылем. Я удивился: бабы всегда по нему сходили с ума — есть в нем что-то такое, ну, вам, бабам, виднее... В общем, обнялись, выпили чаю в буфете, и он будет завтра у нас. Так что, мать, — он строго глянул на жену, — уж завтра, будь добра, постарайся!

Мать закивала — да, конечно, о чем говорить!

Присела на табуретку и стала прикидывать — слава богу, есть в загашнике утка. Хорошо бы с кислыми яблоками, да где их взять... Есть банка селедки — с картошкой под водочку самое то. Ну, холодец не успею, а вот пирогов напеку — с капустой и мясом. А торт купит Нютка — сходит в «Елисеевский», там всегда свежее.

Нюта ушла к себе, а из кухни все доносился оживленный разговор — отец все еще говорил о Яворском, и было очевидно, что он не просто рад встрече — он счастлив!

Нюта знала, что Яворский — фронтовой друг отца — был репортером и человеком отчаянной смелости. Знала, что у него много наград, что в Ленинграде его ждала невеста, но не дождалась — умерла от голода. Знала, что Яворский очень страдал и носил ее карточку в кармане гимнастерки.

Еще знала, что человек он не только талантливый, но и кристально честный. И еще поняла, что завтрашний запланированный поход в «Современник» определенно отменяется — отец никогда не простит ей, если она уйдет из дома.

Она вздохнула и принялась звонить Зине. Зина покуксилась и сказала, что возьмет в театр мать. На том и порешили.

Яворский появился на следующий день — именно такой, как и представляла его Нюта, — в дверях стоял человек высокого роста, очень худой, но плечистый, с густой седой шевелюрой, небрежно зачесанной назад, с орлиным профилем и зоркими и очень цепкими ярко-голубыми глазами. Он опирался на трость и улыбался. Они с отцом обнялись, а матери и Нюте гость поцеловал руку.

Отец сиял от радости — нашелся старый фронтовой товарищ, нет, не товарищ — друг! И вот они вместе, напротив друг друга, похлопывают друг друга по плечу, любуются, смеются и вспоминают свое фронтовое житье. Сели за стол — мама, конечно, расстаралась. Было видно, что гость очень голоден и к домашним яствам не приучен.

Выпили по первой, и отец совсем раскис — вспомнили и помянули погибших друзей. А дальше Яворский рассказывал про свою жизнь на Севере — скупо и сдержанно. Почему туда? Да было направление в местную газету. Обещали комнату — дали. Комната скромная, но окном на юг. Да и что ему, бобылю, надо? И народ там серьезный — моряцкий народ, знаешь, ведь флот у нас всегда был элитой. Климат, конечно... Что говорить. Но платят северные, денег хватает, и отпуск приличный, — вот и едешь на юг — Сочи, Севастополь, Одесса. Там и набираешься солнца и теплого моря на весь следующий год. Да и шеф замечательный, фронтовик, ровесник — мы с ним большие друзья.

Почему не женился? Ну, ты меня знаешь! Боюсь я семейных уз. Вдумайся в слово — узы! Коренное — узлы? Или узда? Вот именно!

Он засмеялся:

— А все, что крепко держит, так то — не по мне. Свобода превыше. Да и кому нужен такой инвалид? Боли бывают такие, что всю ночь мотаюсь кругами, — мотаюсь и вою сквозь зубы, чтобы соседей не разбудить.

Отец покачал головой.

— И все же семья... Такая опора! Вот я себе не представляю...

Яворский улыбнулся и развел руками.

Чая Нюта не дождалась — ушла к себе, сославшись на усталость.

Это было неправдой. Просто ей захотелось побыть одной. Она легла в кровать и почувствовала какое-то томление в сердце, какую-то щемящую тоску. Спала она в ту ночь плохо и встала с головной болью. Мама заварила ей крепкий чай и положила четыре куска сахару. Голову немножко отпустило, но все равно захотелось уйти к себе, улечься в постель и закрыть глаза.

Она не понимала, отчего такая тоска на душе. Экзамены сданы, впереди дача и лето, три месяца каникул и, возможно, еще и море! Отец обещал путевку в Анапу.

Она лежала, вытянувшись в струну, и когда зашла мама, притворилась спящей.

Никого не хотелось видеть, ни с кем разговаривать. К обеду будить ее не стали.

А она все лежала и думала о вчерашнем госте. По рассказам отца она знала, что он, Яворский, человек отчаянный, храбрый, тонкого ума, огромной образованности и прекрасно владеет пером. С начальством в спор вступать не боялся — его побаивались, но уважали. Отец сетовал, что такому журналисту не место в провинции, что там его талант закостенеет, глаз замылится, размаху-то нет!

— Уговорю его перебраться в столицу! — объявил отец за ужином. — Уговорю и помогу. Ненавижу составлять протекции, но для Вадима сделаю, и с большим удовольствием!

— Только осталось — уговорить твоего Вадима, — рассмеялась мама. — Что ты знаешь про его тамошнюю жизнь? Может, там у него женщина и большая любовь?

Отец вздохнул.

— По этой части он великий специалист. Что правда, то правда...

Яворский пришел к ним и на следующий день — на этом настоял отец. Теперь мужчины сидели в отцовском кабинете и вели долгие беседы.

Встретились за ужином, и отец попросил Нюту устроить другу «московские каникулы». Яворский был ленинградцем и столицу знал плохо. На завтра был составлен план.

Разумеется, театры — новомодный «Современник», Художественный, Большой и Малый. Ну, если успеем, еще и Вахтанговский — попасть на «Турандот» с Борисовой считалось большой удачей. С билетами обещал помочь отец. Далее — Парк культуры, гордость москвичей, Сокольники, Пушкинский и, конечно, Третьяковка.

Отец, большой любитель планирования, расписал все на листе бумаги. Яворский посмеивался, качал головой и сетовал, что бедная Нюта должна потратить столько времени на «хромого старика».

От этих слов Нюта совсем смутилась, покраснела и стала, не поднимая глаз, убеждать гостя, что это — большая честь для нее и еще — удовольствие.

Встретились назавтра у парка Горького. Вечером был запланирован Малый, а днем — прогулка, поедание пирожков и мороженого, катание на лодочке в парковом пруду.

Погода была отменная — середина мая, тепло, но не жарко, солнце светило нежно, и слабый и теплый ветерок шевелил молодую, совсем свежую и клейкую листву.

Они прокатились на колесе обозрения, откуда был виден Кремль и центр Москвы, поели знаменитого московского эскимо и пирожков с повидлом, посидели на лавочке, подставляя лицо солнцу, и двинулись к метро. Времени было навалом, и она повезла его на Маяковку, площадь Революции и Новослободскую — самые красивые, по мнению москвичей, станции метро.

В Малом смотрели Островского — «Волки и овцы», состав был прекрасный — Быстрицкая, Гоголева, Рыжов, Телегин.

Вышли из театра — вечер был теплым и чудесным. Решили пройтись по Горького.

Яворский, несмотря на больную ногу и трость, шел быстро, но Нюта видела, что ему тяжело, и нарочно замедляла шаг. Потом отдыхали в скверике у Юрия Долгорукого, и вдруг Яворский стукнул себя по коленке и улыбнулся.

— Приглашаю прекрасную даму на ужин! — безапелляционно заявил он, кивнув на светящуюся вывеску ресторана «Арагви».

Нюта растерялась, смутилась и принялась отказываться. А он все настаивал и уговаривал, объясняя, что это — всего лишь ужин, и он страшно голоден, да и она, несомненно, тоже.

Подошли к телефонной будке, и он долго объяснялся с отцом. Нюта поняла, что отец недоволен, но Яворский разговор уже закончил со словами: «Доставлю на такси и до самой двери!»

За тяжелой стеклянной, с бронзовыми ручками, дверью стоял строгий швейцар огромного роста с окладистой бородой, в галунах, похожий на генерала.

Он недовольно открыл дверь и оглядел непрошеных гостей. Нюта покраснела и отошла на шаг в сторону. Яворский что-то шепнул «генералу» на ухо, и тот, оглядев Нюту, важно кивнул и открыл тяжелую дверь.

Они поднялись по мраморной лестнице, устланной красной ковровой дорожкой, и юркий официант с поклоном усадил их за стол.

Нюта оглянулась — за столами сидели роскошно одетые женщины и важные мужчины. Таких юных дев, как она, не было и в помине. Она совсем расстроилась и окончательно смутилась. Ей казалось, что все смотрят на нее с усмешкой: плохо одетая девушка с пожилым мужчиной — что за пара? Дочь? Жена? Любовница? И как объяснить, что она — дочь фронтового друга, и только?

Заказ делал Яворский — она отказалась, сославшись на незнание грузинских блюд. Он улыбнулся и принял «огонь на себя».

Официант открыл бутылку красного грузинского вина — терпкого, сладковатого и очень вкусного. Потом принесли острый суп харчо и тарелку с соленьями — она впервые попробовала плотные и острые стебли черемши и красную гурийскую капусту.

На горячее был шашлык по-карски, и это тоже было так вкусно, что она не могла остановиться и снова смущалась — теперь своего аппетита.

Яворский ел мало, сдержанно, смотрел на Нюту с улыбкой и говорил, что хороший аппетит — признак молодости и душевного здоровья.

После ужина пили несладкий кофе, Нюте было горько, но Яворский учил ее пробовать его горечь на язык и ощущать, распознавать вкус и от этой горчинки получать удовольствие.

Он расспрашивал ее про учебу, интересовался ее увлечениями, а она снова терялась, и ей казалось, что увлечения ее бедны и скромны, а его вопросы лишь дань вежливости — ну какой ему интерес знать про увлечения какой-то соплюшки?

После второго бокала вина ей стало казаться, что вокруг все прекрасно, что дамы и их кавалеры вовсе не осуждают ее, а смотрят на нее доброжелательно, а то и вообще никому до нее нет дела. Еще ей показалось, что она держит приборы изящно, ест красиво, с расстановкой и умело держит бокал с вином. Она откинулась на спинку стула, совсем расслабилась и кокетливо заправляла за ухо все выбивающийся локон.

Когда они вышли на улицу, она увидела — словно впервые, — как прекрасен ее город. Как хороша освещенная улица, каким теплым светом светятся окна домов, как красивы и нежны друг с другом проходящие пары влюбленных.

Нюта, удивившись своей смелости, взяла Яворского под руку, и они пошли вверх по Горького, к Маяковке. И ей показалось, что она — совсем взрослая, совсем женщина. Которая может очаровывать, управлять, повелевать, приказывать и восхищать мужчину.

И это было оттого, что рядом с ней был именно мужчина. Она чувствовала это так отчетливо и так сильно, что сердце ее сладко билось, а тревога и смущение совсем ушли. Остались только гордость и уверенность — за себя и за него.

Они шли неспешно, как вдруг поднялся сильный пронизывающий ветер и начался дождь.

Он накинул ей на плечи пиджак, и они заторопились к метро, чтобы спрятаться от непогоды.

На площади Маяковского она глянула на уличные часы и испугалась — было полпервого ночи, и она заспешила домой, бормоча, что ей крепко влетит от родителей. Яворский тут же поймал такси, и через пятнадцать минут они остановились у Нютиного дома. Он вышел вслед за ней и объявил, что пойдет объясняться и, собственно, извиняться.

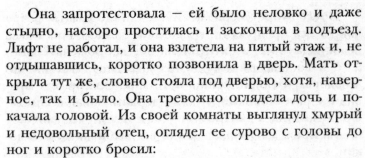

Она запротестовала — ей было неловко и даже стыдно, наскоро простилась и заскочила в подъезд. Лифт не работал, и она взлетела на пятый этаж и, не отдышавшись, коротко позвонила в дверь. Мать открыла тут же, словно стояла под дверью, хотя, наверное, так и было. Она тревожно оглядела дочь и покачала головой. Из своей комнаты выглянул хмурый и недовольный отец, оглядел ее сурово с головы до ног и коротко бросил:

— Нагулялась?

Она быстро закивала, что-то забормотала в свое оправдание, затараторила про спектакль, но отец оборвал ее и жестко бросил:

— Иди! В душ — срочно, ну а потом... Отдыхай. — И со вздохом добавил: — От трудов праведных...

После душа она тут же юркнула в постель, накрылась до самых глаз одеялом и почувствовала, как сильно дрожит.

Вошла мать, села на край кровати, погладила ее по голове и, тяжело вздохнув, сказала:

— Не придумывай ничего, Нюта! Совсем не тот случай.

Она горячо запротестовала, сделала обиженные глаза, отвернулась к стене, захлюпала носом, и мать вышла из комнаты, тихо прикрыв за собой дверь.

А она, дрожа как осиновый лист, только сейчас осознала весь ужас и всю катастрофу происходящего — случай был, несомненно, не тот, но она уже влюбилась — окончательно и бесповоротно. Отчетливо понимая, что остановить себя, запретить себе уже не сможет. Ни за что и никогда.

И ей стало так страшно, что она заплакала — так горячо, так горько и безнадежно, как могут плакать только молодые влюбленные женщины. Влюбленные в первый раз — без всяких надежд на взаимность...

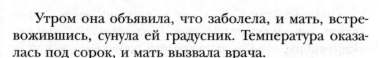

Утром она объявила, что заболела, и мать, встревожившись, сунула ей градусник. Температура оказалась под сорок, и мать вызвала врача.

Нюта лежала под двумя одеялами, ей было по-прежнему холодно, и сильно била мелкая дрожь. Врач посмотрел горло, послушал легкие и вынес вердикт:

— Девица горит, скорее всего, пневмония. Ну, что ж — антибиотики, кислое питье, малина и мед — все, как обычно. И будем надеяться, что осложнений не будет — на улице май, тепло, словно летом. Да! Обязательно свежий воздух! Открывайте окно.

К вечеру температура упала, и она захотела есть. А ночью ей не спалось — была такая слабость, что руки не держали книжку, а лежать с закрытыми глазами и снова думать обо всем этом просто не было сил. И еще было страшно!

Она слышала, как отец разговаривал с Яворским, как тот справлялся о ее здоровье, переживал, что «простудил ее ночью», отец разговаривал с ним коротко и сухо, и она снова переживала, что лишила отца радости общения со старым другом — отец больше не приглашал его зайти и прекратил разговоры по поводу переезда друга в Москву.

Она все время спала — температура то подскакивала, то снова падала, а сил по-прежнему не было. В пятницу родители засобирались на дачу — она была этому рада, хотелось остаться одной и не видеть все осуждающий взгляд отца и жалостливый матери.

Она помахала им из окна и снова забралась в постель. Почти задремала, и сквозь пелену сна услышала телефонный звонок. Она соскочила с кровати, запуталась в одеяле, упала, разбила коленку и все же успела добежать и схватить телефонную трубку.

У нее перехватило дыхание, когда она услышала его глуховатый и хриплый голос.

— Милая Нюта, — он смущенно кашлянул, — вот, звоню попрощаться! И еще — извиниться... ну, что так вышло... — Он растерянно замолчал, а потом продолжил: — Старый дурак! Простудил девочку, а самому — хоть бы хны.

Нюта тоже молчала, сердце билось как сумасшедшее, и слова застревали в горле. Еле пискнула:

— Да в чем вы виноваты? Какая глупость! И думать забудьте!

Он перебивал ее, а она его, и разговор получился дурацкий, суетливый, скомканный и нелепый.

Наконец он сказал, что во всех театрах «отметился», жаль, что без нее, без такой прекрасной спутницы, но Москву все же успел посмотреть, и снова жаль, что без «такого чудесного гида».

Она заторопилась ответить, что уже совсем здорова, совсем и готова — вот прямо сейчас, через полчаса — встретиться с ним и продолжить «программу».

Он вздохнул и сказал, что звонит, собственно, попрощаться — поезд через пару часов, отпуск кончился, и, увы, — зовут дела и работа.

Она замолчала, окаменела и только смогла вымолвить жалкое:

— Так, значит, мы не увидимся больше?

Он рассмеялся.

— Зачем же так обреченно? Ну, кто же знает, как сложится жизнь...

Застывшими губами она еле проговорила, что приедет на вокзал и «какой поезд, ну, номер, скажите...».

Он запротестовал так категорично, что возражать не было смысла.

— И еще раз — огромный привет родителям! И снова — мои извинения. За все беспокойства.

Она положила трубку и медленно опустилась на стул. Очнулась только, когда громко пропели часы с боем, стоящие в отцовском кабинете. Коленка саднила и щипала. Она намазала ее йодом и подумала, что сердечную рану ничем не замажешь.

Весь день она провалялась в постели и чувствовала такую боль в груди, будто в сердце у нее огромная дыра.

Родители звонили со станции и порывались вернуться.

Ах, ну какие глупости! Она со всем справляется. Слава богу, отговорила.

Приехали они через три дня, и Нюта сделала вид, что весела и довольна. «Вид» этот был, прямо скажем, разыгран отнюдь не профессионально — мама все заглядывала ей в глаза, смотрела с тревогой и о чем-то шушукалась с отцом.

Однажды за ужином отец коротко, как бы между делом, бросил:

— А *этот*... не объявлялся?

— Кто? — хрипло переспросила Нюта.

— Дружок мой... Ответственный, — недобро усмехнулся отец.

Нюта пожала плечами.

— А... Этот... в смысле — Яворский?

— В смысле, — кивнул отец.

— Да звонил — попрощаться, — небрежно бросила она и опустила глаза.

На том разговор и закончился.

Наконец переехали на дачу — совсем. Летний сезон был объявлен открытым. Июнь был холодным, серым и очень дождливым. Все время топили печь, а все равно в доме пахло сыростью. Отец, как всегда, работал в мансарде, мать хлопотала по дому, замирала у окна, тяжело вздыхала и сетовала, что про-

падут цветы и их нехитрый огород — редиска, укроп и зеленый лук.

Дожди лили всю ночь, и только к обеду чуть просветлялось небо, проглядывало смущенное солнце, а с ним и надежда. Но к вечеру небо опять темнело, поднимался ветер, и, сначала осторожно, словно предупреждая, а потом набирая силу, начинался монотонный, занудный дождь.

Нюта лежала в своей комнате и листала старые журналы, любовно хранимые отцом на чердаке.

Но не читалось и не спалось. Так, чуть дремалось. И в этой тревожной и мутной дреме перед глазами стоял тот вечер, когда они шли к Маяковке и он накинул ей на плечи свой серый пиджак. Она помнила запах, который шел от пиджака, — запах табака и «Шипра». И еще — запах взрослого и сильного мужчины. Она вспоминала его лицо — так тщательно, так скрупулезно, — голубые глаза, густые темные брови, сходящиеся на переносице. Упрямый и жесткий рот, резкие складки от носа к подбородку. Пальцы — тонкие, сильные, с желтыми следами от папирос. Волосы, которые он резко отбрасывал назад. Она пыталась вспомнить их разговор в ресторане, но помнила плохо, словно в тумане, и корила себя за то, что пила вино. Сквозь пелену некрепкого сна ей словно слышался его смех — отрывистый, хриплый, глухой.

Закрыв глаза, она слушала, как дождь барабанит по жестяной крыше, и это ее успокаивало.

Она спускалась к обеду и ела плохо и мало, коротко отвечая на вопросы матери и не выдерживая странного и испуганного взгляда отца. Так она пролежала июнь, а июль ворвался резкой и сильной жарой, словно оправдываясь за младшего брата.

Под окном густо расцвел жасмин, и к вечеру его сильный и сладкий запах разливался по всему участку и заползал в открытые настежь окна. Ночью было душно и снова не было сна. Она садилась к окну и смотрела на черное звездное небо почти до рассвета. И однажды пришла в голову мысль, что она — Наташа Ростова, ей стало весело, и чуть отпустило.

Наконец она заскучала, позвонила со станции Зине и пригласила ее пожить. Та слегка поломалась, покапризничала и, разумеется, согласилась.

На следующий день Нюта встречала ее на станции.

Они шли к дому, и Зина рассказывала ей, что влюбилась в друга своего старшего брата Германа. Предмет ее страсти «необыкновенный, перспективный, и вся кафедра считает, что Половинкин гений и у него огромное будущее».

Глаза у Зины горели, и Нюта не без радости заметила, что подруга здорово похорошела.

— Значит, будешь Половинкиной, — рассмеялась она.

Зина вздохнула и ответила, что это еще как сказать. Гений Половинкин на женщин не смотрит, а думает только о квантовой физике.

— Ну, значит, «взять» его будет совсем несложно, — заверила Нюта. — Прояви смекалку, и Половинкин твой. Раз нет конкуренции — за тобой пироги, театры и, разумеется, восхищение.

— Откуда такие познания? — удивилась подруга.

Но, похоже, к сведению приняла — стала интересоваться у Людмилы Васильевны, как ставить тесто на пироги.

— Слушай! — вдруг осенило Зину. — А давай-ка махнем на море! Возьмем с собой Герку и Половинкина. И — вперед! В Туапсе или в Сочи.

Нюта растерялась, но через пару минут сказала:

— А что, махнем! Море — это всегда прекрасно.

Оставалось уговорить родителей. Зине было проще — она ехала, точнее собиралась ехать, с братом. А вот Нюте еще предстояли баталии.

Решили на воскресенье позвать друзей на шашлыки. Пусть родители познакомятся, посмотрят на кавалеров и успокоятся.

К двенадцати пошли по дороге на станцию встречать гостей. Встретили на полпути — два худых и сутулых очкарика в клетчатых ковбойках и сандалиях, словно близнецы-братья, шли им навстречу, таща в руках авоськи с мясом и бутылками сухого вина.

От такого сходства друзей Нюта еле сдержала смех: физики, умники, будущие гении — что поделаешь? И все же смешно — как под копирку! У них что, на физмате все такие?

Зина зарделась, засмущалась и затараторила какую-то ерунду. «Гений» Половинкин радостно оглядывал окрестности, срывая по пути то ромашку, то колокольчик, и подносил к острому носу.

— Полевые цветы не пахнут, — авторитетно заметила Нюта.

Половинкин настаивал, что запах есть — почти неуловимый, луговой и свежий. Понюхали по очереди, и Зина яростно принялась утверждать, что да, есть, конечно же, есть. Да еще какой! «Просто у тебя, Нюта, с обонянием неважно».

Ну, неважно так неважно — какая разница. Половинкин с Зиной пошли вперед, а Нюта осталась с Германом. Шли и молчали — было слегка неловко, но говорить было не о чем. В конце концов, беседу должен поддерживать мужчина, решила она.

Родители встретили друзей благосклонно, и отец помогал разжигать костер для шашлыков.

Стол накрыли на улице, возле жасмина. Дым от костра разогнал назойливых комаров. Герман взял отцовскую гитару, долго настраивал и наконец запел. Это были бардовские песни — Визбора, Городницкого, Окуджавы.

Пел он негромко, но голосом приятным и с душой. Эти песни настроили всех на душевный и теплый лад, и стало светлей на душе, и сердце щемило от предвкушения какого-то призрачного и непонятного счастья и неизвестных, но обязательных перемен.

Потом долго гуляли по улицам, болтали о жизни и обсуждали поездку на море.

Герман рассказывал ей, как ходил в байдарочные походы по Енисею и Лене. Как ездил с экспедицией в Якутию и чуть не погиб в болоте — спас олень, за которого он зацепился и спасся, а олень погиб, и он будет всю жизнь помнить его глаза, полные ужаса и тоски.

Она слушала его с интересом — рассказчик он был отличный, но интерес был сугубо человеческий, как мужчину она его не воспринимала совсем — так, брат подруги и, возможно, скорый попутчик.

Через неделю они сидели в плацкартном вагоне поезда Москва–Туапсе и с любопытством разглядывали пейзаж за окном.

Сняли две комнатки у хозяйки — не комнатки, скорее халупки, шалаши из картона, как назвал их Герман. Но их, молодых и совсем неприхотливых, это не расстроило, а, наоборот, развеселило.

Зина старалась на кухне, но девчонки были объявлены неумехами, и они решили питаться в столовых — не шик, конечно, но все же... «Риск отравления такой же, а хлопот меньше», — остроумно заключил Герман. А в столовых были очереди. Да еще какие! Решили — мужчины с пляжа уходят раньше и занимают очередь. День — Половинкин, день — Герман. А спустя час присоединяются девушки.

Зина меняла наряды и гордилась модным купальником. Старалась изо всех сил. Половинкин в море заходил редко и неохотно, долго стоял по щиколотку в воде, ежился, смешно морщил нос и все не решался зайти поглубже.

Нюта смотрела на него и никак не могла понять, чем привлек ее подругу этот смешной человек.

Герман был тоже из зануд и «очкариков», но по крайней мере у него присутствовал юмор, гитара и организаторские способности.

Вечерами Зина и Половинкин уходили «пройтиться». Нюта читала у себя в конурке под свет тусклой хозяйской лампочки. Герман сидел во дворе и штудировал научные книги.

И никакого дела друг до друга им не было — это было так очевидно, что никто из них не старался произвести хоть какое-то впечатление на другого.

Ночью Зина жарко шептала, что Половинкин «почти готов», дело продвигается, и они уже целовались.

— После этого он обязан жениться, — смеялась Нюта, — а твое дело его в этом убедить!

Каникулы пролетели быстро, и вот они снова в поезде, а поезд идет в Москву. Нюта смотрела в окно и думала о том, как бесполезно пролетает ее жизнь — вот так же, как придорожные полустанки, как села с пышными палисадниками, как бабы, стоящие вдоль полотна и машущие проходящему поезду.

Она опять загрустила и поняла, что любовь никуда из сердца не делась, и никуда не делась печаль, и боль осталась — такая же щемящая, все еще сильная...

Она легла на полку, отвернулась к стене и заплакала.

Зина и Половинкин, обнявшись, стояли в коридоре и о чем-то шептались.

А Герман подошел к Нюте и погладил ее по волосам.

— Все будет хорошо, — шепнул он, — я тебе обещаю.

А она — от этого внимания, понимания и человеческой, внимательной нежности — расплакалась пуще прежнего.

Он вышел в коридор и прикрыл за собой дверь купе. Она была ему за это благодарна и подумала, что он хороший человек и прекрасный друг.

Встреча с родителями и запах маминых пирогов и родного дома — в эту минуту она ощутила такую радость и такое счастье, что долго не могла наговориться и все целовала мать и обнимала отца.

Вечером к ней зашла мать и, погладив ее по голове, тихо спросила:

— Ну, что? Отпустило?

Она дернулась под ее рукой и резко и сухо спросила:

— Что именно? Что ты имеешь в виду?

Мать растерялась и смущенно пролепетала:

— То, что тебя мучило...

— А человека всегда что-то мучает! — дерзко и с вызовом ответила Нюта. — Например, совесть. Или обида. Или чувство вины!

— Ну, тебе как-то... Еще рановато... — вздохнула мать. — Особенно про вину и обиду...

Нюта не ответила и отвернулась к стене. Мать вышла из комнаты и тихо прикрыла за собой дверь.

И опять нахлынула такая тоска, снова затопила сердце, окатила горячей волной, сдавила горло.

Ни на один день она не переставала думать о нем. Только с каждым днем его лицо становилось все бо-

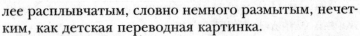

лее расплывчатым, словно немного размытым, нечетким, как детская переводная картинка.

И голос его она почти забыла — вернее, помнила так отдаленно, так приглушенно, словно издалека. А запах табака и «Шипра» остался ярким, почти назойливым. И она тут же улавливала его у прохожих мужчин и останавливалась, оборачивалась им вслед.

Свадьбу Зины и Половинкина назначили на осень последнего курса. Зина шила белое платье и украшала фату атласной лентой и цветами. Сняли зал в ресторане «Будапешт», и Нюта с подругой ездили уточнять меню — горячее и закуски.

Свидетельницей со стороны невесты была, естественно, Нюта. А со стороны жениха, так же естественно, Герман. «И друг, и брат, — как остроумно заметил он, — двойная ответственность!»

Народу было довольно много — у Зины и Германа оказалось так много родни, московской и приезжей, что разместить эту родню оказалось большой проблемой.

Герман отдал свою комнату. «На растерзание», — прокомментировал он. А Нюта предложила подруге свою — родители все равно на даче, и я поеду туда, — с большим удовольствием, кстати!

Свидетели сидели по бокам от жениха и невесты, и Герман на правах близкого друга и «соратника по несчастью» ухаживал за Нютой, подливая ей вина и подкладывая салаты.

Нюта отдала Зине ключи от квартиры и собралась на вокзал. Герман вызвался ее проводить.

Подошла электричка, и он вдруг вскочил в поезд и в ответ на ее растерянный и недоуменный взгляд, отдышавшись, объяснил: время не раннее, дорога от станции долгая, ну как не проводить хорошую девушку и лучшую подругу сестры Половинкиной, увы, уже так, Зинаиды!

Он рассмеялась, и ей почему-то стала приятна его неожиданная выходка.

В поезде они молчали, Нюта дремала, прислонившись к прохладному окну. Он разбудил ее на нужной станции, и они вышли на перрон. Октябрьский поздний вечер был прохладен и влажен. Особенно это чувствовалось за городом. Он накинул ей на плечи пиджак, и она вдруг вздрогнула, сжалась и быстро пошла вперед.

Они быстро дошли до калитки, она остановилась и посмотрела ему в глаза. Отчего-то им стало неловко, и ей захотелось скорее проститься, и это тоже было неловко, потому что он замерз, и следовало, конечно, пригласить его в дом и предложить чаю.

Она вздохнула и пригласила. Ей показалось, что он обрадовался, и они пошли к дому, где на крыльце стоял отец, вглядываясь в темноту ночи.

Долго пили чай с вареньем, и Герман разговаривал о чем-то с отцом, а она на кухне шепталась с мамой, сплетничая о свадьбе.

Германа оставили ночевать, и Нюта пошла в мансарду отнести ему подушки и одеяло. Он поднялся следом, и они столкнулись у лестницы лицом к лицу. Она хотела обойти его и пойти вниз, а он взял ее за плечи и, посмотрев в глаза, тихо сказал:

— А не хотели бы вы, мадемуазель, повторить нынешний праздник? И снова гульнуть под марш Мендельсона?

Она дернулась, выпросталась из его рук и ответила:

— Не нагулялся?

Он мотнул головой.

— Праздник никогда не бывает лишним!

Она вздохнула и с усмешкой посмотрела ему в лицо.

— А ты... влюблен в меня, что ли?

Он, не раздумывая, кивнул.

— За невнимательность — два! — И с горечью добавил: — Сам виноват, если девушка не заметила...

— А я? — спросила она. — Или это уже не важно?

— Важно то, что я буду тебе хорошим мужем, — серьезно ответил он. — И еще... Я постараюсь, ну, чтобы ты... Оценила. Готов тебя нежить и холить. Боюсь, что не оценить этого у тебя не получится.

— А про любовь — это не главное, верно? — саркастически поинтересовалась она.

— Главное, — уверенно кивнул он, — и ты меня полюбишь. Честное слово! — И так же уверенно добавил: — Я же сказал — все будет! Вот еще вспомнишь мои слова!

— Девушке дают время подумать. Три дня не прошу — до утра! — шутливо отозвалась она.

Герман улыбнулся, кивнул и поклонился шутовским поклоном, пропуская ее вперед.

— Приятных снов! — крикнул он вслед. — А мне уже не заснуть — буду с опаской ждать утро!

Нюта ничего не ответила. Зайдя в свою комнату, она плотно закрыла дверь, легла на кровать и закрыла глаза.

Он совсем неплох, этот Герман... Умен, остроумен, надежен, тактичен. Не нагл и не настойчив — для мужчины сплошные достоинства. Зинина семья стала давно родной, и он, Герман, нравится ее родителям — она это видит.

Яворский... Ее любовь. Где он, этот немолодой человек? На далеком Севере. В своей жизни наверняка не одинокой. Такие, как он, одинокими вряд ли бывают. Да и ее любовь... Детская выдумка, первая влюбленность... А разве она бывает счастливой? По всем книжкам выходило, что нет... Журавль в небе или синица в руке. Выдумка и реальность. Москва и Мурманск. Непреодолимая разница в возрасте. Мать и отец. И ей двадцать два. И надо рожать детей...

Ей стало стыдно от таких мыслей, от такой убийственной логики. И тут же захлестнула обида — он не позвонил ни разу! Просто так, по-дружески. Не позвонил узнать, как у нее дела. Как поживает его старый друг, принявший его с открытым сердцем. Ну, и черт с ним!

Хватит иллюзий и хватит фантазий! Жизнь — это суровая реальность и сплошной компромисс, как говорит мама.

Вот и я буду жить в реальности и искать компромисс. В первую очередь — с собой. А это, между прочим, самое трудное...

Свадьбу сыграли по-скромному, куда там до половинкинской пышности! Собрали на даче родню Спешиловых, а ее оказалось совсем немного, друзей отца, подруг матери, естественно, семейство Половинкиных и родителей Германа и Зины.

Нюта была в голубом, до колен, платье и никаких «фат», шляп с цветами и капюшонов, входивших тогда в моду. Только приколола на вырез платья букетик ландышей.

Стол накрыли на летней веранде, и молодежь жарила на костре мясо, облегчая хозяйке жизнь.

Зина поймала Нюту на лестнице и внимательно, с недобрым прищуром, посмотрела ей в глаза.

— Знаешь... — словно раздумывая, начала она, — я ведь все вижу!

Нюта сделала круглые глаза.

— Ты о чем, Зин?

— Да все ты понимаешь, — махнула рукой Зина, — не любишь ты Герку, вот я о чем. Точно знаю — не любишь! И в глазах у тебя такие волны — просто черные волны. А замуж идешь, потому что пора. Да и вариант неплохой. Да и меня, такую «красавицу», уже взяли. А уж тебя! А на горизонте ведь никого — вот в чем беда.

Нюта отвела взгляд и молчала.

— Молчишь, — кивнула Зина, — и правильно. Ты ж у нас честная, врать не любишь. Ну, в общем, я тебе все сказала — в смысле, что я, собственно, в курсе. А там — его дело. Большой мальчик, советов не слушает... Ну, а как у тебя с совестью... Так это твои проблемы.

Зина развернулась и пошла прочь. А Нюта долго стояла, прислонившись к дверному косяку, — словно в ступоре, в забытьи... И очнулась только тогда, когда услышала звонкий голос мамы.

Жить стали у Нюты — родители утеплили дом и решили зимовать на даче. Порыв был ясен — не мешать молодым строить семью.

Нюта писала диплом, а Герман уже работал. Попал он в ФИАН, что было почетно и перспективно.

Денег, конечно, совсем не хватало, но родители в беде не бросили — ежемесячно подкидывали. Так что нужды они не терпели, да и просто жили как короли — отдельная квартира, центр, театры...

Жили тихо, не скандаля и не ругаясь — даже по мелочам. У Германа был спокойный и уступчивый нрав, к тому же многого он не требовал. Приходил с работы и варил себе пельмени из пачки. Не было пельменей — годились и макароны, а если еще сверху сыром — вообще красота!

Нюта занималась у себя, а он, поужинав, уходил в кабинет отца и слушал там радио, смотрел футбол или читал журналы. Даже вечерний чай, за которым проходили всегда разговоры о семейных и рабочих делах, они пили не вместе. Иногда сталкивались на кухне.

— Чайку? — вежливо спрашивал муж.

И она отвечала:

— Спасибо, не беспокойся! Занимайся своими делами.

Герман кивал, чмокал ее в щеку и говорил, что заварка свежая — только вот заварил.

Нюта оставалась одна на кухне, гасила верхний свет, включала настенный светильник, освещавший стол мягким розовым теплым светом, и смотрела в окно, радуясь своему одиночеству. Пыталась представить лицо Яворского, но оно снова было нечетким, расплывчатым, словно в дымке, а она все силилась представить его четче и ярче, получалось плохо, и это расстраивало и печалило ее.

Однажды прочла у классика: «Жить без любви — аморально». Значит, она не просто живет плохо и жалко — она живет аморально. Эта фраза так потрясла ее, что она стала подумывать о разводе.

Их интимная жизнь с мужем была так скучна, так обыденна и неинтересна, что она, книжная девочка, искренне недоумевала, почему столько поломано копьев, столько жара, пыла и столько нелепых и страшных поступков совершается во имя любви.

«Жизнь наша соседская, — со вздохом сказал однажды Герман и со смехом добавил: — Правда, соседка ты отменная! Так что будем считать, что мне повезло».

Через восемь месяцев «соседского» существования, когда Нюта была уже готова объявить, что хочет разъехаться и плевать на родителей, Зину, общественное мнение и статус разведенной женщины, она обнаружила, что забеременела.

Все вопросы разом отпали — ребенок важнее страстей и собственной неудовлетворенности. Ребенок важнее всего.

Муж отреагировал на эту новость доброжелательно и спокойно и со свойственным ему едким юмором грустно добавил:

— Ну, значит, еще один шанс! И раз он дается, значит, так правильно.

Она усмехнулась — странно слышать от физика про «дается» и «шанс».

Все лето она провела на даче — счастливые мать и отец кружили над ней, точно пчелы над медом. Смородина мятая с сахаром, клубника со сливками, домашний творог и молоко, которое приносила коровница из деревни, яйца из-под курицы, прогулки с мамой — ежевечерне и обязательно.

Она много спала, была словно в каком-то тумане и плохо понимала, что будет с ней дальше.

Герман приезжал в пятницу, привозил подтаявшее мороженое и булки с маком, без которых она почему-то не могла жить.

Герман был ласков и обходителен, внимателен и услужлив, и мама все не могла нарадоваться, как повезло дочери и, соответственно, им.

Грусть и заторможенность дочери, ее слезы и равнодушие к мужу Людмила Васильевна списывала на ее положение — какие только не бывают у беременных причуды! Вот у нее, например... И она пыталась вспомнить себя, но ничего такого не находила и уговаривала себя, что просто подводит память.

Перед самыми родами Герман перевез Нюту в Москву, и Людмилу Васильевну, разумеется, тоже.

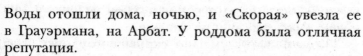

Воды отошли дома, ночью, и «Скорая» увезла ее в Грауэрмана, на Арбат. У роддома была отличная репутация.

Роды были тяжелыми, затяжными, и Нюта все время плакала, беспокоясь за ребенка, и все спрашивала хмурую акушерку, а не задохнется ли он и не грозит ли ему обвитие пуповиной?

Акушерка ворчала, что все нынче «шибко умные», и кричала на нее, чтобы тужилась не «лицом», а «нижним этажом».

Наконец на свет извлекли младенца, девочку, весьма крупную, с бордовым личиком, искривленным гримасой страданий.

— Вот только на свет появляются, а уже мучаются, — тяжело вздохнула акушерка. — И зачем нам такая жизнь?

Нюта хватала ее за руку и все спрашивала, все ли в порядке с дочкой.

Ночью после родов она спала так крепко, что, проснувшись, удивилась, что лежит в больничной палате, что все закончилось, и там, по коридору направо, в детской, лежит ее дочка, с которой им предстоит сегодня первое свидание.

Она медленно дошла до умывальника, причесалась, умылась и в тревожном ожидании села на кровать — в коридоре уже слышалось хлопанье дверей и истошные крики младенцев.

Сестра завезла длинную каталку, где бочком, прислонившись друг к другу, словно запеленатые тугие колбаски, рядком лежали младенцы.

Ей «выдали» дочь. Восторг, страх, нежность и любовь, которая мгновенно, молниеносно, обжигающей волной затопила сердце, были такими яркими, такими неожиданно сильными, пробирающими до самых костей, до озноба, до ужаса, испугали ее, и она замерла, глядя на этот комок в серой пеленке и байковом желтом казенном чепчике.

«Комок» вдруг смешно скривил мордочку, стал вертеть головой и причмокивать губами.

— Корми, что застыла! — рассмеялась медсестра. — Еще налюбуешься!

Девочка никак не могла поймать губами тугой сосок, мотала головой и, словно обидевшись, вдруг уснула.

Нюта совсем растерялась и от страха расплакалась. Соседка, рожавшая третьего, объяснила:

— Буди! Тереби за щечку, щипли. И сунь ей насильно. А потом рассосет, куда денется! Жрать захочет и рассосет!

«Ничего не умею, — с горечью думала Нюта. — Не жена и не мать. Сплошное недоразумение...»

Но назавтра все наладилось, она перестала бояться встречи с дочкой и стала уже скучать и считать время до следующего кормления.

Соседка уговаривала ее поспать.

— Дома-то не придется, вспомнишь меня! А здесь — дрыхни от вольного! Скоро конец твоих снов и безделья.

Встречали большой компанией — Половинкины, свекровь со свекром. И конечно, родители. В такси сели мать с младенцем, бабушка и дедушка. Молодежь отправилась на метро.

Дома все было разложено, постирано и приготовлено — разумеется, мамиными руками. Накрыт праздничный стол — пироги, холодец, салаты, жаркое.

Нюта почувствовала, как голодна, и, не дожидаясь гостей, отламывала то кусок пирога, то ломоть буженины, то хватала соленый помидор.

Дочка спала в своей кроватке. Наконец все собрались и уселись за стол. Нюта сидела и клевала носом, и мудрая мама отправила ее спать. Сквозь сон она слышала всплески смеха, какие-то споры и громкие тосты. Она то проваливалась в сон, то вздрагивала и тревожно просыпалась и прислушивалась — не плачет ли дочь.

Наконец дочка расхныкалась, и она стала ее кормить. Краем уха она слышала, что мать выпроваживает гостей, ссылаясь на ситуацию:

— Отметили, и будет! Вам по домам дрыхнуть, а нам — один бог знает!

Гости еще пошумели в прихожей, наконец хлопнула входная дверь, и все разошлись. Нюта вышла из комнаты и стала помогать матери убирать со стола.

— А где Гера? — спросила она.

Мать, не поднимая глаз, махнула рукой.

— Да спит! У отца в кабинете.

И быстро понесла посуду на кухню.

— Как спит? — удивилась Нюта. — Лег спать и не зашел к нам?

Мать ожесточенно чистила сковородку.

— Да выпил крепко. От радости. С кем не бывает! Привыкнуть к роли отца — дело нелегкое. — И, повернувшись к дочери, мягко сказала: — Не дуйся, они мужики... Племя дикое. Дикое и слабое. Как ни крути...

Нюта приоткрыла дверь в кабинет отца — муженек дрых как младенец. Как говорится, без задних ног. Довольно и сладко похрапывая и причмокивая губами.

Обида захлестнула сердце — ведь он даже дочку не видел! Пять минут у роддома, закутанную до глаз. И дома — сразу за стол. Наелся, напился — и дрыхнуть! Даже не зашел, не заглянул в комнату. Ему что, не интересно? И зачем тогда все это? Эта ложь, притворство, нелепая и странная игра — игра в семью, в любовников, в родителей!

Нюта ушла к себе и взяла спящую девочку на руки.

— Ты — моя! — шептала она. — Только моя. И никому я тебя не отдам!

А скоро стало не до обид — заботы навалились такой горой, что не хватало ни времени, ни сил справляться.

Мама рвалась между дачей, отцом и дочерью с внучкой. Моталась по электричкам, пытаясь всем угодить, сготовить обед, прибраться и там, и там. Нюта уговаривала ее не приезжать, но мать настаивала на своем: «Тебе нужно питание, ты — кормящая мать. А времени на все у тебя не хватает!»

И правда — дочка была беспокойной, спала плохо, и в редкие часы ее прерывистого, некрепкого сна нужно было прокипятить белье, прогладить пеленки, приготовить обед и хоть как-то прибраться в квартире. А еще надо было выйти во двор и погулять с девочкой.

Нюта валилась с ног. Герман приходил поздно, ссылаясь на собрания, день рождения сотрудника и прочую ерунду.

Он долго ужинал на кухне, пролистывая свежие газеты, потом долго пил чай и, когда Нюта и мама уже выносили после купания Лидочку из ванной, вяло позевывая, спрашивал, не нужна ли его помощь.

Нюта не отвечала и проходила мимо. Мама вздыхала и тоже ничего не говорила. А Герман, муж и отец, шаркая тапочками, шел к себе, и скоро из кабинета слышались приглушенные звуки телевизора или приемника.

Приезжала Зина, тетешкалась с племянницей, а однажды грустно сказала:

— А у нас — все никак... Никак не получается. Половинкин все в думах, разговариваем только о его работе, кропает свои труды и ждет свою Нобелевку — не меньше. Вижу его по утрам — подаю завтрак. Приходит в ночи, я уже сплю, ужин на столе под салфеткой. Я все понимаю — он гений, и с ними непросто. Но... я же живая! И в театр хочу, и гостей. А ему... Ничего, понимаешь? Совсем ничего не нужно!

— Ну у меня, знаешь, тоже не сахар, — грустно ответила Нюта. — Живем как соседи. К Лидочке он равнодушен, домой не спешит, детский плач его раздражает. Пеленки цепляются за голову. Коляска стоит на проходе. И спит он в соседней комнате.

Зина тут же поджала губы.

— Ну, он же работает! И ему необходимо высыпаться. И он, между прочим, кормит семью!

— Семью! — горестно вздохнула Нюта. — А разве это семья? Семья у моих родителей — все вместе, и в горе, и в радости. А тут... Просто соседство. Не очень, кстати, приятное.

Зина хмыкнула и засобиралась домой. Нюта поняла, что та уже не подруга — золовка. И заводить с ней подобные разговоры глупо и бесполезно.

А у самой двери, натягивая пальто, Зина не сдержалась:

— Тысячи баб бы тебе позавидовали. Не пьет, не курит, не шляется. Зарплату — в дом! А у тебя — бардак. Посмотри! Вещи разбросаны, пыли в полпальца! В ванной пеленки в тазу. А обед? Снова пельмени? Вот и думай, кто виноват. И кто из вас хуже — он как муж, или ты как жена. И еще — посмотри на себя. Без слез не взглянешь. И вообще ты сегодня причесывалась?

— Родишь — посмотрим. Как запоешь по-другому! — выкрикнула ей вслед Нюта, понимая, что кричит уже бывшей подруге.

Но со временем все стало понемногу выправляться — девочка стала спокойнее, сон наладился, и Нюта успевала высыпаться и постепенно приходила в себя. В голове стояли Зинины слова, и она понимала, что правда в них есть. Теперь она следила за собой, не ходила в старом халате и стоптанных тапках, к приходу Германа подкрашивала губы и подкручивала волосы. Старалась приготовить что-нибудь на ужин. Убирала в квартире. Словом — старалась. Потому что сама хороша: так и упустишь мужа, и разоришь гнездо, мама права.

Накрывала ужин и садилась напротив. Герман словно ничего не замечал — снова читал газету и коротко отвечал на вопросы. Она выносила Лидочку, и он, делая «козу рогатую», трепал дочку по щечке и торопился к себе. Это называлось «работать». Точнее — писать диссертацию.

В три года Лидочка пошла в сад, а Нюта устроилась на работу — в бюро технических переводов. Работа была скучная, но коллектив хороший и график удобный. В комнате сидело пять женщин — три, включая Нюту, замужние и две «холостые». «Холостая» Светлана бравировала своим одиночеством и убеждала всех (а главным образом себя), что брак — пережиток и в рабство она не желает. Вторая из «холостых», Надя Крупинкина, замуж хотела страстно и этого не скрывала. Все спрашивала, нет ли у кого одиноких или разведенных мужчин — из родни или просто знакомых. Надя была высокой, крупной и красивой блондинкой. И почему ей так не везло? Едкая Светлана заметила:

— Выключи красный свет в глазах — мужики шарахаются. У тебя же на лбу написано — хочу в загс, и только туда.

У Светланы был женатый любовник — он встречал ее на машине после работы. Поговаривали, что работает Светлана у дома еще и потому, что до квартиры — минут пять, не больше. Торопятся, чтобы быстрее «обтяпать свои дела», — у мужика жена строгая, и являться с работы ему велено минута в минуту. Иначе — скандал. Еще говорили, что видели, как через полчаса он выскакивает из ее подъезда и, глядя на часы, газует со страшной силой и рвет со двора.

Правда это или выдумки — кто уж там знает. Замужние женщины чувствовали себя увереннее и с явным превосходством.

Только Нюта была не с ними — никакой уверенности и никакого превосходства. Она хорошо знала цену своей семейной жизни.

И на душе было снова неладно... Словом, неудачница, что говорить. Жить без любви — аморально. Эти слова она не забыла.

Зато у дочки был отец. Какой-никакой, а отец.

Вот этим она и оправдывала себя и свой странный, поспешный, дурацкий и несчастливый брак.

А по поводу того, что тысячи женщин ей бы могли позавидовать... Зина, наверное, права. Так, слушая краем уха своих сотрудниц, она понимала — проблемы у всех. У кого-то — больше, у кого-то меньше. У немолодой и очень славной Нины Петровны муж — человек прекрасный, но очень больной. И Нина Петровна мотается по больницам — после работы, в любую погоду. Чтобы принести мужу свежего супчика, который она варит рано утром и держит в холодильнике на работе. На резонный вопрос: «А если хотя бы ну через день?» — твердо отвечает: «Нет! Язва, ничего больничного есть не может. И так человек страдает, а мне, здоровой кобыле, что, трудно?»

Ну, насчет «здоровой» — большие сомнения. Нина Петровна без конца бегала в медпункт мерить давление, терла виски и пила таблетки. Но уверяла, что всю жизнь была счастлива, хотя муж болел с молодости и поэтому детишек не завели. И ни одной жалобы! Ни одной. Просто однажды сказала — каждый несет свой крест. Кому что суждено.

Другая сотрудница, из замужних, смешливая Тоня, мужа своего обожала, и это читалось в ее глазах. Просто святилась от счастья, когда тот звонил на работу. Двое девчонок, отдельная квартира, старенький «москвичонок». Летом на море, в Ялту. Только иногда Тонечка приходила заплаканная. Не шутила и «на кофе» в столовую с «девочками» не бегала. А потом кто-то шепнул — Димулька ее запойный. Так — мужик золотой. Рукастый, сметливый. Запивает раз в полгода, и тогда — кранты. Пьет до синевы, до остановки сердца. С трудом откачивают. Отлежится — и снова золото. Говорят, что болезнь. Наследственная. У Димульки все пили: дед, прадед, отец.

Елена Ильинична. Замечательная Еленочка. Тонкая, чуткая, интеллигентная. Сын Марик — тоже умница. В тридцать лет кандидат наук, пишет докторскую. Женат на прекрасной девочке — пианистке. И тут не обошлось — всю жизнь Еленочка прожила со свекровью. А свекровь эта... Пьет из невестки кровь, и тоже всю жизнь. Капризная интриганка — сталкивает лбами родню, наговаривает сыну на жену. К внуку равнодушна. Ни черта не делает, только сплетничает и ссорит людей. А деваться некуда! Квартиру не разменяешь — комната в коммуналке, правда, огромная, метров тридцать. Перегорожена ширмой. И всю ночь эта цаца храпит или стонет. Спать не дает, а утром всем на работу. А она целый день, разумеется, дрыхнет.

Словом, в каждом шкафу свой скелет. И по всему выходит, что она, Нюта, почти счастливая!

Было раннее утро. Лидочка собиралась в сад, капризничала и не хотела надевать теплую шапку. Нюта увещевала ее, пыталась подключить Германа, но тот только махнул рукой — сама виновата — и хлопнул входной дверью.

Лидочка ревела, выплевывала леденец, топала ногами, скидывая валенки — словом, настоящая истерика, настоящий скандал. Отлупить? Будет еще хуже. Не угомонится весь день. В саду будет рыдать у окна, не будет обедать и спать. Невропатолог сказал — тонкая организация. А Герман считал — просто капризы и избалованность. Все и во всем потакают. А уж дед с бабкой — настоящие вредители.

Нюта обижалась, спорила с ним, но в душе была согласна — Лидочка была классическим ребенком, испорченным любящей родней.

Она в бессилье плюхнулась на стул, раздраженно бросив дочери:

— Ну, так и сиди! До вечера. А я иду на работу.

Звонок раздался в ту минуту, когда она «изображала» спектакль, натягивая пальто, — вот сейчас уйду, и посмотришь!

Лидочка притихла и с испугом и недоверием смотрела на мать. «Трубку брать не буду, — решила Нюта, — и кому это в такую рань приспичило?»

А телефон не умолкал, продолжая настойчиво требовать, чтобы на него обратили внимание.

Раздраженная Нюта схватила трубку.

— Кто? Не слышу! Говорите громче!

И тут, когда она наконец поняла, кто на том конце провода, сердце почти остановилось.

Он что-то спрашивал ее, а до нее никак не доходил смысл слов, и она все молчала, а он дул в трубку и повторял ее имя.

— Вы слышите меня, Нюта? Может, перезвонить?

Тут ее охватил такой ужас — а вдруг он не наберет ее снова, решив, что она занята или просто не хочет с ним говорить, и она почти закричала:

— Я слышу вас! Слышу!

Он рассмеялся и, как ей показалось, обрадовался и оживился.

Она тараторила, что родителей в городе нет и на даче нет тоже, они в санатории. Где? Далеко — врала она. Нет, к ним не добраться — какая-то глушь под Саратовом.

Господи! Что я несу, при чем тут Саратов? Родители в Подмосковье, минут сорок на электричке, но...

Она не отдаст его никому! Никому, слышите?

Он стал рассказывать, что в Москве на неделю, хотя, может быть, получится больше — долго дожидался консультации профессора, светилы по ранениям позвоночника. Возможно, придется лечь в госпиталь. Неохота, конечно, но делать нечего. Остановился в гостинице возле госпиталя, «любуюсь Москвой из окна».

— Почему из окна? — спросила она.

— Да простыл. Видимо, в поезде. Так, ерунда. Пустяки. Ну а как вы? Как все, Нюта?

Она стала отчитываться — родители хорошо. То есть — держатся. Короче говоря, молодцы. А я.... Тут она замолчала — ну, и я... Нормально. Работаю. Замужем.

Отчего-то повисла пауза.

— Вот и славно! Такой девушке остаться в девках не грозило! — засмеялся он.

В этот момент снова завопила Лидочка, и Нюта почему-то смутилась.

— У вас дочка! — догадался он и смущенно добавил: — Я вас отвлекаю! Простите великодушно.

Она снова испугалась, посмотрела на часы и сказала, что через минут пятнадцать вернется домой и...

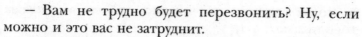

— Вам не трудно будет перезвонить? Ну, если можно и это вас не затруднит.

Яворский помолчал и ответил:

— Конечно. А сейчас бегите к ребенку. Там, похоже, целое море слез и страданий!

Нюта надела сапоги, схватила упирающуюся дочку и выскочила за дверь. План в ее голове созрел мгновенно, молниеносно.

Лиду — в сад. На работу позвонить. И — к нему! Никаких звонков она ждать не будет. Потому...

Потому, что на это у нее просто не хватит сил!

По дороге она вспомнила, что одета слишком просто: серая юбка, черная кофточка. Почти не накрашена, не надушена и с головой черт-те что. И все — дочкина истерика. Где уж тут до себя!

«Наплевать, — решила она, — на все наплевать! Слишком долго я ждала. Слишком долго. Прогонит — ну и ладно. Нет, не прогонит — воспитанный человек не прогонит дочь друга. Выпьем чаю, поговорим за жизнь. Посмотрю на него и уйду. Просто посмотрю. И просто уйду. А если я этого не сделаю... То не прощу себе всю оставшуюся жизнь. Не прощу, — бормотала она, таща дочку за руку и поторапливая ее».

Лидочка смотрела на мать с удивлением — мама не уговаривает, не обещает шоколадку и мультики. Очень торопится и разговаривает сама с собой.

Она затолкала дочку в группу и попросила нянечку ее раздеть.

— Тороплюсь, — посетовала она, — Лида в капризах, и вот на работу... Опаздываю.

Нянечка тяжело вздохнула.

— Все они у вас... балованные. Все от жизни хорошей!

Нюта закивала, чмокнула дочь и выскочила за дверь. Она так бежала к метро, что подвернула ногу —

193

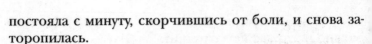

постояла с минуту, скорчившись от боли, и снова заторопилась.

У метро стояла очередь за апельсинами. Она встала, подумав, что ему хорошо апельсины. От простуды — сплошь витамин С. Ну, и вообще, с пустыми руками...

Потом ей стало смешно — она едет проведывать больного. Какая глупость! Она едет к нему!

Потому что не забывала его все эти годы. Потому что, услышав его голос, поняла, что любовь никуда не делась. Просто дремала все это время. А сейчас снова проснулась. И — ей на все наплевать! На то, что она замужняя женщина. Мать. Дочь. Человек с устоями и правилами. Честная женщина! Боже, как это смешно. Наплевать! На все! Ей надо увидеть его и во всем признаться. А если прогонит, то это даже по-своему облегчение. Она сбросит гири и путы со своей души и со своего сердца.

Да наплевать, что там будет потом. Просто сейчас ей надо его увидеть!

И больше ни о чем не думать. И еще — спешить. И плевать на марокканские апельсины!

Гостиничка при военном госпитале оказалась маленькой, затрапезной, похожей на общежитие. Она вошла и увидела женщину, сидящую за столом и пьющую чай.

— Яворский, — решительно спросила она, — у себя?

Женщина посмотрела на нее с осуждением, словно раздумывая, кивнула.

— Второй этаж, тридцатая комната. И давайте свой паспорт!

Она долго (просто сто лет) листала страницы, потом что-то отметила в своем кондуите и тяжело вздохнула:

— Идите!

Нюта кивнула.

— Спасибо.

— Имейте в виду, — крикнула ей вслед женщина, — посещения строго до двадцати одного!

Нюта ничего не ответила и уже взлетала по лестнице.

У двери с пластмассовым номерком «30» она остановилась, замерла, испугавшись биения своего сердца. Ей казалось, что оно бухает громко, словно огромный литой колокол, и что слышно его на весь коридор.

Наконец она выдохнула и постучала.

— Войдите! — услышала она хрипловатый голос.

Она резко открыла дверь и увидела его — он сидел за столом и читал книгу.

Увидев ее, Яворский привстал и сделал шаг ей навстречу.

— Вы? — растерялся он. — Простите, не ожидал.

Она молчала. Он подошел к ней, чтобы помочь снять пальто.

Она подняла на него глаза, полные мучительного стыда, боли и радости.

— Вот, — одними губами сказала она, — вот, пришла...

У него слегка дрожали руки, и она это почувствовала. Дотронулась до его ладони и тихо спросила:

— Вы... не рады?

Он повесил пальто на вешалку, обернулся, посмотрел на нее и ответил:

— Да глупости! Я... вам рад. Просто... есть ошибки, которые можно... предотвратить... Чтобы не портить себе всю оставшуюся жизнь.

Она замотала головой.

— И есть осторожность, которую можно себе не простить — тоже всю последующую жизнь!

— Вам... Сейчас... Многое кажется, — покачал он головой.

Нюта рассмеялась.

— Кажется? Как долго мне кажется! Почти десять лет!

Она подошла к нему и тихо сказала:

— Не гоните меня! Я... все решила. Давно... и — никаких сомнений! Вы понимаете? Просто... я люблю вас. Простите...

Яворский отошел к окну и отвернулся. Нюта увидела, как вздрогнули его плечи.

Она подошла к нему и прижалась к его спине.

— Я, — дрогнувшим голосом сказал он, — я... не имею права... этого делать. Тогда я сбежал от тебя — сил хватило... а сейчас... Уходи! Прошу тебя! Потому что сейчас... Сил не хватит.

Она положила руки ему на плечи и, рассмеявшись, сказала:

— Посмотри на меня! Повернись! Тогда... Тогда я была маленькой девочкой. А сейчас... Сейчас я большая и взрослая тетя...

И он повернулся.

Нюта проснулась, когда за окном было совсем темно, и в голове застучало: «Лида! Детей давно разобрали, а ее девочка сидит одна в группе и плачет горючими слезами!»

Она схватила часы и чуть успокоилась — было без пятнадцати пять, и это означало, что за дочкой она успевает.

Она вскочила с постели и стала поспешно натягивать чулки и белье.

Яворский зажег ночничок и, закуривая, внимательно смотрел на нее.

— Прости, — заговорила она, словно оправдываясь и пряча глаза, — надо спешить за дочкой.

Он кивнул и тоже поднялся.

— Я посажу тебя в такси. — И тут же добавил: — Возражения не принимаются!

Они выскочили за дверь и под пристальным и презрительным взглядом дежурной торопливо вышли на улицу.

Яворский поднял руку, стараясь не смотреть на Нюту. Такси остановилось, и начался обычный таксистский спор по поводу того, что «далеко и вообще не по пути». Яворский оборвал водителя, сунул ему деньги, и тот, обалдевший, моментально заткнулся и услужливо распахнул перед пассажиркой дверь.

Они замешкались, и она уткнулась ему в плечо.

— Завтра, — сказала она, — завтра я приеду. Также, не возражаешь? Отведу дочку в сад и сразу к тебе!

Он поднял за подбородок ее лицо и тихо сказал:

— Есть время. Подумать. Весь вечер и ночь. Очень много времени для того, чтобы тебе подумать, девочка!

Нюта счастливо рассмеялась.

— Я долго думала, милый! Почти десять лет. Не впечатляет? — Потом она прижалась к его щеке и уверенно повторила: — Завтра. Утром.

Он громко сглотнул и кивнул. Просто кивнул. Молча.

Она села в машину и помахала ему рукой.

А он еще долго стоял и смотрел вслед уже исчезнувшей с горизонта машине с шашечками, не замечая, что пошел крупный и мягкий снег, усыпавший его непокрытую голову и темное пальто.

Забыв о том, что он простужен и даже температурит и что такая погодка может свалить его посерьезному, да и свалит наверняка.

Впрочем, какая погода...

Жизнь перевернулась — а он про погоду!

Нюта ехала в такси и смотрела в окно. В домах горел свет, наверное, семьи собирались к ужину, торопились с работы, голодные, усталые и соскучившиеся друг по другу. Мужчины с жадностью поглощали котлеты или пельмени, а дети лениво и неохотно возили ложками в тарелках с супом или кашей. Загорался голубой экран телевизора, и отцы семейств, кряхтя, укладывались поудобнее на диваны, а их жены со вздохом принимались мыть посуду и проверять у детей уроки.

Жизнь текла обычная, знакомая, размеренная. И день был обычный — таких миллионы. У всех. Или — почти у всех.

Только не у нее! У нее все было вновь — все. Нежность, затопившая сердце. Дрожь в ногах, щемящее и незнакомое жжение в животе, когда она вспоминала его руки и поцелуи. Тревога за него — господи! А про его простуду они совсем забыли! Жалость — он там совсем один, в этой полупустой казенной и серой комнате и наверняка хочет есть. Она-то голодна как стая волков!

И еще — ощущение счастья. Такое странное, такое новое, незнакомое — когда ты не одна и очень нужна кому-то.

И он будет думать о тебе, тоже думать. И вспоминать подробности этого странного, удивительного дня. Будет? Или не будет? У мужчин ведь все по-другому...

Потом ей вдруг стало страшно — не оттого, что их ждет впереди. А оттого, что совсем скоро, примерно через час или два, она увидит мужа. И ей придется смотреть на него, греть ему ужин, наливать чай, разговаривать и — врать! Врать каждую минуту, каждую секунду — что все по-прежнему и у них продолжается прежняя жизнь.

К горлу подступила тошнота. Она тряхнула головой — ерунда! Она теперь совсем другая. Она — смелая, даже наглая. Решительная и находчивая! Она теперь будет лгуньей, но лгать будет почти легко, с почти чистой совестью.

И она ни за что не захочет уже быть другой! Ни за что!

Потому что прежней она уже быть не сможет.

Потому что сегодня родилась новая женщина — нежная, трепетная, восторженная, страстная.

Такая, о которой не помышляла она сама. Даже в самых смелых и фантастических выдумках. Себя она просто не знала.

И эта женщина — она.

То, что она совершила, не заботило ее совершенно. Никакого греха за собой она не ощущала. Грех был тогда, когда она вышла замуж за Германа. Когда проживала с ним все эти годы. Когда она жила с ним без любви.

Жила аморально, убеждая себя, что так живут многие.

Какое ей дело до многих? Это — ее жизнь. И она у нее одна. И будет в ней так, как она решила.

Будет восхитительно. Именно так. Потому что по-другому быть просто не может!

Всю ночь она дрожала как в лихорадке. Все время зажигала ночник и смотрела на будильник. В шесть не выдержала, встала и пошла на кухню. Прижалась лбом к прохладному стеклу, словно остужая свой невыносимый жар, и стала смотреть в окно. Окна домов постепенно оживали и загорались, и так же медленно оживала все еще темная улица. Прошел троллейбус, почти прополз. Резво подкатил к остановке автобус и вобрал в себя первых — несчастных и замерших — пассажиров, все еще дремлющих на ходу.

Зажглись фонари тусклым, молочным светом. И она увидела, как на слабом свету кружит метель.

Так она простояла долго, пока не услышала плач дочки, и словно очнулась. Она бросилась в комнату дочки. Лидочка плакала во сне, и она положила ей руку на лоб. Та горела огнем.

«Господи! — подумала она. — Ведь сегодня...»

И тут же устыдилась своих мыслей. Боже, какой кошмар! Она стряхнула оцепенение, разбудила дочку, поставила ей градусник, переодела влажную пижамку, дала аспирин и заставила выпить компоту.

Она сидела на краю дочкиной кровати, гладила ее по влажным волосам и думала о том, что все против нее. Против ее любви сама жизнь.

Температура спала, и девочка уснула. Нюта прилегла рядом и тоже задремала.

Она слышала, как встал Герман, как лилась в ванной вода и слышалось его громкое фырканье. Потом послышался звук посуды и хлопанье дверцы холодильника.

Герман завтракал обстоятельно. Она открыла глаза, поднялась с кровати и пошла к мужу.

— Лида заболела, — сказала она. — А у меня сегодня запарка. Ты бы не смог...

Не успела она закончить фразу, как он оборвал ее:

— Нет. Не получится. Сегодня у нас серия опытов.

— Но, послушай! — отчаянно сказала она. — Я же тебя... никогда не просила. В конце концов, это и твоя дочь тоже!

Он отхлебнул кофе, поморщился и покачал головой.

— Вызови Зинку. Ей все равно нечего делать.

А вот за это — спасибо. Просто большое-большое. Огромное даже!

И как ей самой не пришло это в голову? Золовка всегда с удовольствием оставалась с племянницей.

Уже в дверях, натягивая пальто, Герман осведомился:

— А что с Лидочкой?

Она усмехнулась.

— Ну, надо же! Все же спросил.

Он тяжело вздохнул, осуждающе покачал головой и сказал:

— Надеюсь, что ничего страшного.

Она снова подошла к дочке — та крепко спала.

Она вышла в коридор и набрала телефон Зины. Зину она, естественно, разбудила. Та недовольно заохала, потом громко зевала и наконец согласилась.

Она оделась, накрасила ресницы, перемыла посуду, сварила манную кашу и встала под дверью слушать звук проходящего лифта.

Зина появилась через полтора часа, и Нюта, схватив сумочку и спешно выдав указания, выскочила за дверь и, не дожидаясь лифта, слетела по ступенькам вниз.

На улице она поймала такси и умоляюще попросила водителя ехать «самой краткой» дорогой.

Она влетела в гостиницу и снова наткнулась на «коровий», тяжелый взгляд администраторши. Та снова потребовала паспорт, и Нюта, усмехнувшись, протянула его.

Через пять минут она стояла под его дверью и снова пыталась угомонить громко бьющееся сердце и частое, прерывистое дыхание.

Яворский открыл дверь, Нюта упала ему прямо в руки и отчего-то заплакала, смутилась и все не могла поднять на него глаза.

 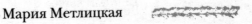

Он гладил ее по голове точно так же, как совсем недавно она гладила по голове свою дочь, и приговаривал:

— Как хорошо, что ты приехала. Как хорошо, как славно! А я, грешным делом... Решил, что ты передумала. Ты ведь разумная женщина! — И еще что-то нежное: — Умница моя, милая... Умница моя, разумница... Нет, не разумница! Совсем неразумница!

Потом он усадил ее на кровать и стал целовать ее ладони, а потом затылок и шею, и она разумница-умница снова потеряла свою бедную и совсем неразумную голову...

Нюту клонило в сон, и она пыталась стряхнуть его — ей так хотелось говорить с ним, говорить бесконечно, говорить обо всем на свете — рассказывать ему о своем несчастном браке, о черствости мужа, о дочке — такой чудесной и умненькой, о работе, которая ей совсем неинтересна, но коллектив прекрасный, и это надо ценить.

Он слушал ее внимательно, иногда задавал вопросы, и она чувствовала, что ему все интересно. Интересна ее жизнь — такая пресная, обыденная и скучная.

Потом он сказал, что страшно, просто зверски голоден, и она расстроилась оттого, что не привезла ему завтрак — были сырники, остатки капустного пирога:

— Лидочка любит, и я испекла. Господи, какая я дура!

Он рассмеялся и ответил, что завтракать они пойдут в ресторан:

— Ни больше, ни меньше! Помнишь, как мы ходили в «Арагви»?

Помнит ли она? Да каждую минуту, каждое мгновение того дня — самого счастливого дня в своей жизни!

Они быстро оделись и вышли на улицу. На соседней улице увидели небольшое кафе. В кафе было пусто — завтракать в общепите советский народ не привык, — и они сели в совершенно пустом зале и заказали борщ и шашлык.

— Вот уж завтрак! — пошутил он. — А ты говоришь — сырники!

Еще они выпили белого сухого вина, и от еды и тепла она почувствовала такую благость на сердце, такое счастье вдруг охватило ее, что она вдруг словно очнулась — впервые ей пришло в голову, что все это совсем скоро кончится. Еще пару дней, ну, неделя — и все! Он уедет, и она снова останется одна.

Он увидел, как изменилось, словно остановилось, окаменело, болезненно искривилось ее только что веселое и радостное лицо, и стал смотреть на нее внимательно, пристально, накрыл своей ладонью ее руку и, наконец поняв, тяжело вздохнул и беспомощно развел руками.

Они вышли на улицу и шли молча. Ничего не спрашивая, он встал на обочине и поднял руку. Редкие такси проносились мимо, а они все молчали, и радость, веселье и счастье вдруг испарились, улетучились, словно дым от костра, унесенный внезапным ветром.

Она стояла чуть поодаль, упрятав лицо в воротник, и ей хотелось, чтоб он сейчас обнял ее, успокоил, придумал какой-нибудь выход, от которого все будут счастливы.

А он все держал вытянутую руку, и лицо его было напряжено, почти скорбно и абсолютно непроницаемо.

Наконец машина остановилась, и Нюта села в нее, не подняв глаз на Яворского. Он нагнулся, заглянул в окно и сказал вдруг абсолютно непонятную и дурацкую фразу:

— Все будет хорошо, Нюточка! — И, грустно вздохнув, неуверенно добавил: — Наверное...

Она подняла на него глаза, он улыбнулся — жалко и растерянно, и она сказала водителю:

— Поехали!

И машина понеслась вперед сквозь внезапно начавшуюся метель — дальше, дальше... Все дальше от него — да и слава богу! Ей стало все ясно — ничего такого не будет! Никто не собирается менять свою жизнь. Ни ради любви, ни ради нее — тем более.

Нюте стало так стыдно, что она бросила свою больную девочку, а все это не стоило медного и ломаного гроша, полушки, копейки.

Она отпустила Зину, которая доложила ей, что был участковый, обычное ОРЗ, в легких чисто и горлышко красное, да и то слегка.

— Ну а ты? Все успела? — спросила Зина, натягивая в прихожей высокие сапоги.

— Успела, — усмехнулась Нюта, — все успела. И даже больше того.

Она надела халат, вязаные носки, смыла тушь с ресниц, стерла остатки помады и легла рядом с дочкой, которая снова крепко спала.

Ее разбудил телефонный звонок, и она услышала сперва треск и молчанье, и уже собиралась положить трубку, как услышала голос Яворского:

— Ты можешь выйти? На пару минут? Я на улице, у соседнего дома.

Она что-то залепетала, что дочку оставить не может, а золовка ушла, и непонятно, что делать...

— Что делать? — почти вскричала она.

И тут же ответила, что да, сейчас выйдет, вот только набросит пальто.

Она увидела Яворского у дома напротив и бросилась ему навстречу. Он схватил ее за плечи и долго смотрел ей в глаза. А она плакала, плакала и извинялась — непонятно, за что.

Потом они зашли в подъезд соседнего дома, стали греть руки на батарее, и он все целовал ее заплаканное и мокрое лицо.

Говорил он — она молчала. Говорил про свою жизнь — про то, что он немолод, нездоров, ранение дает о себе знать постоянно, и он замучен болями, особенно плохо бывает ночью, сна совсем нет, и он мечется по комнате. А комната эта... ты б испугалась. Барак. Деревянный барак. Колодец на улице, топится печкой. Климат ужасный, ну, да он привык. Жалованье «северное», но и жизнь там другая. Совсем другая там жизнь! Яблок зимой не купить. Правда, морошка...

Она молчала, уткнувшись ему в плечо. Темный драп пальто был влажным, почти мокрым, и мелкие темные шерстинки попадали ей в рот.

— И еще, — тихо сказал он, отстранил ее слегка, отставил от себя и закурил, шумно втягивая папиросный дым. — И еще, — повторил он, словно раздумывая. — Там прожита жизнь. Многие годы. И ты должна понимать, что жизнь эта... Была полна событий.

Она вздрогнула и подняла на него глаза.

Он не выдержал ее взгляда и отвернулся.

— Там есть женщина, — твердо продолжил Яворский. — Мы с ней... Много лет. Это не любовь, нет. Совсем не любовь. Да и она немолода. И не так хороша, как ты... — Он затушил бычок о консервную банку. — Немолода, нехороша. Но — друг. Мой большой друг. Сколько она вытягивала меня, сколько со мной мучилась! Госпиталя, перевязки, уколы. Ребенка не родила, чтобы от меня не отвлекаться. Семьей мы никогда не жили — я не хотел. Сейчас — друзья. Или — родственники. Я никогда не скрывал, что не люблю ее. Хотелось быть честным. Был честным, а жизнь ей сломал. Ценил, уважал, восторгался, гордился. Она — врач. Прекрасный хирург. Замуж не вышла — любила меня. А претенденты были — я с ними знаком. И как мне теперь? Сказать, что едет ко мне молодая жена? И куда, собственно, едет? В холодный барак? Из своих хором, из столицы. С дочкой — на Север? И еще. Твои родители. Точнее, отец. И как мне смотреть ему в глаза? Да никак! Невозможно! Невозможно выглядеть такой скотиной, таким подонком! Разрушить твою семью, твою жизнь... Лишить дочку отца. Или — врать всем. Врать, изворачиваться, скрываться. Да и как оно будет? Я — к тебе, а ты — ко мне? Раз в полгода? Реже? Чаще?

Яворский замолчал, и Нюта тоже молчала. Потом взглянула на часы, заторопилась — дочка может проснуться!

Она запахнула пальто, подняла воротник, и они вышли на улицу. Яворский проводил ее до подъезда, и Нюта, подняв голову, посмотрела на него и улыбнулась.

— Завтра? С утра? Я снова вызову Зину. Ну, если с Лидой все будет нормально.

Она уже почти зашла в подъезд, остановилась, обернулась на него и почти весело сказала:

— Семьи у меня нет. Это раз. Отец у дочки... весьма условный. Он и не заметит ее отсутствия. Это два. Родители... должны понять. Если им дорога дочь, то есть я. Врать... ну, это не совсем так.

Просто щадить другого. Север меня не пугает, и морошка гораздо полезнее яблок. Я это где-то читала. А насчет вранья... для меня так вопрос не стоит. Свои проблемы я разрешу очень быстро. А ты... здесь дело твое. Можно не врать, а щадить близких людей. Вопрос формулировки. Но я тебе не даю советов, ни-ни! И еще, — она чуть сощурила глаза и снова улыбнулась, — и еще. Позволь мне быть счастливой. И себе — тоже. Жить без любви — аморально. И быть несчастными — отнюдь не доблесть, а большая беда. — Нюта легкомысленно улыбнулась и, махнув рукой, зашла в подъезд.

Яворский долго стоял у ее дома, раздумывая о том, что эта молодая женщина гораздо мудрее его. И что на свете нет ничего важнее людского счастья. Даже купленного такой большой и отчаянной ценой.

Три следующих дня она приезжала к нему — с утра, как только на пороге появлялась безотказная Зина.

На четвертый он лег в госпиталь — наконец нашлось свободное место. Она приезжала в госпиталь днем, растягивая свой обеденный перерыв. Лидочка пошла в садик, и Герман соизволил по вечерам ее забирать. Он с интересом и удивлением разглядывал жену — румяную, с блестящими глазами, делающую все нудные домашние дела с удовольствием и непривычной легкостью. Она напевала что-то, моя посуду и подметая пол.

«Хорошенькая какая», — однажды подумал он, глядя на Нюту, вышедшую из ванной.

Однажды он зашел к ней поздно вечером — немного робея и, как всегда, прикрываясь шуточками.

— Супружеский долг еще не отменен, — нарочито весело объявил он, вручая жене три красные гвоздики.

 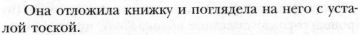
Она отложила книжку и поглядела на него с усталой тоской.

— Иди к себе, Гера! — со вздохом сказала она. — И ничего себе не придумывай.

Он побледнел, дернул плечом и со словами «ну ты сама все решила» вышел из комнаты.

И в этот вечер Нюта поставила окончательную точку в семейной жизни. Точку, облегчившую эту самую жизнь, наверное, им обоим.

Она закрывала глаза и думала о том, как этот немолодой и, в сущности, не очень здоровый человек, ее мужчина, может быть так желанен, так страстен и так прекрасен.

Она вспоминала короткие часы, проведенные на скрипучей и узкой кровати гостиницы, и от стыда покрывалась мурашками — она и представить не могла, что способна на такое! После, когда все заканчивалось, она боялась посмотреть ему в глаза — так было неловко.

А с мужем... Молодым, здоровым и достаточно интересным, то, что происходило когда-то... Было стыдным от другого — от притворства, лицедейства, лицемерия.

Она вспоминала, как ей хотелось поскорее отодвинуться от него, поскорее встать с постели. Поскорее забыть.

А здесь... Здесь было самым прекрасным минуты после — его плечо, его профиль, его запах и их тишина... Потому что говорить не хотелось. Да и не было сил.

Хотелось лишь одного — остановить это проклятое беспощадное время. Разбить все часы на свете.

Только бы лишнюю минуту, одну минуту... Разве так много?

Его выписали через три недели, сделав какие-то процедуры, манипуляции, о которых он говорить стеснялся и не хотел.

Она провожала его на вокзале, и народ обходил их стороной — эти двое, немолодой мужчина и совсем молодая женщина, слились так воедино, так монолитно, что казалось, разорвать их, разъединить не сможет самая сильная сила.

И все же — объявили посадку, и хмурая проводница взглянула на них сурово, не думая скрывать презрения или зависти.

Он зашел в вагон и встал у окна. Она стояла напротив и пальцем чертила по ладони — пиши!

Он кивал, не отрывал от нее взгляда, наконец поезд медленно тронулся, и она пошла в ногу с ним, постепенно прибавляя шаг, и все равно уже не поспевала.

Поезд давно исчез, растворился в сумраке раннего зимнего вечера, а она все стояла, не чувствуя, как леденеют колени и руки.

Потом, словно очнувшись, быстро пошла к метро.

А он еще долго стоял у окна под мерный и успокаивающий стук колес и думал о ней. О том, как отчаянна, смела и прекрасна его женщина. Как трогательно и беззащитно нежна и искренна. Как сложно все распутать и расставить по своим местам. Как труслив и осторожен он рядом с ней.

И еще о том, как он сильно ее любит.

Так, как, наверное, любить ему еще не доводилось. Во всей его долгой и весьма бурной мужской жизни. И еще — подарок это или беда?

Вот этого он никак не мог понять. Совсем. И от этого было немного страшно.

Теперь Нюта жила от письма до письма. Сговорились — писать он будет на Главпочтамт, до востребо-

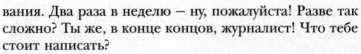

вания. Два раза в неделю — ну, пожалуйста! Разве так сложно? Ты же, в конце концов, журналист! Что тебе стоит написать?

В обеденный перерыв она неслась на Кировскую. Всех девочек там уже знала в лицо. Таня — милая. Смешная. Конопатая. Если письма нет, взгляд сочувствующий и добрые слова утешения. Мила — красавица, но всегда делает вид, что видит ее впервые. Ольга Самойловна письма вручает с тяжелым вздохом: жизнь прожита, опыта много, а здесь — тайная любовь, сразу понятно. И женщина эта, которой пишут, всегда с воспаленными глазами, с таким ожиданием в глазах, что пожалеть ее, милую, только пожалеть, посочувствовать.

Письма Нюта читала тут же, не выходя из Главпочтамта, присев на деревянную скамью. И запах сургуча, разносившийся по зданию, был приятнее самого сладкого запаха цветов.

Она перечитывала письмо по нескольку раз, потом клала его на дно сумочки, на улице сумочку открывала снова и пальцами ощупывала драгоценную ношу.

А дома складывала их в коробку из-под польских туфель. Сверху лежали лоскутки, тесьма, бельевая резинка. Место, куда никто и никогда не заглянет.

По ночам, заглянув в комнату мужа и убедившись, что он крепко спит, она доставала свои сокровища и читала их снова с фонариком под одеялом. Как глупая, впервые влюбившаяся старшеклассница. Впрочем, впервые влюбившаяся — это ведь правда...

Такая вот конспирация. Смешно. Зато после этого так хорошо спалось! Просто дивно спалось после этого.

Письма... Все его письма были такими светлыми, такими прекрасными, такими остроумными, трогательными и часто наивными, что она, перечитывая их в десятый и тридцатый раз, ощущала себя самой счастливой на свете. И ерунда, что он немолод, нездоров и так далеко от нее. Теперь она не ощущала своего одиночества. Ведь все эти годы, находясь рядом, только руку протяни, с молодым, здоровым и остроумным человеком, она задыхалась от тоски, чувствуя их отдаленность друг от друга, их чужеродность, нежелание быть вместе в горе и в радости, отсутствие потребности — физической и духовной — друг в друге. Словно кто-то обрек их на муку совместного существования, одинаково тягостного — и для нее, и для него.

Она писала ему обо всем — что происходит на работе, про успехи Лидочки в садике, про новую юбку: «Ты представляешь, какая удача — синяя в белый горох! И с совсем небольшой переплатой».

Он отвечал, что рад за ее дочку, советовал, как разрешить конфликт на работе, радовался ее удачной покупке. Его интересовало все, что с ней происходит. И что происходит у нее в душе. Он утешал ее как ребенка, когда болела дочка, грустил вместе с ней и радовался тоже — вместе.

Она читала его письма, словно говорила с ним вслух. Позвонить не могла — в его бараке телефона не было. Он пару раз звонил ей на работу, но... Что это за разговор — под пристальными взглядами сотрудниц?

Приезжал Яворский примерно раз в два-три месяца. Снимал недорогую гостиницу где-нибудь на окраине, и Нюта ехала туда. В эти дни она брала отгулы или больничный и приезжала к нему с самого утра. Пару минут они стояли в дверях и все не могли

211

насмотреться друг на друга. Она видела столько нежности в его глазах, столько боли... И столько любви!

Иногда он затевал разговор под кодовым названием «Наша с тобой безнадега». Убеждал ее, что все, пора заканчивать, что все это ведет не к добру, а только к плохому. Что пока еще есть шанс оторваться, отвыкнуть друг от друга. Ей — устроить свою жизнь, в конце концов. Повторял про пропасть, про невозможность совместного будущего. Про то, что он будет только дряхлеть, а она — расцветать. Повторял страшновато звучащую цифру их разницы в возрасте, а она закрывала ему рот ладонью и мотала головой — не хочу ничего слышать!

Однажды он выдал, что, вероятно, писать ей перестанет — пусть это жестоко, но она, разумеется, переживет.

Она рассмеялась и ответила, что тут же приедет к нему с Лидочкой и с чемоданом. А потом снова смеялась и все спрашивала его:

— Ну что? Испугался?

Он ответил, что давно свое отбоялся, а если она это сделает, то еще раз подтвердит, что она — сумасшедшая дура.

А она шептала, что бежать от любви глупо и подло, и раз так случилось... То только благодарить судьбу, только «спасибо» за все! И еще твердила, что счастливей ее нет на свете и ей наплевать на расстояние и его возраст, да на все наплевать. И что морщины его и седые волосы, и даже трость его она обожает. А от голоса... У нее, мол, вообще кружится голова!

— А стремление к общему дому? — удивлялся он. — У тебя совсем его нет?

Она мотала головой и отвечала, что этого ей вполне достаточно.

Он тяжело вздыхал, пожимал плечами и повторял:

— Ну точно — сумасшедшая дура!

А после этого сжимал ее плечи своими сильными руками, и она закрывала глаза, тая, расплавляясь, точно мороженое на блюдце, которое она полчаса «выдерживала» для Лидочки возле включенной плиты.

Однажды, провожая ее до такси, Яворский посмотрел ей в глаза и недоверчиво спросил:

— Слушай, а тебе правда ничего больше не надо и тебя все устраивает?

Нюта кивнула.

— Никак не можешь поверить?

Он пожал плечами.

— И даже этот... Как его — адюльтер?

Она рассмеялась.

— Никакого адюльтера тут нет! Мужу своему я не изменяю, потому что мужа — в классическом представлении — у меня нет. Так что совесть моя чиста и душа спокойна. Чего, собственно, и вам желаю!

Яворский покачал головой — с сомнением, осуждением? Удивляясь ее легкомыслию и беззаботности.

Герман смотрел на Нюту с задумчивым интересом, словно разглядывая неведомое насекомое. Однажды после ее «запоздалого» прихода («много работы, Нина болеет») спросил:

— Слушай, а я тебе... не мешаю?

Она, не отходя от плиты, коротко бросила:

— Нет! — И, обернувшись, добавила: — На эту тему беспокоиться точно не стоит.

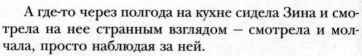

А где-то через полгода на кухне сидела Зина и смотрела на нее странным взглядом — смотрела и молчала, просто наблюдая за ней.

Потом вдруг сказала:

— Сядь. Не суетись!

Нюта послушно села, сложила на коленях руки и кивнула.

— Ну! Что?

— У Герки есть баба, — выдохнула Зина и добавила: — Думаю, что тебе надо быть в курсе.

— Баба? — растерянно переспросила Нюта и улыбнулась. — Вот и славно! Я за него искренне рада.

Зина округлила глаза и покрутила пальцем у виска.

— Ты что, рехнулась? А если там все серьезно? Баба молодая, красивая. Одинокая. Герку окрутит, как нечего делать.

— И что ты мне предлагаешь? — устало спросила Нюта. — Убить молодую, красивую и одинокую? Отравить мышьяком или дать в подъезде кирпичом по башке?

Зина пожала плечами.

— Ну, за мужа... Как-то принято... биться. Не отдавать же в чужие и цепкие ручки готовый продукт!

Нюта вздохнула.

— Зинуль, какое там «биться»... Жизни у нас нет давно. Удерживать я не буду — пусть идет, куда хочет, и пусть будет счастлив.

— Придумываешь! — раздраженно ответила та. — Нет у них жизни! А что ты, собственно, называешь «жизнью»? Страсти-мордасти? Цветы каждый день? Бессонные ночи? Что, объясни! Есть дом, есть ребенок. А вот скандалов нет. И муж твой — не пьяница и не гуляка.

— Гуляка, — засмеялась Нюта, — ты же сама сказала: есть баба!

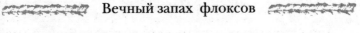

— Вот так и отдашь? Без вопросов?

Нюта кивнула.

— Сразу и без единого. И еще пожелаю огромного личного счастья.

— Идиотка, — вздохнула Зина, — чтобы в наше вот время — и так, с легкостью, отдать хорошего мужа!

Зина быстро засобиралась и ушла, а Нюта долго сидела, подперев лицо руками, и думала о том, что теперь она свободна! Совершенно свободна!

Какое, господи, счастье!

Герман ушел в Новый год — она терла сыр на «Мимозу» и, услышав шум в прихожей, сполоснула руки и вышла туда.

Он надевал пальто, возле его ног стоял чемодан.

— Сегодня? — спокойно спросила она, вытирая руки о фартук.

Он молча кивнул. А потом, усмехнувшись, добавил:

— Была без радости любовь, разлука будет без печали!

Она покачала головой.

— Не было любви, Гера, не было! В этом все дело. — Но сегодня — как-то не комильфо! Через пару часов приедут Половинкины и родители. Что им сказать?

— Отмени, — коротко бросил он, — к чему этот цирк?

— Вот ты и отменяй! — ответила она. — Ты ж у нас главный клоун!

Герман не ответил, взял чемодан и вышел за дверь.

Нюта села на стул, подумала и набрала номер родителей.

Все оказалось просто — все вдруг свалились с температурой. Сначала Лидочка, потом Герман. А сейчас

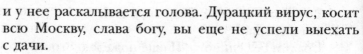

и у нее раскалывается голова. Дурацкий вирус, косит всю Москву, слава богу, вы еще не успели выехать с дачи.

Потом позвонила Зине:

— Братец твой... Только что хлопнул дверью. В руках — чемодан. Так что веселье, прости, отменяется.

Зина помолчала, а потом выдала:

— А я тебе говорила. Сама виновата!

— Сама, — легко согласилась Нюта и звякнула трубкой.

После ухода Германа ей стало так легко, что она, казалось, просто летала. Лидочка ухода отца словно и не заметила. Был равнодушный отец, нет равнодушного отца.

Алименты он присылал по почте, а спустя год Зина сказала, что у Германа родилась дочь.

Яворскому она написала сразу — с мужем рассталась, точки поставлены, решение за ним.

Он долго не отвечал, а потом написал, что это ровным счетом ничего не меняет. И взваливать на ее плечи такую ношу он не может. Дела его неважны, нога болит все сильнее, и ему все труднее ходить и сидеть.

Впрочем, он вскоре приехал, но жить у нее отказался — как всегда, снял гостиницу.

В те три дня она все время плакала, задавая один и тот же вопрос:

— Почему?

Он, разозлившись, впервые закричал на нее, назвав идиоткой, не понимающей ситуации.

Снова твердил про ранение, про страшные боли и муки, про то, что лучше не будет, а будет лишь хуже — и это прогнозы врачей. И что «ходить за ним и выносить за ним утку он не позволит».

Они разругались тогда в пух и прах впервые за столько лет, и она ушла от него, бросив с обидой, что навязываться не собирается и еще — что он трус и слабак.

Писем не было два месяца. Она бегала к почтовому ящику по пять раз на дню. Караулила почтальоншу, переспрашивая, не могло ли письмо затеряться или пропасть.

Наконец Нюта не выдержала и взяла билет в Мурманск. Вечером она привезла на дачу Лидочку и осталась до утра — поезд уходил на следующий день в шесть вечера.

Все давно легли спать, а она все сидела в мансарде и смотрела на темное осеннее беззвездное небо.

Не заметила, как поднялся отец, закурил, сел рядом и долго молчал.

Оба молчали. Потом он наконец сказал:

— Ну и что дальше? Как будешь жить?

Нюта пожала плечами.

— Как получится. Точнее — как сложится.

— Губишь себя, — коротко бросил отец, раскуривая новую папиросу.

— Моя жизнь, — ответила Нюта и добавила: — Прости.

— Летишь к нему? — тихо спросил отец.

Она мотнула головой.

— На поезде.

Отец закашлялся и затушил папиросу.

— Он — хороший человек, — хрипло сказал отец. — Но... Такой судьбы я своей дочери не пожелаю. И потом, — добавил он, — он не имел на это права!

Нюта улыбнулась.

— А вот тут он совсем ни при чем. Во всем виновата я — он долго сопротивлялся. Впрочем, виноватой я себя не считаю. Так сложилось, пап, понимаешь? Значит, такая судьба...

В Мурманске уже было совсем холодно, и по перрону мела мелкая и сухая поземка. Нюта вышла на привокзальную площадь и поймала такси.

Она смотрела в окно, разглядывая город, где Яворский прожил столько лет. После Москвы Мурманск казался маленьким, тесным, провинциальным и серым.

— Рапончик — дерьмо, — сообщил таксист, — бараки, бараки. Отопления нет, воды тоже. Двадцать лет обещают снести. А не сносят. Гады, — зло добавил он. — У меня батя там жил. Как занемог, я его к себе. Хотя тоже условия... — Он совсем расстроился, вспомнив, видимо, «условия», и резко затормозил у нужного дома.

Нюта расплатилась и вышла на улицу. Поземка, медленно поднимаясь, уже превращалась в метель. Она зябко поежилась — даже в зимнем пальто ветер и холод пробирали до костей.

Улица состояла из темных, почти черных, деревянных бараков. Два этажа, два подъезда. Играли дети, из какого-то окна выглянула женщина, закутанная в серый платок, и позвала сына домой.

Нюта вошла в нужный подъезд и поднялась на второй этаж. В коридоре пахло печкой, и, видимо, из кухни в коридор вырывался густой пар и доносились запахи подгорелой еды. На стенах висели жестяные тазы, корыта, детские санки и велосипеды.

Деревянная лестница была темной и шаткой. Она подошла к двери и тихо постучалась. Дыхание перехватило, и ее качнуло в сторону.

— Открыто, — послышался женский голос.

Нюта нерешительно открыла дверь и увидела Яворского, лежавшего на узкой железной кровати, с измученным и посеревшим лицом, с закрытыми глазами и плотно сжатым от боли ртом.

Возле него на простой табуретке сидела немолодая и грузная женщина, с лицом простым и приятным. Одета она была в темную вязаную «старушечью» кофту и валенки, обрезанные по самую щиколотку. Седые волосы выбивались из-под темной косынки.

— Приехала! — выдохнула она. — Ну слава богу! — Она подошла к Нюте и протянула ей крепкую рабочую руку с коротко остриженными ногтями. — Катерина, — представилась она и, подумав, нерешительно добавила: — Ивановна.

Нюта кивнула и сделала шаг вперед.

— Плохо ему?

Катерина кивнула.

— Плохой. В больницу не хочет, говорит, не поможет. Я ставлю уколы. После укола он спит часа два, не больше. Есть отказывается, пьет только чай. Просит побольше сахару. Сладкого хочет, — грустно вздохнула она. Кивнула на стол, стоящий у маленького, подслеповатого окна. — Печенье купила. Овсяное. Мармелад. Думала, поест.

На столе, покрытом старенькой, почти «смытой» клеенкой, стоял чайник с закопченными боками, и в тарелке лежало печенье и розовый мармелад.

— Раздевайся, — пригласила Катерина, — а я — пойду. Он скоро проснется. А вам... поговорить надо... — И стала натягивать тяжелое драповое пальто с вытертым пожелтевшим серым каракулем.

Нюта кивнула.

— Вы соседка?

Та усмехнулась.

— Считай, что да.

Нюта покраснела до самых корней волос — она поняла, что Катерина и есть та самая женщина-врач, про которую Яворский ей рассказывал.

Она бросилась за ней вслед, нагнала на лестнице:

— Простите!

Та улыбнулась.

— За что? Не за что! — И добавила, с прищуром посмотрев на Нюту: — А вы как? Надолго?

— Я... — растерялась Нюта, — я, собственно... За ним, — выдохнула она.

Катерина посмотрела на нее и кивнула.

— Ну и добре! И умница. У вас, в столицах, может, и оживет. А здесь ему точно хана.

Нюта села на табуретку и стала смотреть на Яворского. Спал он тревожно, вздрагивая и морщась во сне.

Иногда что-то шептал, и она наклонялась, чтобы услышать.

— Воды? Ты хочешь пить? — переспросила она.

Яворский медленно открыл глаза и, увидев ее, кажется, не удивился. Его губы дрогнули — в слабой попытке улыбнуться, и она услышала тихое:

— Нюта! Ты приехала! Боже, какое счастье!

Она заплакала и взяла его за руку.

— Все будет хорошо! — горячо зашептала она. — Все будет просто прекрасно. Я тебе обещаю, слышишь? Ты веришь мне? Нет, ты скажи, что веришь! Мы поедем в Москву, и там я сделаю все! Вернее — не я, а врачи. Военный госпиталь, военные хирурги — тебе же положено!

А он улыбался, сжимал ее руку и кивал головой.

— Конечно, верю, конечно. Как можно тебе не верить? Сумасшедшие, они ведь такие упрямые. И ты у меня — ослица еще та. Я же всегда тебе говорил.

Наутро пришла врачиха из поликлиники — молодая, красивая. С ярко накрашенными губами.

— В Москву? — недоверчиво переспросила она. — А вы... хорошо подумали? — И уставилась на Нюту большими темными внимательными глазами. — Больной тяжелый, ранение непростое. Остеомиелит. Хлопот будет много. Уход, знаете ли... не из легких.

Нюта кивнула.

— Подумала. Вы только помогите с перевозкой. Если возможно!

— С этим поможем. Карета до вокзала доставит. И Катерина Ивановна наш бывший сотрудник. А там, у вас... Хотя можно связаться с военным госпиталем. Должны помочь. Все-таки инвалид войны!

Уезжали через два дня. Нюта собрала его нехитрые пожитки — вещи, книги, бумажный пакет с фотографиями. Когда Яворский уснул, она их достала. На одной он стоял рядом с Катериной — оба еще молоды, и она, хорошенькая, глазастая и кудрявая, смотрит на него с кокетливым вызовом и держит его под локоть.

Дорогу Яворский перенес неплохо — отдельное купе, Катеринины пирожки в промасленной бумаге. Когда он прощался с Катериной, Нюта вышла в коридор и стала смотреть на перрон.

Почти всю дорогу Яворский спал, и она колола ему обезболивающие, поила сладким чаем и читала вслух газету, купленную на вокзале.

Он держал ее за руку и все приговаривал, что она «дурочка, дурочка». И зачем ей такая жизнь...

А она, засыпая от усталости и перевозбуждения, думала только об одном — что она дождалась своего

часа. Наконец-то дождалась! И верила, верила, что все теперь будет хорошо!

Потому что по-другому просто не может быть. Ну, есть же высшие силы на свете!

Есть же тот, кто оценит их страдания и муки. И отпустит им то, что они заслужили.

На вокзале встречала столичная «Скорая» и два врача из военного госпиталя.

Устроив его в палате, она наконец успокоилась и уехала домой. Следовало сварить куриный бульон, морс из клюквы и принести ему чистое белье и прочие причиндалы.

И назавтра приехать к восьми — переговорить с профессором по поводу ее мужа.

То, что должна делать любая нормальная женщина. Жена. Которая теперь за него в ответе.

Дальше начались хлопоты, которые Нюта называла «самой жизнью». То есть в ее жизни наконец появился смысл. Вставала она теперь в шесть и готовила ему еду — только на день. Потом бежала в больницу, кормила его обедом, говорила с врачами и снова сидела у его постели, держа его за руку. Он много дремал, а когда открывал глаза... Смотрел на нее с такой нежностью и благодарностью, что у нее плавилось сердце. Они говорили! Говорили обо всем на свете, как долго, подробно и откровенно могут говорить только старые, проверенные жизнью друзья и очень близкие люди. В те дни они, казалось, обо всем переговорили — о его детстве, о том, как росла она. Говорили о любви, но он отказывался говорить про свою «прошлую» жизнь. Только пунктиром, совсем коротко. А она рассказывала все, повторяя снова и снова. Про то, как все эти годы любила его, как по-дурацки, нелепо «сходила» замуж. Как они жили с Германом — неплохие вроде бы люди, а жизнь не получилась. Совсем не было жизни... Слава богу, родилась Лидочка, и это — единственное, за что она ему благодарна. Про ее родителей не говорили — оба боялись поднимать эту тему. Лишь однажды она обмолвилась — папа болеет, что-то там с почками.

Он отвел глаза. А назавтра спросил:

— Как там Володя? — И добавил: — Прости мою трусость.

Профессор, на которого они уповали, сказал жестко и бескомпромиссно — операцию делать не стоит, все-таки позвоночник, и что из этого выйдет — знает один только бог. Искать осколки — дело сложное, да и найдутся ли все? К тому же можно затронуть спинной мозг. И тогда уже — все.

А они так рассчитывали, так надеялись... и все же ему стало легче, и через полтора месяца она забрала его домой.

Накануне она поехала на дачу и решила объясниться с отцом, понимая, что мать поймет ее в любом случае. Ну а если и не поймет, то все равно примет ее решение.

Отец встретил ее молча, не обнял и сразу ушел к себе.

Они с матерью сели за стол и долго молчали.

— Бесполезно? — спросила Нюта.

Мать вздохнула и кивнула.

— Думаю, да.

— Ну, я пошла, — Нюта встала со стула и направилась к двери.

— Поела бы! — с болью в голосе предложила мать. — Посмотри, на кого ты похожа!

Нюта махнула рукой и, обняв мать, вышла за дверь. У калитки обернулась — мать стояла на крыльце и смотрела ей вслед. В мансарде у отца горела настольная лампа.

Она шла по знакомой дороге — развилка, кривая сосна, «белый дом», песочница у дороги, черная скамейка, ржавый велосипедик. Где его хозяин, в кого превратился? Шла и плакала — горько, громко, вытирая ладонью бежавшие по лицу слезы ручьем, ручьем — без передышки.

На станции она купила два пирожка с повидлом — огромных, с мужскую ладонь, золотисто-коричневых и еще теплых, жадно съела и вдруг улыбнулась, подумав, что завтра увидит его, и завтра он будет дома!

Она видела, как он счастлив — от ее забот, от того, что ему стало легче, от того, что комната, которую она для него обустроила, тепла и уютна — кровать, плед, тумбочка с зеленым ночником.

На комоде она расставила его вещи — книги, фарфоровую статуэтку «пограничник с собакой» и фотографию его матери, которую она вставила в рамку.

Он лег на кровать и закрыл глаза — он был счастлив. Так счастлив, как никогда в жизни. Только один вопрос не давал ему покоя: а имеет ли он право на это счастье? За что? За какие заслуги? И притом — ценой ее жизни! Ее молодой жизни.

Жили скромно — его пенсия и ее зарплата. И Яворский страдал, что не может обеспечить «своим девочкам» достойную жизнь.

А Нюта смеялась и отвечала, что никогда «не жила так достойно».

— Буду оправдывать свое паразитарное существование, — однажды заявил он.

Разделили обязанности — теперь все Лидочкины уроки были на нем. Поход в магазин, конечно, в ближайший, ходить ему было трудней с каждым днем. Но хлеб, молоко, картошка — это было «его». Дальше он объявил, что будет готовить ужин.

И правда, после работы встречал ее горячей картошкой, почищенной селедкой или сваренными макаронами с натертым сыром.

Накопили на новую стиралку, обновили пылесос, и это тоже было на нем. Потом он взялся гладить белье — получалось, конечно, не очень, но он старался.

Нюта умилялась, как дитя.

— Ты взвалил на себя самое тяжкое. То, что, честно говоря, всю жизнь ненавидела. Особенно — пылесос и утюг!

По субботам они ходили в кино или в парк. Оба обожали начало осени, когда уже отступало короткое тепло бабьего лета и начинали желтеть и краснеть клены. Зимними долгими вечерами читали вслух — по очереди, все втроем. Любили Диккенса, Голсуорси, Чехова.

Он читал лучше всех — с выражением, по ролям, и это было смешно и трогательно.

Придя с работы, Нюта видела, что Лидочка сидит у Яворского в комнате, возле его кровати, и они говорят о чем-то — увлеченно и страстно. Она замирала у двери и любовалась на мужа и дочь.

Он часто лежал в больнице, и она уже совсем ловко делала уколы и перевязывала раны.

К его выписке Лидочка пекла печенье или пирог, и он так хвалил ее стряпню, что она торопливо обещала: «Еще завтра, хочешь, теперь с яблоками?»

Нюта махала руками:

— Бога ради! Пожалей продукты и сделай, пожалуйста, перерыв. После тебя — генеральная уборка на кухне.

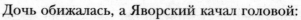

Дочь обижалась, а Яворский качал головой:

— Где твой такт, Нюта? Девочка так старалась!

Деньги, которые присылал Герман по почте, Яворский предложил не трогать, а завести Лиде сберкнижку.

Она так и сделала, хотя даже эти жалкие шестнадцать рублей в хозяйстве наверняка бы пригодились. Но мужа она слушалась во всем — он был для нее непререкаемым авторитетом.

Нюта была счастлива, мучило только одно — неразрешенный вопрос с родителями.

Когда она приезжала на дачу, отец по-прежнему уходил к себе, не желая общаться. Мать снова вздыхала и разводила руками — отец все так же считал, что он, Яворский, разбил ее благополучный брак и затащил ее «как дряхлый паук в свои ловкие сети».

Она смеялась.

— Это я соблазнила его, мам. Я! Он просто бежал от меня. Но я догнала.

Она рассказывала, как они счастливы вместе, какой у них лад и любовь, какое уважение и нежность друг к другу, как трогательно сложились его отношения с Лидочкой.

А мать все качала головой, приговаривая:

— А что дальше, Нюта? Ну еще лет через пять или семь? Он будет глубокий старик. К тому же — больной. Тяжело и безо всяких надежд. А ты останешься еще совсем молодой женщиной. И все эти тяготы... будут на твоих плечах. И ты будешь расплачиваться своим здоровьем и своим покоем. И что тебя ждет впереди?

— Странно, — отвечала Нюта, — странно, что вы так ничего и не поняли! Умные и интеллигентные люди! И все до вас никак не доходит.

«Примирение сторон» случилось на Девятое мая — святой день для каждого, а особенно для фронтовиков.

Нюта уговорила Яворского приехать на дачу. Сначала она услышала решительное: «Нет, об этом и речи не может быть. Считай меня трусом, подлецом, кем угодно. Я живу с его дочерью и в его квартире. И от первого и второго страдаю так, что словами не объяснить!»

— От первого тоже страдаешь? — рассмеялась она. — Хорошо ты, однако, сказал!

А потом расплакалась.

— Никому нет дела до моих мук! Ни отцу, ни тебе... Это, пожалуй, была их первая серьезная семейная ссора.

А наутро он побрился, надел костюм и белую рубашку и со вздохом сказал:

— Ну, если выгонит... Будет, наверное, прав. И потом, — задумчиво добавил он, — я законченный эгоист. Так мучить тебя... надо хотя бы попробовать!

Они купили торт и цветы и поехали все вместе — Нюта надеялась, что присутствие дочки смягчит ситуацию, и Лидочка поддержит ее.

Отец обрезал кусты сирени. Увидев их у калитки, побледнел и замер с ножницами в руках.

Стояли как вкопанные и молчали — по обе стороны забора.

Ситуацию, как и предполагалось, спасла Лидочка.

— Дед! — закричала она. — Ты нам не рад?

Отец вздрогнул, у него задрожал подбородок, и он хрипло крикнул:

— Люда! Приехали... Гости!

Выбежала охающая и ахающая мать, всплескивала руками, целовала дочку и внучку, а Яворскому, смущаясь, протянула руку.

— Ну, здравствуйте, Вадим...

Мать с Нютой накрывали на стол, отец болтал с внучкой, а Яворский курил на крыльце.

Когда закусили и выпили, Яворский, заядлый курильщик, снова вышел во двор, а следом за ним вышел отец.

Женщины, включая Лидочку, тревожно прилипли к окну. Отец подошел к Яворскому, сел рядом с ним на скамейку и закурил папиросу.

Они долго молчали, глядя перед собой, а потом начался разговор.

О чем — женщины ничего не слышали. Да и суть разговора волновала их мало. Главное — они говорили!

С тех пор Нюту совсем отпустило, и тревожилась она теперь только о здоровье мужа и родителей. Ее «вечно молодых пенсионеров».

Им было отпущено всего восемь лет. Всего? Она часто думала потом — так мало и так много. Мало оттого, что недолюбили, недоласкали, недоговорили. Мало было дней и ночей, чтобы быть рядом и вместе. Сколько драгоценного времени ушло на ее работу и его госпитали!

Болезнь отнимала его у нее... Болезнь и годы. Война.

Она вспоминала, как два раза он уезжал в санаторий — и опять без нее, ей тогда не дали отпуск, и на вторую путевку не было денег.

А однажды, когда Лидочка перешла в восьмой класс, Нюта уехала с ней на море. Яворский отказался — июльская жара ему не подходила.

Как они скучали друг без друга! Каждый день она отстаивала на почте по два часа, только чтобы услышать в трубке его голос.

Она вспомнила, как одна медсестра пожалела ее:

— Вот же вам достается! Такой больной и... такой старый!

А Нюта расхохоталась тогда — так заливисто, что медсестра покраснела.

— Да что вы, милая! Я — счастливейшая из женщин. Уж вы мне поверьте!

Иногда он «прогонял» ее спать «к себе», в бывшую детскую. Она обижалась, не понимая, что он бережет ее, что его мучают боли, и страдать в одиночку ему значительно легче.

Она корила себя, что «взвалила» на него домашнюю работу — ему было наверняка тяжело, а он не подавал виду и так старался облегчить ее «женскую долю»!

Он много занимался с Лидочкой перед ее поступлением в полиграфический — оказалось, что он прекрасно рисует. А уж к сочинению он подготовил ее так, что еще долго ее всем приводили в пример.

Последние два года Нюта ушла с работы и перевезла мужа на дачу — тогда он почти перестал вставать, и она, укутав его, в любую погоду вывозила в коляске во двор.

Наплевав на все дела, она садилась возле его ног на низенькой скамеечке, и они снова часами говорили о жизни.

— Никак мы с тобой не наговоримся, — грустно вздыхал он.

А она улыбалась, гладила его по щеке и держала за руку.

Оба понимали, что осталось ему совсем немного, но это было не отчаянье, а какая-то светлая грусть. Они спешили — спешили надышаться друг другом, насмотреться, наговориться...

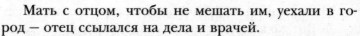

Мать с отцом, чтобы не мешать им, уехали в город — отец ссылался на дела и врачей.

Их прощальное одиночество было прекрасным и тихим. Стояли последние дни августа — теплые, совсем не дождливые. Флоксы — красные, бордовые, фиолетовые и белые — уж чуть подвядали, отцветали, темнели с краев. А запах в саду стоял нежный и тонкий, особенно после короткого теплого дождя и по вечерам. Он закрывал глаза и вдыхал их затихающий аромат.

— Знаешь, — сказал он однажды, — у них нет запаха тлена — ну, как у обычных цветов. Есть только запах печали и еще... чего-то такого... Ну, уходящего, что ли... прощального — наверное, так...

Теперь она ставила ему в комнату букет — в белый глиняный кувшин с отколотым носиком.

И каждое утро с тревогой смотрела на клумбу — а они опадали, темнели, ссыхались, теряя свой радостный, яркий, насыщенный цвет.

Он прожил еще всю осень, и она уже перестала верить в приметы и прочие глупости, когда с тоской смотрела на осыпающиеся цветы.

Ушел он ранним декабрьским утром — таким светлым, дымчатым от легкого морозца и первого снега, таким солнечным и ясным...

Она зашла к нему в комнату и все поняла в тот же миг.

До вечера она просидела на стуле возле его кровати и все говорила с ним про себя — о чем? Если бы ее об этом спросили, она бы ни за что не вспомнила — ни одного слова, ни одного....

Когда за окном стало совсем темно, она, словно очнувшись, подошла к телефону и позвонила своим.

На похоронах Нюта не плакала — не было слез, отчего-то вот не было. А Лидочка заливалась слезами и все приговаривала:

— Как же так, папа? Зачем?

В первый раз назвала его папой, страдая оттого, что не сделала этого раньше.

Так много было им отпущено! Такая густая концентрация нежности, ласки, понимания, заботы, любви... Эти восемь лет равнялись двум как минимум жизням. Нет, каждый их день был тождествен целой судьбе!

И за все эти годы — тяжелые и счастливые — она ни разу не пожалела об этом.

Лидочка вышла замуж на втором курсе — совсем рано, но что поделать — любовь! Первого мальчика она родила через год, а затем и второго, а спустя три года родился и третий. И тоже — мальчишка.

Нюта помогала изо всех сил и от души — мальчишки заняли ее сердце, заполнили его без остатка. Она тревожилась, что дочь вдруг не справится и бросит учебу, но, умница, справилась. «Гены отца», — сказала однажды Лидочка, и Нюта вздрогнула, понимая, кого та имела в виду.

Потом умер Нютин отец, а через три года и мама. «Совсем не могу без него, — говорила она, — незачем жить».

Нюта горячо возражала, напоминала о правнуках, уговаривала вспоминать, сколько было лет счастья:

— Ну, разве много таких женщин, как мы? Разве много таких счастливых?

Но мать медленно угасала, совсем не чувствуя интереса к жизни.

— Ты — сильная, — говорила она дочери, — а я... оказалась из слабаков. Отец всегда был защитой, спиной. А ты — ты привыкла за все отвечать и всех прикрывать.

— Нет, — качала головой Нюта, — ты так ничего и не поняла. Вадим был главным и все решал. Он, а не я, был спиной и защитой. И каждый день, проживая с ним рядом, я чувствовала себя самой любимой и самой защищенной на свете.

Лидочка с мальчишками теперь жила на даче — профессия позволяла ей работать на дому: она оформляла детские книги. Нюта брала внуков и уходила то на просеку, то в лес, то на речку. Домашние хлопоты и вечная суета совсем не оставляли времени на грусть и раздумья. Только по ночам она вспоминала свою жизнь и мужа, словно прокручивая пленку назад — подробно, очень подробно, с самыми точными деталями, помня все так хорошо и так ярко, будто вчера, словно судьба отпустила такую ясную память в благодарность за то, что она ее, судьбу, только благодарила и восхваляла.

Засыпая, она снова говорила с ним, перебирая подробности дня — про Лидочку, про мальчишек, про лес и про речку.

Иногда она «отпрашивалась» в Москву: в те дни было два кладбища — родительское и Яворского. Оба — в разных концах города, поэтому поездка делилась на два дня.

Ехала сначала к нему. Открывала тугую низкую калитку, садилась на скамейку и, чуть отдышавшись, говорила мужу:

— Ну, привет!

После поездок она успокаивалась, и на сердце было светло и умиротворенно.

Вечером звонила Лидочка и говорила, что совсем не справляется.

— Мам! Ну, когда? Умоляю тебя, не задерживайся!

Нюта смеялась и обещала приехать назавтра к вечеру, сразу «после бабушки и дедушки».

От станции шла медленно, глубоко вдыхая свежий лесной воздух. И все не могла надышаться, думая о том, какое это огромное счастье, что мальчишки круглый год живут на природе! Но скоро начнется школа, и все это кончится... увы!

Но долго грустить она не умела, ощущая жизнь как огромное благо — значит, будут наезжать после школы, на выходные! В пятницу вечером и за выходные они «наберут». Как всегда делали с родителями.

Дорога была известна до мелочей — серый овальный валун у дома с зеленым забором. Брошенный трехколесный велосипед — ржавый, забытый и грустный.

Заросли уже отцветшего шиповника на углу Садовой и Герцена. И наконец, «кривая» сосна. Которая и вправду была кривой и, конечно, за долгую жизнь так и не выпрямилась.

Нюта подошла к своему забору, услышала звонкие голоса внуков, строгий окрик дочери и еще уловила знакомый и самый любимый запах — запах подвявших флоксов.

Она остановилась, закрыла глаза и сильно втянула его, этот запах. И в эту минуту ее вдруг накрыло такой теплой и мощной волной воспоминаний и нежности, что у нее слегка закружилась голова — наверное, от счастья, что все это в ее жизни было...

Она толкнула калитку, и дети, увидев ее, тотчас прекратили скандал и с радостным криком бросились ей навстречу.

Она обняла их, раскинув руки, целовала в теплые и родные макушки и, улыбаясь, смотрела на дочь, стоявшую на крыльце. А справа и слева, разросшись беззастенчиво и нагло, уже далеко отступив от забора и упорно двигаясь на дорожку, стояли цветы — розо-

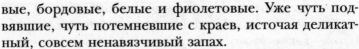

вые, бордовые, белые и фиолетовые. Уже чуть подвявшие, чуть потемневшие с краев, источая деликатный, совсем ненавязчивый запах.

И было понятно, что нежной их прелести хватит надолго — они еще будут встречать и Лидочку, и ее сыновей, и их жен, и, наверное, ее, Лидочкиных, внуков.

И тонкий их запах будет опять, снова и снова, кому-то о чем-то напоминать...

Дай бог, чтобы счастье!

Дочь

Среда была ее днем, и уже во вторник Прокофьева накрывала тоска. Все будет обычно, до тошноты банально и предсказуемо. Она явится после работы — именно в среду у нее совсем мало уроков, — долго будет ковыряться в прихожей, тяжело вздыхать, поправлять прическу, одергивать свою старую скучную юбку, потом пойдет в ванную и, тщательно моя руки, снова будет вздыхать. Наконец, пройдет на кухню, тяжело плюхнется на стул и, конечно, зашуршит своими дурацкими старыми заношенными пакетами.

Он предложит ей чаю, она скажет:

— Да-да! Чтоб согреться.

Будет дуть на ложку, вытягивать нижнюю губу и жаловаться на жизнь.

Все как всегда. А Прокофьев будет маяться, посматривать на часы и ждать, когда эта мука наконец закончится.

Справедливости ради — она не засиживалась, выпив чаю, доставала свои банки — боже мой, кому все это надо! — и начинала собираться домой. При этом оправдывалась — прости, что так коротко, просто на ходу, но ты же знаешь мою ситуацию!

Он поспешно кивал головой, подавал ей пальто и, закрыв за ней дверь, облегченно вздыхал.

Прокофьев тяготился визитами дочери — да вполне понятно! Совершенно чужой человек. Чужой и неинтересный. Возникший в его жизни совсем недавно — он не видел ее детства, не знал ее в юности, мимо прошло ее взросление, становление, так сказать... Хотя что из нее получилось... Тоска, одна сплошная тоска... Он не знал ее абсолютно — что поделаешь, отцовских чувств он был лишен. Ну, и вообще — так сложилась жизнь, все знают, как это бывает.

С ее матерью, своей первой женой, Прокофьев расстался сто лет назад — ей, его дочери, было тогда два года. Приходил он в тот дом нечасто, да и то только в первое время. Потом закрутило, понеслось, и он только отсылал деньги по почте.

Лиза, первая жена, была танцовщицей в известном ансамбле народного танца. Их, этих «лебедушек», старались отхватить ловкие женихи. Первое — девки были красавицы, как на подбор. Вернее, их и подбирали по этому признаку. Второе — «лебедушки» были выездные. А это значило, что в доме всегда будут тряпки и прочие вещи. Такие, которых в продаже никто и не видывал. Третье — этими тряпками и техникой все успешно и грамотно торговали. Словом, девки там были умелые, шустрые.

Ну и далее — появиться с такой вот женой считалось не то чтобы хорошим тоном, но говорило об успешности мужика.

«Лебедушки» были ушлыми и прожженными — в мужья хотели дипломатов, журналистов-международников, известных дантистов, писателей или скульпторов. Художники в список не входили, потому что зарабатывали гроши. Если вообще зарабатывали.

Лиза была другой — в солистки не лезла, по трупам не шла и в интригах участия не принимала. И торговлей не занималась.

Хорошенькая была — прелесть! Русые волосы, серые глаза. Фигура, конечно, ноги.

Он тогда уже крутился в этом мире, пытаясь пролезть, зацепиться, словом — устроиться.

Получилось — и уже в двадцать семь он был помощником администратора Москонцерта. Деньги, правда, пошли не сразу, пришлось пару лет подождать. Но не бедствовал. К тому же с его «корочкой» все двери были открыты.

Лиза поразила его своей мягкой, ненавязчивой красотой, покорностью, нестяжательностью и полным отсутствием корысти.

О том, что она беременна, долго не сообщала. А уж когда призналась, он растерялся, занервничал, суетливо забегал по комнате, похлопывая себя по коленкам и приговаривая:

— Какой же я кретин! Боже мой!

А вот тут она проявила характер — твердо сказала, что аборт делать не будет, а он как хочет. Его личное дело. В загс тащить его она не собирается, в партком не заявит и карьеру его не разрушит.

Этим она его тронула, в конце концов, не упырь же он и не подонок! Тогда еще очень хотелось думать именно так.

Решился он, когда она была уже на четвертом месяце: заявился красиво, с обручальным кольцом и белыми розами.

Увидев его, она начала тихо плакать — тихо, но долго, и он уже стал раздражаться и все спрашивал:

— Что случилось? Беда?

А она мотала головой, приговаривая:

— Счастье! Разве люди от счастья не плачут?

Он тяжело вздохнул, пожал плечами, открыл холодильник и сделал большой бутерброд с ветчиной — счастье счастьем, а жрать, извините, охота!

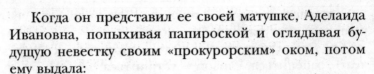

Когда он представил ее своей матушке, Аделаида Ивановна, попыхивая папироской и оглядывая будущую невестку своим «прокурорским» оком, потом ему выдала:

— Девка — никакая, красоте ее грош цена, — а когда он вяло запротестовал, бормоча что-то невнятное про «ангельский характер», матушка резко его оборвала и как отрубила: — Без хребта! Ты ее скрутишь в момент. А тебя, милый мой, самого надо об колено ломать. И на коротком поводке. Тогда что-нибудь выйдет. А здесь все безнадежно.

Так и случилось — Лиза надоела ему очень быстро, и уже к родам он маялся, не зная, как развязать «эту затянувшуюся историю».

Развязал через два года — просто собрал вещи и объявил о том, что уходит. Она как всегда тихо заплакала, и это окончательно его взбесило.

— Ты хоть бы крикнула, что ли! — заорал Прокофьев. — Обозвала меня! Плюнула в спину! А ты... Как была овцой, так и осталась!

Те два года, что они прожили вместе, не оставили никакого следа в его памяти — пошли сплошные гастроли, дома он появлялся на пару дней, и в эти дни «отсыпался и приходил в себя».

Дочка, толстенькая, губастая, темноглазая и тихая, никаких эмоций у него не вызывала. А умиления уж тем более. Он все искал в ней изъяны — видимо, так ему было легче оправдать свою нелюбовь.

А Лиза подносила малышку и все повторяла:

— Смотри. Вылитая твоя мама. Ну просто один в один!

Прокофьев корчил гримасу, почему-то это тоже его раздражало. Раз копия матушки — значит, положено умиляться и любить. А ведь не получалось...

Матушка же, увидев девочку и услышав Лизины причитания по поводу их «потрясающего сходства», умиляться тоже не очень спешила: да, похожа. И что? Вся в мать — глазки долу. Такая же — без хребта!

Он даже обиделся — ладно он, молодой разгильдяй. Но она-то — бабушка!

Но маман была несентиментальна — сказывалось прокурорское прошлое — и без стеснения заявляла:

— Детей не люблю! Только своего сына.

Он отчетливо понимал: мать — человек не из приятных. Подруг у нее почти не было — возражений она не терпела. Были какие-то прилипалы, две тихие тетки, слушавшие ее открыв рот и кивающие головами как китайские болванчики.

И все же... Пока она была жива... Он чувствовал себя защищенным — наверное, так.

Мать контролировала ситуацию — умна была, как змея. И он всегда знал, что получит от нее дельный совет.

В старости, тяжело заболев, мать вдруг превратилась в сентиментальную и плаксивую старуху — все время бормотала, просила у кого-то прощения... И вдруг вспомнила о боге и захотела креститься.

Умирала она тяжело и долго, и он, отменив все гастроли, сидел у ее постели, держа за руку.

Она открывала глаза, и они наполнялись слезами. Однажды она спросила:

— Простил?

У него екнуло сердце.

— О чем ты, мамочка? Разве есть за что?

Она покачала головой и закрыла глаза.

В гробу она лежала спокойная, с почти гладким лицом и, как ему казалось, с чуть заметной, мягкой улыбкой. Словом — совсем не она.

Похоронив мать, Прокофьев почувствовал себя сиротой и, сам того не ожидая, стал каждую неделю ездить на кладбище.

Уйдя от Лизы, он снял квартиру, но очень скоро купил кооператив — денег уже тогда было навалом.

Ну и баб, разумеется, тоже. Женщины его были все как на подбор — красавицы. Попадались и умницы, но таких было меньше. Романы случались яркие и не очень, но пару раз зацепило — правда, ничего не вышло.

Одна засмеялась ему в лицо, сказав, что жениться ему надо на маме — только она для него любимая женщина и непререкаемый авторитет.

Он тогда всерьез обиделся, и все как-то сошло на нет.

А вторая... здесь было сложнее. Сложнее и драматичней — она была замужем. Муж был важный чиновник от спорта, а к этому прилагалось — квартира на Фрунзенской, автомобиль с водителем, еженедельные пайки, которых хватило бы нормальной многодетной семье на месяц. Еще была роскошная дача, прислуга и командировки «за рубежи» — как говорила она.

Мужа она бросать не собиралась, а вот любить его, молодого любовника, это — пожалуйста!

Он очень хотел увести ее из семьи и очень страдал, когда она, смеясь, называла его дурачком и мальчишкой.

Он начинал давить, она злилась. Пошли упреки, скандалы, претензии. Тогда он впервые повел себя словно глупый пацан и собственноручно привел все к логичному концу — она, сощурив от злости прекрасные, вполлица, изумрудные глаза, бросила ему:

— Истерик и псих! — И, громко хлопнув входной дверью, исчезла из его жизни. Навсегда.

Однажды Прокофьев встретил Лизу с дочкой — оставив машину, бежал на Центральный рынок. Торопился. Вечером предполагалось очередное свидание.

А они торопились в цирк. Лизу он узнал и хотел проскочить мимо, но было поздно — та уже окликнула его.

Рассмотрев бывшую жену, Прокофьев скривился — Лиза обрюзгла, располнела, подурнела. Словом, ничего от ее красоты не осталось. Одета она была дурно, пострижена плохо, и он сморщился от дешевого запаха ее духов. Девочка, его дочка, прижалась к матери и смотрела на него исподлобья и с испугом.

Ему она совсем не понравилась — толстая, неуклюжая, черные, навыкате, «коровьи» глаза. Дурацкий розовый бант на голове — огромный, блестящий. Признак дурного вкуса. Старенький плащик и красные, с потертыми носами, туфельки.

Лиза была возбуждена этой встречей, тормошила девочку за плечо и приговаривала:

— Это — твой папа, Ларочка! Познакомься с ним, пожми ему руку.

Девочка совсем съежилась, на глазах у нее выступили слезы.

— Оставь ребенка, — сухо сказал он.

Она покорно закивала головой и все спрашивала, как он живет и как поживает Аделаида Ивановна.

Прокофьев недобро усмехнулся.

— А что, моя мать тебя сильно волнует?

Лиза растерялась и пожала плечами.

— Ну, ты и дура! — изумился он. — Что хорошего тебе сделала бывшая свекровь, чтобы о ней беспокоиться?

Лиза что-то залепетала в свое оправдание, а он махнул рукой — безнадежно, все безнадежно. Правильно говорила мать — без хребта!

— А замуж чего не выходишь? — поинтересовался он. — Не берут?

Лиза жалко улыбнулась.

— Да, как-то нет претендентов...

— А ты следи за собой! — посоветовал он. — Выглядишь как... пенсионерка.

Она скривилась, хлюпнула носом и стала поправлять на девочке бант.

— Ну, мы пошли? — нерешительно спросила она.

Он кивнул, разрешил.

— Идите! Еще опоздаете!

И они пошли. А он, глянув на часы, поспешил к рынку. У самого входа вдруг оглянулся, и сердце у него сжалось — они стояли у ларька с мороженым, и Лиза пересчитывала мелочь.

Он рванул к ним, достал из кармана десятку и смущенно протянул ей.

Лиза опять что-то залепетала, отпихивала его руку, краснела и бледнела, а он, махнув рукой, заторопился прочь.

Спустя добрый десяток лет бывшая жена позвонила ему и пригласила на свадьбу Ларочки.

— Когда? — с тоской спросил он и с облегчением выдохнул: — Ну, двадцать пятого я в Иркутске!

Она расстроилась, причитая:

— Ну, как же так, все же — отец! И Ларочке будет приятно!

— Работа, Лиза, — сухо ответил он и добавил: — Поздравить — поздравлю. Деньги завезет шофер.

— При чем тут деньги? — вздохнула Лиза и поло- жила трубку.

Водителя с деньгами он все же отправил, и сумма была внушительной — в конверт вложил пятьсот рублей. А на те пятьсот тогда позволить себе было можно, ох, много всего!

Лиза умерла в пятьдесят — ужасно, но... Такая судьба. Тогда позвонила Лара и сказала про похо- роны, Прокофьев болел — и вправду болел! Без температуры, но кашлял прилично. Был промоз- глый ноябрь, и вылезать из постели совсем не хотелось.

Полночи он думал про похороны, искал себе оправдания и наконец успокоился — да, некрасиво. Мать его дочери. Но — абсолютно чужой человек. Абсолютно! И к чему тут разыгрывать драму? Лично для него никакой драмы нет. А что подумают люди, так на это ему вообще наплевать. Да и какие люди? Лизины полторы подруги и пара убогих престарелых родственников? Он даже не помнит их имен. А что до дочери, так у той муж и дети. Вот вам и поддержка. Да к тому же он не пацан, чтобы так наплевать на свое здоровье. Матушка всегда говорила, что у него слабые легкие — реакция Пирке у него всегда была положительной.

Выписав себе индульгенцию, Прокофьев спо- койно уснул и проспал до полудня.

Муки совести его не посещали — ну, может, так, слегка. Поскребли кошки и — смылись.

Так, впрочем, было всегда.

Когда ему перевалило за семьдесят и начали на- ступать, как грозные танки, новые времена, от дел он почти отошел.

Не совсем, а просто подвинулся, уступив дорогу молодым. Но те, «молодые», его послушные ученики, оказались людьми на редкость приличными и патрона своего — так уважительно они его называли — не оставили. Времена-то настали новые, а связи никто не отменял. И он благородно, но с дальним прицелом связи свои «передал». Ребята оказались ловкими, ушлыми и быстро пробились. Но и его не забывали — раз в месяц конвертики подвозили. В конвертиках было негусто, но, как говорится, приличная прибавка к пенсии. Словом, он не бедствовал и серую пенсионерскую жизнь не влачил. Хватало на все — на продукты из приличного магазина, на шмотки, к которым интерес был, конечно, утрачен, но не совсем. Не до конца, слава богу.

И квартирку свою скромную обновил — классный, надо сказать, сделал ремонт. Матушкина квартира тоже была «при деле» — успешно сдавалась. Не за большие деньги — в ней, кстати, проживал один из прилежных «учеников». Аренда была символическая, но по сути давала больше.

И ресторанчик позволить себе мог — да что там! Довольно часто. И в театры хаживал — ну, здесь уж точно — по контрамаркам. Старые связи работали, курилка-то жил и помирать не собирался.

Жил Прокофьев в свое удовольствие — впрочем, к этому он привык. «Не отвыкать же!» — пошучивал он.

К женщинам он интерес потерял — это его огорчало, но он, как всегда, находил оправдание: ну, сколько можно, в конце концов! Уж ему-то, да за его жизнь... Позавидует любой. Да и возраст берет свое, никуда не денешься.

Его бывшие дамы — две-три — сохранили с ним дружеские отношения. Обиды давно прошли, и они

с удовольствием болтали о том, о сем, часами вися на телефоне, в надежде, что бывший возлюбленный выведет в свет — вот скупым он точно никогда не был.

Иногда так и случалось — он брал кого-нибудь из них на премьеру, или на вернисаж, или приглашал на обед.

Дамы эти, разумеется, товарный вид давно утратили, но были ухожены, остроумны и вели себя вполне по-светски — выходом он оставался всегда доволен.

Конечно, они дружно сетовали, что годы молодые прошли, канули в Лету, и теперь остается «протез в стакане и манная каша». Но они все же кокетничали — за модой следили, за фигурами тоже, да и лица свои держали в порядке — это про тех дам, что с успехом пользуются новыми технологиями. Будучи в приятном дружеском статусе, они с ним делились интимным.

Его это слегка коробило, он понимал — за мужчину его давно не держат.

Лариса объявилась как снег на голову — позвонила однажды и попросила о встрече.

Он совсем растерялся и задал дурацкий вопрос:

— А зачем?

Она замолчала, раздумывая, обидеться ли на этого человека, считающегося ее биологическим отцом, или все же не стоит — понять его можно.

Прокофьев дал слабину и согласился на встречу. Нервничал, что говорить, нервничал. Виски заломило — а это означало, что подскочило давление. Не жаль было потраченного времени — этого добра у него было навалом. Не жаль и денег — кафе было скромным, да и вряд ли она его объест.

Было тревожно и муторно — зачем? Вот зачем все это надо? Зачем вносить сумятицу в его такую привычную и размеренную жизнь? Зачем беспокоить пожилого и почти незнакомого человека? Родными они не станут — это понятно и так. Жизнь ее его не заинтересует. Тогда зачем?

Прокофьев сидел в полумраке кафе, пил вредный растворимый кофе и поглядывал на часы.

Он сразу узнал дочь — по неуклюжей фигуре, полным ногам, черным навыкате «коровьим» глазам.

Она поискала его взглядом, засуетилась, торопливо скинула плащ и, одернув юбку, решительно направилась к нему.

Он встал и протянул ей руку. Она села напротив, опустила глаза и призналась, что сильно нервничает.

Он спросил, не голодна ли она, но есть она отказалась и заказала чай.

Не поднимая глаз и болтая в чашке ложечкой, она торопливо и сбивчиво рассказывала ему про свою жизнь.

Ему было скучно, неинтересно, но он «делал вид» и кивал головой. Она говорила открыто и откровенно, что очень смущало и возмущало его — чужие ведь люди, зачем же вот так!

А она все говорила и говорила. Брак неудачный, муж — человек угрюмый, без чувства юмора. Денег приносит мало, и она вынуждена брать дополнительные часы. Она — учительница химии в обычной школе. Работу свою вроде любит, но от детей устает. И потом — какие сейчас дети! Можно сойти с ума. С завучем отношения не сложились, она баба вредная и одинокая, совсем не понимает замужних женщин. Есть двое парней — сыновья. Мальчишки неплохие, но... Под сильным влиянием бабки. То есть свекрови. Та, правда, ведет дом, но кому от этого легче? Мо-

рально она совсем ее раздавила — все четверо против нее, включая мужа... Она все говорила и говорила, а он совсем скис, почти лежал на столе и все думал, когда же этот бред завершится.

Наконец дочь замолчала, и Прокофьев посмотрел на часы. Она встрепенулась и стала извиняться, что отняла у него столько времени, но... Ей просто надо было выговориться — подруг нет совсем, от коллег сочувствия не дождешься, да и не стоит на работе все это, ну, обнародовать... Глупо.

Он поднялся, и следом поднялась она. Он помог ей надеть плащ и уловил чутким носом ее духи. Его передернуло — духи были из самых дешевых, «рыночных», и он еле сдержался, чтоб не сказать ей, что лучше уж никакие, чем эти.

Они вышли на улицу, и Прокофьев увидел, что лицо у дочери отечное, опухшее, нездоровое. Под глазами мешки, и косметика расплылась некрасиво. Она застегивала пуговицы на плаще, и руки у нее дрожали.

А он не знал, как проститься — ну, чтобы так, навсегда.

Тут она глубоко вздохнула и словно вытолкнула из себя:

— А можно... Можно я буду иногда... к вам... заходить?

Это был не вопрос — просьба. Скорее — мольба. Унижение.

Он покраснел, растерялся, развел руками и, выдавив неискреннюю, почти жалкую, кривую улыбочку, отшутился:

— Ну, если совсем иногда.

Она, не уловив иронии, счастливо улыбнулась и сказала:

— Спасибо!

247

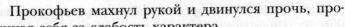

Прокофьев махнул рукой и двинулся прочь, проклиная себя за слабость характера.

Вот с той поры и начались эти «среды». Среды и банки — с невкусным и некрасивым супом, с плоскими, деревянными котлетами или макаронами по-флотски. Дешевая еда, к которой он, эстет и гурман, был равнодушен и даже брезглив.

Во вторник уже начиналось беспокойство. К вечеру настроение окончательно портилось, и он придумывал себе, а вдруг что-нибудь случится (конечно, самое незначительное — факультатив или педсовет, например), и Лара, прости господи, не заявится.

Но она появлялась — уставшая, замученная, с мокрым от пота лбом.

Так было и в эту среду. В два тридцать раздался звонок. Он тяжело вздохнул и пошел открывать. Лара стояла на пороге, держа в руках свою необъятную сумку, способную испортить репутацию любой женщине.

В прихожей она, как всегда, долго возилась, и он кричал с кухни:

— Ну, что там опять?

Когда выглянул в коридор, она рассматривала себя в зеркало.

«Что там смотреть, господи!» — раздражался он.

Она, судя по всему, с ним была солидарна — отражение ей не нравилось, она огорченно поправляла прическу, пудрила пахший дешевым земляничным мылом толстый нос и подкрашивала губы почти бесцветной помадой.

Зайдя на кухню, она тяжело опускалась на стул и говорила — всегда! — одну и ту же фразу:

— Устала!

— Ну и зачем ты пришла? — вспыхивал Прокофьев. — Какая необходимость?

Она обижалась — это было видно по задрожавшим губам, — но виду не подавала.

— Вот, — растерянно говорила она, — принесла тебе суп и котлеты.

— Лариса! — Он садился напротив. — Ну, сколько можно, ей-богу! Я. С голоду. Не умираю, — четко, с расстановкой и с раздражением говорил он.

— Да что ты там ешь! — огорченно махала рукой она. — Пельмени и пиццу?

Господи! Да как ей сказать, что даже самые дешевые пельмени и пицца из киоска у метро лучше и съедобнее ее «горячего, домашнего питания»!

— Чай или кофе? — вздыхал он, понимая всю безнадежность своей ситуации.

И опять, как по кальке:

— Как я люблю кофе! — расстроенно вздыхала она. — Но мне нельзя — вчера опять было давление!

— Давление у тебя не от кофе — кофеину там меньше, чем в чае, — а от твоей, матушка, жизни! — заводил свою песню он. — Работа твоя. Семейная ситуация. Лишний вес. Все, что ты позволяешь с собой сотворить.

Она, опустив глаза, молча пила чай.

А он заводился сильнее:

— Школа твоя — это же издевательство, а не работа! Дети эти... безумные. Химию твою никто никогда не любил и вообще не считал предметом!

Лара молчала, распаляя отца еще больше.

— Твой муженек, — с презрением выплевывал он, — паразитирует на тебе, а тебе — хоть бы что! Удивляюсь просто! Баба эта отвратная — твоя свекровь. И как ты позволила этой торгашке сесть себе на голову? Хамка, тупица, а крутит и им, и тобой! Дети твои... за-ме-ча-тель-ные! Пляшут под бабкину дудку и глядят на тебя как на вошь! Все они — все! —

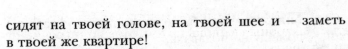
сидят на твоей голове, на твоей шее и — заметь — в твоей же квартире!

— Ну-у, — тянула она, — ты же знаешь — выхода нет...

Прокофьев вскакивал и начинал ходить по кухне.

— Выхода! — возмущению его не было предела. — А ты? Ты искала этот самый выход? Ты! Пробовала пе-ре-ме-нить жизнь? Послать их всех к черту? Например, уволиться с этой каторги под названием «школа»? Привести, наконец, себя в порядок! Ведь ты еще молодая женщина! А ходишь... как бабка ста лет! Шаркаешь, смотришь под ноги... тащишь свои... рюкзаки!

— Господи! Ну о чем ты! — тихо отвечала она, и на глазах ее появлялись слезы. — Кому нужна учительница химии? Куда я пойду? Технологом на завод? Уйти из дома? Не видеть детей? Да и куда уйти? Снять квартиру? На какие шиши? Выгнать из дома старуху и безработного мужа?

— Удивительно! — продолжал возмущаться он. — Обо всех ты подумала! Про своего идиота, про чудных детишек, про сумасшедшую бабку! А про себя? Про себя ты хоть раз в жизни подумала? Ну нельзя же так, право слово! Ты даже мать свою переплюнула. Правильно говорила твоя бабка — без хребта. И ты, и твоя мать, царствие ей небесное!

Она принималась плакать, раздражая этим его все больше и больше, он подавал ей бумажный платок, она долго сморкалась, долго и шумно, а он...

Отводил глаза и поглядывал на нее брезгливо, все удивляясь тому, что эта немолодая, крупная, неловкая и жалкая женщина — его родная — подумайте только! — и единственная дочь.

Наконец она, все причитая: «Как я тебя расстроила!» — вынимала из сумки банки — двухлитровую с супом и литровую со вторым.

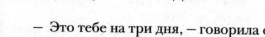

— Это тебе на три дня, — говорила она, — щи и котлеты. Макароны сваришь потом. Можно и гречку, ну, или картошку.

С каждым ее словом Прокофьев морщился все больше — макароны, гречка... Тьфу, гадость какая, честное слово!

Потом Лара тяжело поднималась и растерянно говорила:

— Ну, я пошла?

— Да-да, разумеется! — подхватывал отец, почти не скрывая радости.

Уходила она долго — снова топталась в прихожей, завязывала скучный шарфик, перевязывала его снова, словно это имело значение, поправляла берет, водила палочкой бледной помады, вздыхала и наконец говорила:

— Все, я пошла. До среды, как всегда!

— Не утруждайся, — наивно пробовал отговорить ее Прокофьев. — Ну, давай пропустим следующий визит. Я перебьюсь без обедов, поверь мне на слово! Или схожу вот в кафе. — И он кивал на входную дверь, словно кафе было прямо за ней.

— Что ты! — вскрикивала она. — Какое кафе? Только желудок испортишь! Надо горячее и домашнее! Суп — обязательно! Иначе — гастрит!

«С твоих котлет будет гастрит, — язвил он про себя он, — скорее, чем с покупных чебуреков. Не отвяжешься, — с тоской думал он, закрывая за ней входную дверь, — ни за что не отвяжешься. Скажешься больным — будет шастать ежедневно. Придурошная, ей-богу! Всех прощает, обо всех заботится. И надо же так наплевать на себя! Никакого характера, никакой гордости — все плюют, а она утирается. Нашла себе работенку — заботиться о папаше! А этот папаша... и доброго слова не стоит!»

Прокофьев подходил к окну и видел, как дочь плетется к метро — ссутулившись, шаркая, глядя себе под ноги. Черное пальто, синий берет, шарфик этот дурацкий...

И это его дочь! Нет, были не только брезгливость и презрение — жалость, конечно, тоже... Но больше — обида на судьбу. Чтоб у него... Да такая квашня!

Суп он выливал, не понюхав, — это белесое, жидкое, редкое называлось «щи». Спускал в туалет и брызгал мандариновым освежителем. Котлету брал в руку, брезгливо обнюхивал, осторожно надкусывал, медленно прожевывал, сплевывал в ведро, туда же отправлял все остальное.

«Почему? — с тоской думал он. — Почему нельзя сварить вкусно? Ведь это же обычные, простые, знакомые любой хозяйке элементарные блюда!» Даже он, мужчина, понимал, что это несложно. Ну, положить побольше капусты, бросить туда помидор, покрошить зелень!

Ладно, допустим — хорошие котлеты требуют хорошего мяса. Из дерьма конфетку не слепишь. Но щи? Совсем незатратное блюдо!

Нелепая какая-то, нескладная баба!

Он открывал холодильник, доставал банку датской ветчины, упаковку хамона и овальную пачечку камамбера. Варил себе кофе, на свежую чиабатту намазывал масло, сверху клал мясное и с удовольствием обедал.

Как-то вечером позвонил Ирэн, одной из своих прежних пассий, с закрепленным ныне статусом «близкой подруги». Ирэн была хамовата, умна, остроумна, прозорлива и всегда говорила «чистейшую правду». Люди «тонкой» организации от нее шарахались — кому нужна эта «чистейшая»?

— Слушай, — озабоченно сказал Прокофьев, — ну что ей от меня надо? Никак не пойму. Еле живая, задерганная, а сред этих чертовых не пропускает! Достала, ей-богу.

— Хватку теряешь, волчара! — хрипло засмеялась Ирэн, затягиваясь сигаретой. — Ты что, дурак, Аркашка? Старческая деменция? Ей от тебя нужно одно, но наверняка — квартира! Точнее — квартиры. Ты одинок, детей больше нет — ну, в смысле, законных. Жены тоже. Родни никакой. Кому? Только ей. И Адкина хата, и твоя! По-моему, совсем неплохо. Одну — на сдачу, вторую себе. Поражаюсь твоей наивности, — хмыкнула она, — гони ее к чертям. Что Лизка твоя была овцой, что эта. Вот удивляюсь — ничего от тебя. Ничего от Адульки. Как пожалели, ей-богу!

— Да, странно, — бормотал Прокофьев, — сам удивляюсь, что это — моя дочь. Как-то... Неприятно даже... Хоть говорить об этом неловко.

— Кому неловко, — обиделась собеседница, — мне? Уж я-то тебя — вдоль и поперек, Аркаша. И не грусти — где-нибудь ходит длинноногая блондинка или прекрасный брюнет — твои детки, любимый! Сколько их небось разбросано по белу свету! Не сосчитать! От Владивостока до Самарканда. И дальше — если, конечно, есть еще «дальше», — засомневалась она.

— Да перестань! — совсем расстроился он. — Какой Самарканд, при чем тут это? И все же... Ты думаешь... из-за квартиры? — нерешительно переспросил он.

— Деменция, точно, — подтвердила Ирэн, — теперь уже вне всяких сомнений. А ты проверь ее, — посоветовала она, — ну, скажи, что обе квартиры ты давно завещал. Например, Фонду мира, — тут она захихикала, — или, ну... детскому дому. А что, вполне в твоем духе, — веселилась подруга.

— Вечно ты о людях так. По себе судишь.

— И по тебе, — живо откликнулась та, — или я не права?

— Иди в задницу! — разозлился он и бросил трубку. — Умная больно!

Но «занервировал», как говорила все та же Ирэн.

Зашагал по квартире — признак душевного беспокойства. Выкурил три сигареты подряд, хотя курить почти бросил. Опрокинул две рюмочки коллекционного «Мартеля» из подарочного фонда. Не успокоился, возбудился еще больше.

«Все! — решил Прокофьев. — Ирка права! Что этой нескладехе надо, кроме квартиры? И как он, старый дурак, не допетрил? Конечно, квартира. Точнее, квартиры». Его и матушкина, светлая ей память! С ее-то ситуацией. По-другому не разрулить. А так — одну себе, вторую — в аренду. Пошлет всех своих спиногрызов, мучителей, бросит свою дурацкую школу — и заживет!

Нет, в принципе... Ничего такого, что из ряда вон. Все эти детки ждут, когда... Тем более — в моем случае. Любить ей меня не за что, это понятно. Единственная наследница — тоже понятно, но... Какое лицемерие! Какая наивная хитрость! Щи и котлеты против квартиры. Нет, против квартир! А квартиры эти — так, между прочим, — не из поганых. Матушкина — на «Соколе», теперь почти центр. Его — на «Университете». Тоже не фунт изюма. И если сложить... Ах, какая засранка! Строит из себя великомученицу. А может, все врет? Он ведь не проверял. Может, и дома все мирно? Муж тихий, непьющий. Бабка, как ни крути, тянула всю жизнь этих внуков, ее, между прочим, детей. И школа эта — и что там плохого? Отпуска длинные, предмет второстепенный. Подарочки от родителей — знаем, читали! А прибедняется! Все

прибедняется — пальтишко с кошачьим воротничком, старушечьи боты, беретик столетний.

Врет! Точно — врет!»

И тут его так разобрало, что твердо решил — завтра! Именно завтра пойдет к Зеленцовой и составит завещание. Завтра, и точка. А в среду ей сообщит: Так, мол, и так — квартирки свои отписал неимущим. Кому? А здесь надо подумать. Посоветуемся с Зеленцовой. Она — нотариус опытный, баба честная, хоть и прожженная. Плохого не посоветует.

И на реакцию этой «бедняжки» посмотрим. Как смеется с кислой мордой и — хвала господу! — перестанет его доставать!

Господу и Ирэн — чего уж там... надо признать.

Ах, шельма! Тихая такая, неприметная пройдоха. Все рассчитала, все! За свои поганые супчики, за свою заботу... Взять и отхватить — и что? Недвижимость в центре Москвы! Разом, махом решить все свои проблемы. А если вякнет — как же так, папа? Он ей в лицо: «А что же ты, милая, объявилась так поздно? Где ж ты была раньше? Почему не прорезалась лет этак десять назад? Или ждала, когда папик совсем накроется? Ну да, семьдесят три для мужика в нашей стране — это почти сто. Припозднилась, деточка, все решено. И ты, как говорится, в пролете!»

Прокофьев выпил еще коньяку, потом чаю — от волнения знобило — и лег в постель. Завтра — к Зеленцовой, все решено!

Он почти уснул и звонок своего мобильного услышал не сразу. На дисплее высветилось — Лариса.

«Как чувствует, дрянь», — подумал он, но трубку взял — наверное, спросонья.

Голос узнал не сразу. Переспросил:

— Что-что? Какая больница? С гипертоническим кризом? А я ведь тебе говорил, — начал было он, но быстро осекся. — Прямо с работы? На «Скорой»? Приехать? Когда? Прямо сейчас? Завтра? Ну, ладно... завтра так завтра. Пару бутылок воды? Захвачу. Разумеется. А что-то еще? Ничего? Ну, держись там... до завтра.

Закономерно, все закономерно — загнала себя, своими руками в могилу. Господи, какая могила? Что он несет? Гипертонический криз, тоже мне... Редкость. Наверное, наследственность — матушка тоже давлением маялась. Он помнит — «Скорая» у подъезда, и он стремглав, не дождавшись лифта, несется наверх. И сердце бабахает как из пушки. Только бы все обошлось, только бы мимо...

Не спал, совсем не спал. Бродил по квартире, пил воду, под утро — чай. В семь утра залез в душ и под прохладной водой приходил в себя, слегка опасаясь простуды.

Потом сварил кофе — выпил черный и крепкий. Сладкий. Надо взбодриться! Заглянул в холодильник — нет, не пойдет! Камамбер и хамон не для больницы, никак.

— По дороге, все по дороге! Фрукты там, соки... Что еще? Сыр? Или творог? Значит, на рынок — слава богу, недалеко, пешком. Там — знакомая молочница, своя. Творог — роскошный! — бормотал он, надевая ботинки.

До рынка — пешком пятнадцать минут. Утро серое, влажное. Ветер нагло забирался под куртку, под кепку. Дрянной ветерок, дрянной и опасный. Дрянь погодка — московская осень. Скорей бы в тепло!

Взял творогу, сметанки домашней — не жирная? Жирная ей ни к чему!

Молочница, тетка простая, проявила сочувствие:

— В больничку? Не, жира в ней мало — сливки на масло! Не сомневайся! Все же — своя, без добавок. — Пока заворачивала, спросила: — Жена?

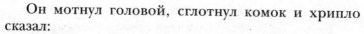

Он мотнул головой, сглотнул комок и хрипло сказал:

— Дочка.

Потом апельсины, лимон, гигантские груши — размером с кулак. Йогурты — слива, малина. Печенье овсяное. Мармелад. Почему мармелад? Он вспомнил, что говорила ему мать — пастила, мармелад, овсяное печенье. Сладости, дозволенные больным. Так, значит, еще пастила.

Спустился в метро. Согрелся. Хорошо еще, что по прямой — без всяких там пересадок. Общественный транспорт он еле терпел — привык всю жизнь на такси или с водителем. Но не сейчас! В будний день, да еще поутру — самоубийство! Приедет к обеду, не раньше.

Вышел в Сокольниках. Ветер чуть стих, но без перчаток руки замерзли. Сунул в карманы.

В регистратуре сказали — посещение строго по графику. Где график — да на двери!

Сколько слов, вместо того чтоб ответить. С шестнадцати. Черт!

Подошел к охраннику, сунул полтинник, и тот, оглядевшись, кивнул — проходи.

Куртку в пакет, бахилы — и вперед! Третий этаж, кардиология. Из лифта направо.

У двести тринадцатой палаты замешкался, затоптался, потом постучал и приоткрыл дверь.

Она лежала у окна. Лежала, вытянувшись в струну, руки вдоль туловища. Глаза закрыты.

Лицо ее было белым, словно неживым, и губы — он только сейчас заметил — красивые, пухлые, ровно очерченные — тоже были белесого, нездорового цвета.

Он подошел, сел на стул и тихо сказал:

— Ларочка!

Так он назвал ее впервые.

Дочь вздрогнула, открыла глаза, посмотрела на него и сказала:

— Папочка... ты пришел!

Он кивнул, пытаясь сглотнуть тугой и плотный комок, застрявший где-то в середине горла.

— Пришел, Ларочка, — получилось сипло, по-стариковски. Засуетился, начал вытаскивать из пакета купленное и каждое обозначал: — Творог, Ларочка. Деревенский! Сметана — торговка сказала, что вовсе не жирная. Сливки идут на масло, понятно? Жульничают. — Он улыбнулся.

Она улыбнулась в ответ.

— Апельсин вот. Почистить? И мармелад. Бабушка Ада его уважала.

Она замотала головой — ничего не хочу.

Он расстроился, предлагал то грушу, то пастилу, и она, чтобы не огорчать, съела мармеладку и пару долек мандарина. Потом попросила чаю, и он сорвался, побежал в буфетную и выпросил чаю, дав буфетчице сто рублей.

Лара выпила и, смущаясь, сказала:

— Очень спать хочется, наверное, что-то колют, ты уж меня извини. — И добавила: — Иди домой, папочка. Что тут сидеть?

Он горячо отказывался, гладил ее по руке, потом, когда она уснула, осторожно вышел из палаты, прикрыв за собой дверь, и пошел в ординаторскую.

Лечащим врачом оказался молодой мужчина приятной наружности, говорящий немного с акцентом.

— Будникова? — уточнил он — Да ничего такого. Обычный криз. Нервы, наверное. Ставим капельницы — сосудистое, актовегин. Восстановится, — уверенно сказал он, — будем надеяться на лучшее. А вы

кто? — поинтересовался он. — Муж? Или родственник?

— Доктор, — мягко и вкрадчиво сказал он. — Я — не родственник. Я — отец!

Он взял его за локоть и отвел чуть в сторону.

— И еще, — голос его окреп, — не надеяться, а делать возможное — все возможное и невозможное! Вы меня поняли?

Тот испуганно оглянулся и кивнул.

— И невозможное, — повторил «не родственник, а отец».

— Да понял я! — с досадой сказал врач, вытягивая локоть из-под руки этого нервного и навязчивого человека.

— Вот! — довольно кивнул «не родственник». — Я в вас уверен. Почти. Начальство подключать, надеюсь, не надо? Главного, Департамент Москвы?

Тот покраснел и замотал головой.

— Случай-то рядовой, ничего особенного! — В глазах его прыгал испуг.

— Это для вас, милый мой, «рядовой и ничего особенного». А для меня — дочь! Вы меня поняли?

Тот мелко закивал и собрался смыться.

— И еще, милый! Будь ласка, приложи все усилия, а уж я... За ценой не постою, как поется в песне. Так что до встречи! — проговорил «отец», и это прозвучало с угрозой. — Да, — крикнул он вслед позорно сбегавшему доктору, — насчет лекарств! Все, что необходимо — из лучшего, из последнего, — вы только скажите!

Он зашел в палату. Лара смотрела в окно, и на глазах у нее блестели слезы.

— Ну, что такое? Что за беда? — Он говорил с ней как с маленькой девочкой. Как не говорил никогда — тогда, когда она действительно была маленькой де-

вочкой. — Все будет нормально, отлично все будет. Из этой проклятой школы ты уйдешь. Сто процентов — уйдешь. Если хочешь — это приказ! — он чуть повысил голос. — И из квартиры этой... Что у нас нет квартир, что ли? Да пусть они всем подавятся! Проживем как-нибудь. У других еще хуже. А у нас с тобой — красота! Хочешь, поедем в Прибалтику? В Пярну, хочешь? Море холодное, но все остальное... Ты была в Пярну?

Она качала головой и продолжала беззвучно плакать.

— Там сосны, грибы. Белый песок. Нигде нет такого, поверь! Ей-богу, просто манная крупа, самая мелкая!

Она кивала головой и улыбалась — верила!

— Или нет. В Париж! Хочешь в Париж? Денег хватит, не в деньгах дело! Поправишься — и сразу в Париж!

Она улыбалась.

Он чистил ей апельсин и разламывал на дольки.

— Папочка! — сказала она, и он дернулся, вздрогнув. — Ведь совсем нет любви. Совсем! Никто, понимаешь? Одна только мама! А ее уже нет. Ни дети, ни муж... Странно сложилось... Такая вот я рохля — не могу за себя постоять... Никто не жалел, кроме мамы. Никто никогда не заступился... А я ведь сама за себя... Не могу. К тебе прибежала. Думала — выгонишь. Зачем я тебе? Такая... А ты — не прогнал. Принял. Пригрел. И показалось, что я не одна. Есть ведь отец! Такое вот счастье! Спасибо тебе, — прошептала она, — за все — спасибо тебе!

Он встал и отвернулся к окну. Слезы душили. Дурацкие слезы. Удивился — разве он способен на это? На эти дурацкие слезы, на эти мысли, что он теперь не один....

Прокофьев обернулся. Лара, кажется, снова уснула. Он сел на стул и начал, словно впервые, внимательно разглядывать ее лицо.

Господи, а ведь правда! Правда, что тогда говорила Лиза. А он думал, специально. Ну, чтобы он обратил на нее внимание. А она ведь похожа... На его мать! Такие же, навыкате, глаза. Прямые темные брови. Крупный рот — красивый и четкий. Ямочка на подбородке — матушка утверждала, что это сообщает о силе характера. Получается, ерунда?

Или ее сила в том, чтобы все это сносить, терпеливо сносить, тащить, не роптать — нести свой крест, так, кажется?

И руки — он глянул на руки, — Аделаидины руки. Крупные, с ровными, длинными пальцами. Таким пальцам не нужны длинные ногти. Мать говорила — и так хороши — и нещадно их срезала.

Вдруг он вспомнил мать в те последние дни: как она дремала, а он сидел у ее кровати и смотрел на нее.

Сейчас он смотрел на свою дочь. И видел в ней сходство с матерью. Такое, что по телу мурашки. Нет, это лицо молодой еще женщины, а та уходила старухой, но...

Зашла сестра, неся в руке штатив с капельницей.

— Подождите! — остановил он ее. — Пусть поспит. Чуть попозже!

Сестра недовольно хмыкнула, но спорить с ним не решилась.

Он посмотрел на часы — опоздал! Зеленцова в понедельник уходит в два.

Значит, завтра. Перед больницей. Все — обе квартиры, гараж и участок. Вот про участок он, старый болван, совершенно забыл! А землица, между прочим, неслабая. По полмиллиона сотка, поди. А со-

ток там этих... Кажется, двадцать. Кстати, уговорила Ирэн, старая стерва. Сказала — бери, это только будет расти в цене.

Хорошо, что послушал.

Он вышел на улицу и пошел к метро. Слегка отдохнет и за дело — найти документы, листочек к листу, все эти купли-продажи, кадастры, хренастры...

Зеленцова — тетка дотошная, придирается к мелочам. Но — честная, проверено.

Все подобрать, разложить, прикрепить. По файликам, аккуратненько — Зеленцова так любит. И — успокоиться. Чтобы больше про это не думать.

А эта Ирэн, Ирка эта... Старая лошадь. Завидует просто. Боится старости. Мужа нет, с дочерью не общается.

Лариса открыла глаза. Соседка напротив чистила пожухлое яблоко и жевала его передними зубами.

— Отец! — важно сказала соседка и, вздохнув, прибавила: — Хорошо, когда есть родители. Есть кому поплакаться и кому защитить.

Другая соседка, что помоложе, громко хмыкнула:

— Ну, да! Особенно — папаши. Знаем мы их! Пьют, шляются, а потом еще алименты просют!

— Мой — не такой, — тихо сказала Лариса и посмотрела в окно.

На голой ветке березы сидел воробей и смотрел на нее очень внимательно.

Она улыбнулась.

Вечнозеленый Любочкин

Любочкин проснулся среди ночи, открыл глаза и испугался — господи, вот ведь со сна! Забыл, что вчера загремел «под панфары». Уличный фонарь светил желтым светом прямо в глаза, и он сел на кровати, свесив худые, мосластые ноги.

В палате стоял мощный храп. Рулады раздавались со всех сторон и разнились мощью, «мелодиями» и интервалами.

Пахло лекарством и мокрой мешковиной. Любочкин поморщил нос, нашарил под кроватью тапки, встал, подтянул «семейники» и пошел к двери.

Дверь была приоткрыта, и он выглянул в коридор. В коридоре было темно и тихо, только в конце, у входной двери, мерцала тусклая голубоватая лампочка.

Он постоял, раздумывая, и вдруг почувствовал такой голод, что у него закружилась голова.

Вспомнил — вчера не обедал и даже не ужинал. Утром, дома, съел два яйца и выпил пустого чаю. Сахара в доме не было, а просить у соседа совсем не хотелось.

Он громко сглотнул тягучую слюну и двинулся по коридору. Шел на запах — невнятный, почти неслышный, но все же уловимый голодным человеком.

На двери было написано: «Буфет».

Он толкнул ручку, и дверь открылась. На столе, положив голову на полотенце, спала женщина. По плечам видно — крупная. Она подняла голову, протерла глаза и, увидев Любочкина — в черных трусах по колено, в голубой застиранной майке, в больничных тапках на три размера больше положенного, рассматривала его пару минут, потом, широко зевнув, хмуро спросила:

— Не спится? Шляются тут... по ночам!

Любочкин потер ногу об ногу, пригладил от смущения свой редкий чубчик и радостно кивнул.

— Не спится, ага! — А потом как можно жалобнее заканючил: — Есть охота! Сутки не ел. Вы уж, уважаемая, простите, но... Нет ли у вас чего?

Женщина что-то пробормотала, опершись руками о стол, тяжело поднялась и подошла к холодильнику.

Вытащила блюдце с кубиками сливочного масла и с полки достала батон.

— Садись, — приказала она, — есть вот еще печенье.

Любочкин уселся на табуретку, нарезал батон, положил на него масло и попросил:

— А чайку? Не найдется?

Буфетчица снова вздохнула и пошла к титану.

— Найдется. Горе ты луковое!

Чай был совсем не горячий, но сладкий. Любочкин жевал хлеб с маслом и запивал его сладким чаем. Три куска с маслом, три печеньки, и — жизнь хороша!

Он расслабился, прислонился к стене и, погладив себя по тощему брюху, счастливо сказал:

— Хорошо! — И тут же добавил: — Спасибочки вам огромное! Сразу видно — хороший вы человек. И женщина добрая.

— Иди уж, — махнула рукой «хороший человек и женщина добрая» и, глянув на часы, добавила: — Иди уж, поспи. Третий час! А в шесть они все... Забегают, загомонят. Не поспишь, — вздохнула она. — Больница!

Он кивнул, прикрыл дверь и поспешил в палату. В палате по-прежнему стоял мощный храп.

«Наелись, — раздраженно подумал Любочкин, — котлет с макаронами — вот и храпят, черти пузатые!»

Покрякивая, он залез под жиденькое одеяло и закрыл глаза. Пару раз зевнул, повернулся на бок, накрылся с головой от назойливого фонаря и уснул.

Николай Любочкин проживал свою жизнь... беззаботно. Смолоду казалось, что весело. А потом вдруг дошло — совсем ведь не весело, а даже очень, можно сказать, грустно: к сорока семи годам — ни семьи, ни кола ни двора. Какое уж тут веселье! Расплата — так обещала его жена Светка. Первая жена. Так и говорила — за все, Любочкин, есть в жизни расплата! Как угрожала. Оказалась — права...

В столицу Любочкин заявился давно, лет тридцать назад. Приехал из деревни и стал лимитой. Пахал на заводе, тяжко пахал. Жил в общежитии. Потом надоело, и устроился в жэк. Сантехником. Дали комнату на первом этаже, служебную. Пока пашешь — живи. А уволишься — вон.

На чай давали, кто рубль, а кто трешку — что говорить. Да и халтурки разные — у кого что. Деньги-то были, а вот отложить не умел — что заработал, то и спустил. Пил умеренно, алкашом не был. В кабаки не ходил — стеснялся. И куда они улетали, деньги эти? Да, наверное, не деньги то были — так, деньжонки.

Соседка была хорошая — дворничиха Валида. Хорошая баба, все подкормить его пыталась — пекла хорошо. Татары, они с тестом умеют. То беляшей напечет, то эчпочмаки, то хворост сладкий, то чебуреки.

Веселая — глазами черными сверкает, смеется. Он шутил:

— Пойдешь за меня, Валидка?

А та отвечала:

— Нельзя нам. За своего пойду. Мамка из деревни пришлет — подобрала уже. Пишет — кудрявый! — смеялась Валида.

— Ну и ладно, — миролюбиво соглашался Любочкин. — Жди своего кудрявого!

Корешками, конечно же, обзавелся — тоже из родного жэка. Электрик Краснов и лифтер Кононенко. Все холостые. Как говорил Кононенко — пока! И мечтал, что найдет себе «спутницу» и заживет.

— Человек семейный, — говорил Кононенко, — это уже человек! А так мы — никто. В смысле — без бабы.

— А где ее взять, жену-то? — спрашивал Любочкин. — Ну, такую, как ты говоришь, чтоб надежная!

Кононенко сдвигал светлые брови и отвечал:

— Где? Да где ума хватит — там и ищи!

Скоро женился. Нашел себе под стать — тоже серьезная, крупная, белобрысая. Словно сестра Кононенкина. Повариха в столовой. Ходили они под руку, важные, как два гусака. Жили, по всему, хорошо — Кононенко поддавать перестал и в козла во дворе не стучал. А все ходил встречать свою Зину после работы — понятно, сумки тяжелые, как допереть?

Краснов все вздыхал и Кононенко завидовал — такую бабенку хохол отхватил! Не похудеет!

Краснов все мечтал взять жену из «жильцов». Из контингента, как говорится. Чтоб сразу с квартирой. Не получалось. Не хотел «контингент» красавца Ваську Краснова, ну хоть ты тресни! Обхаживал одну одинокую, а она потом хлоп — и замуж. Да еще и за дипломата — так говорили.

— Бери по себе, — учил его Кононенко, — а на чужих не заглядывайся. Не твоего поля ягода!

Ан нет, не послушался Вася и все же жену «подобрал». С квартирой. Только жена эта была... На десять лет старше. И с лица такая... Унылая. А все молодилась, за мужем гналась — губищи накрасит, волосья начешет и юбку по пуп. Смешно! Васька идет рядом и глаза от людей отводит — стыдно. А потом загулял. А баба его пить начала — с горя, конечно.

К двадцати шести годам и Любочкин решил — пора! Хорош бобылем. И присмотрел — в соседнем гастрономе. Она на сырах стояла — высокая, тощенькая, остроносенькая. Волос кудрявый — наверное, с бигуди. Звали Светланой.

Познакомились, то да се, поболтали. Оказалось — своя, деревенская. Из-под Тамбова. Жила в общежитии. Погуляли с полгода — и в загс. Перебралась молодая жена в комнату к мужу, и тут поперла ее родня. То мамаша, прости господи, то сестра. То кума с кумом, то шурин, то деверь. В тонкостях этих Любочкин не разбирался, а вот родня достала — хуже некуда. И весь этот шабаш — на одиннадцати метрах. Своего, почти кровного.

И началась ругань. Светка, жена, хоть и дохлая, а как взревет — как сто паровозов. Не перекричишь, не пытайся. Он ее спрашивает:

— Кто тебе ближе — муж или родня?

А она отвечает:

— Родня! Даже не сомневайся! Муж сегодня один, а завтра другой. А мама с кумой — навсегда.

Ладно, жили. Плохо, но жили. А спустя два года родилась Дашка. Любочкин сам удивился — и как она родилась? В хате всегда балаган, народ под ногами валяется, до сортира не дойти — через головы переступаешь. А вот поди ж ты! Правда, как родилась, родня схлынула. Кому охота не спать? А Дашка была голосистая, в мать. Как заведется — святых выноси. Только теща держалась и под ногами путалась — дочке приехала «подмогнуть». Правда, хоть пожрать в доме было. А Светка совсем с ног валилась, еще похудела, смотреть противно. Мотыга, одно слово. И злющая! Дашка орет, и Светка орет — кто кого перекричит. Стал тогда Любочкин «зависать». То у приятеля случайного, то во дворе. Постучишь с мужиками костяшками — вроде отпустит.

Жили со Светкой как кошка с собакой — только что не дрались. Все ей было не так — денег мало, комната узкая. Любочкин — дурак набитый. Спал теперь он в коридоре — хорошо, хоть Валидка не возражала. Жалела его.

Потом к Валидке приехал жених — тот, кудрявый. И дали им комнату получше и без «такой соседки» — это она про Светку сказала.

Тут Светка совсем ощетинилась и стала Валидкину комнату под себя пробивать. Все справки достала: ребенок-аллергик, она сама — почти инвалид. Мать-старушка и муж пьяница. Письма строчила — до Совета министров дошла. Так всех достала, что комнатку им дали — только б отстала.

Отселила в комнатку маму и Дашку, а Любочкину сказала:

— Вот теперь будем налаживать семейную жизнь.

И так плотоядно облизала губы, что Любочкин вздрогнул и испугался.

Не наладилось. Не смог простить Любочкин Светкиных оскорблений. Развелись. Теперь Любочкин жил в Валидкиной комнате, а теща со Светкой и Дашкой — в его.

Тяжко, конечно, было. Светка — баба стервозная. Хахаля завела и в дом приводить стала. Любочкину вроде и наплевать, а неприятно. Теща на кухне жаркое тушит, запах — по всей квартире! А он пельмени наваривает. Ладно, что делать, переживем. Главное — Дашку против него настраивают. И бабка, и Светка. Папаша, говорят, твой — говно последнее. Ну и так далее. Дашка на него не смотрит — малая, а уже презирает.

Помыкался Любочкин — и снова женился. Теперь искал женщину добрую и веселую — как Валида. Ну, и чтоб готовила, конечно. Наголодался.

Ее звали Раисой. С виду — хорошая. В теле. Он тогда думал, что тощие — злые. Как его Светка. Раиса была степенной, грудастой — видная такая женщина, спокойная. Да еще и с жилплощадью — вот повезло! Хотя, честно говоря, это был пункт не последний. А куда деваться? К себе жену приводить? Чтобы Светка ей патлы повыдергала? Это она обещала: приведешь кого — удушу!

Раиса Петровна была старой девой — ну, так говорили. Всего тридцать два, а уже старая дева. Смешно. Просто женщина серьезная, абы кто ей не нужен. Квартира была у нее однокомнатная. Работала Рая в сберкассе — на коммунальных, как сама говорила. Дело серьезное, деньги.

В доме аккуратистка. Все по полочкам, не придерешься. Носки и те гладила! Совсем смешно. Обед на плите — суп на два дня, второе на каждый. Компот из сухофруктов. Жена!

Сначала Любочкину все нравилось — просто балдел. А потом... Порядок этот... платочки носовые по цвету, тарелочки стопочкой, чашечки в ряд. Подушки на диване — одна сползет, Раиса бросается поправить. Чокнешься. Не орет, а спокойненько так: «Николай! Опять плохо вымыта чашка!» Или так: «Николай! Ящик для грязных носков — на балконе. В ванной — негигиенично».

«Негигиенично» — любимое слово! Вроде бы что человеку надо? Рубашки поглажены, носки тоже. Компот. Белье аж скрипит, поворачиваешься — тело колет, так накрахмалено.

В субботу — по магазинам, под ручку. А там — по списку. Масло — столько-то, кура, картошка. Яблоки — чтоб желудок работал. Полезно. Сироп из шиповника — утром ложка, на ночь — медок. Для спокойного сна. И еще была у нее одна страсть. Одно, так сказать, хобби. Раиса вязала. Но не из ниток, нет. Из чулок. Из старых чулок вязала мочалки. Длинные косы. А потом всем дарила. А однажды он углядел, что эту мочалку она вынимает из своей башни — той, что крутила на голове. Вынула ее, эту чулочную косу, и в комод положила. Он комод приоткрыл, и его чуть не вырвало.

И такая тоска... Глаза на Раису не смотрят. А она — про супружеский долг. Два раза в неделю — по расписанию. Среда и суббота. Тут он взорвался:

— Какое там, Рая, расписание? А если устал, допустим, вот в среду? Или хочу в понедельник? Желание вдруг появилось?

Возражал. Спорил. Сопротивлялся. Снова стал зависать у дружков. Жаловаться. Не складывается, мол. Никак не идет. Такие дела. Опять спешил на «козла» во дворе и в преферанс.

А она, благоверная, губки подожмет и говорит ему со вздохом:

— Зеленый ты помидор, Любочкин! Упал с ветки и в траву закатился. Вечнозеленый. И никогда уже

270

не созреешь. Потому что нету в тебе сознательности. И благодарности нету. Я тебе — и то, и се. Другой бы молился! Что женщину порядочную на жизненном, кривоватом пути своем встретил. А ты — все туда же. Пивко, картишки, дружки. Грустно мне на тебя смотреть, Коля. Грустно и больно. Обидно даже!

— А вы не грустите и не обижайтесь, — отвечал Любочкин, переходя с ней почему-то на «вы».

Тогда она садилась у окна и принималась плакать. А плакала она странно — как курица клехтала. Кудахтала так. И булькала еще. Смешно, хоть удавись...

Не было жизни, опять не было... А однажды она заявила:

— Давай, Коля, заведем ребенка. Ну, для сплочения, так сказать, семейной жизни.

— Заводят котят, — огрызнулся Любочкин.

И как представил... Мама дорогая! Совсем помешается — пеленки в ведре кипятить, проглаживать, какашки детские нюхать. Вопли опять, скандалы... Не, не пойдет. Сваливать надо!

Курил на балконе и думал: «Вот жизнь! Хорошая вроде женщина. Порядочная. Положительная, можно сказать, во всех смыслах. Хозяйственная, чистоплотная. Готовит вкусно. Не скандальная, вроде Светки, спокойная. С жилплощадью опять же. А жизни-то нет! Нет жизни — вот хоть убейся. И любви тоже нет. Может быть, все дело в этом?»

Может, бог его наказал, что по расчету? Так ведь не по расчету — по трезвой, как говорится, голове. С умом ведь женился. А толку?

Подошел к кровати — спит. Спокойно, руки сложила на пышной груди, косица лежит на плече. Лоб и нос от крема блестят. Ночнушка вся в кружеве. И дышит спокойно и ровно. Совесть у человека чистая. Не то что у него, у Любочкина. Не совесть, а рана глубокая.

«Сваливать надо, — с тоской подумал он, — а куда? К Светке и Дашке? Не пустят. Да и самому туда — уж лучше в могилу».

Лег с краю, и вдруг затошнило. От всего. И от жизни этой... Семейной. В первую очередь.

Ушел он от Раи. Ушел. Кантовался у Васьки Краснова — тот свою благоверную в ЛТП пристроил на месяц. Совсем, говорит, допилась. У баб это быстро. А Васька в загуле: шляется с молодыми — совсем сикухи, по семнадцать лет. Веселые, шустрые, языкатые. В парк Горького ездят — качели, карусели, мороженое, шашлычок под пивко.

— Давай с нами! — предложил Васька. — Хоть оторвешься от своей зануды, расслабишься!

А поехали! Что уж терять! Поехали. Качели-карусели... Эх, жизнь!

У парка стайка девчонок — три штуки, и все Васькины. В смысле — подружки. Одна — зазноба. Красивая. Женей зовут. Идет прямо, смотрит перед собой. А Васька кругами, кругами. Еще бы — такая краля! А две другие — тоже ничего себе. Симпатичные. Поля и Оля. В училище на портних учатся.

Любочкин грустить перестал и на Олю заглядывается — всегда ему нравились беленькие. Поля заметила и Оле в ухо дует. Что говорит, не слышно. Может, отговаривает?

После каруселей и американских горок пошли в шашлычную. Себе — пивка, девчонкам — белого винца. Ну и шашлычка, разумеется. С томатным соусом. Девчонки выпили, порозовели. Даже строгая Женя вроде как подобрела. Руку свою из красновской не вынимает и тоже хихикает. Потом взяли лодки и стали кататься. Поля сидит хмурая — ясно, в пролете. А Оля веселая — Любочкин анекдотами сыпет, а она ухохатывается.

Васька шепнул:

— Иди погуляй. Я с Женькой домой. Быстро управлюсь — у нее родители строгие, к одиннадцати надо быть дома.

Пришлось провожать Олю-Полю. Сначала Полю, потом Олю. Долго стояли у подъезда и про жизнь разговаривали. Оля жила с бабулей — родители зарабатывали на БАМе. Про свои женитьбы и дочку Любочкин не сказал — испугался. Потому что влюбился. Это он понял тогда же, у подъезда. Сразу причем понял. Четко и сразу. Потому что так у него еще не было. До такой вот степени!

Потом эту Олю он называл по фамилии — не в лицо, конечно. От злости — Мелентьева. Сколько горя она ему принесла, сколько страданий! Вспоминать страшно. Вертела им, крутила. Короче — измывалась. То приблизит к себе, то оттолкнет. И при этом еще и унизит. А он был готов... Да на все! Скажи ему прыгнуть с двенадцатого этажа — не задумается. Дурак. Все понимал, а поделать с собой ничего не мог. И разве это — любовь?

Васька однажды сказал:

— Ты это... на Мелентьеву эту... Не очень.

— В смысле? — не понял Любочкин.

— Да хахаль у нее есть, — с неохотой промолвил Краснов. — Женька сказала. Она, твоя Ольга, так и сказала: — Я от него прям сознание теряю. В смысле — от хахаля. Это как, Коль? Что это значит?

И Васька в упор уставился на него.

Любочкин пожал плечами.

— Здоровьем, наверное, слабая, — неуверенно сказал он, — вот и теряет.

Но Краснов вдруг засомневался.

— Или — сильная. Ты вот как думаешь?

Еще проболталась Женька, что хахаль мелентьевский жениться на ней не думает, хоть и «ходят» они уже года три. Какой-то спортсмен, что ли. Хоккеист, то ли футболист. И еще — бабник отпетый. А эта дура... Даже вены себе пыталась резать — такая любовь. Короче, валить от нее надо, и побыстрее!

И Любочкин решил: пошлет ее куда подальше!

Только собрался, а она к нему ластится:

— Коля-Николай, Колокольчик, Колюнчик.

Кто ж это выдержит? Опять закрутило. А спустя месяц:

— Пошел ты, Коля, к черту! Видеть твою унылую морду противно.

Видно, опять хоккеист прорезался. Гад. А через месяц опять:

— Колокольчик! Куда ты пропал?

Блин. Собрался он с силами и говорит:

— Знаешь, Ольга, хватит! Нет моих сил это терпеть. Выбирай: или он, или я. Хочешь — в загс, хочешь — ребеночка родим!

Как он хотел от Мелентьевой ребенка! Маленького, беленького — как сама Мелентьева.

А она ему в лицо:

— От тебя, Любочкин? Да ты что, издеваешься? Ни кола, ни двора. Нищета и плебей! Ребеночка захотел! А что ты собой представляешь, чтоб от тебя ребеночка рожать? И кто от тебя получится? Такой же лох педальный, как ты сам?

Опять унижала... Стерва. А личико ангельское! Носик курносый, ямочки на щеках, глазки голубые, наивные... А как рот откроет — почище бывшей су-

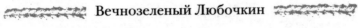

пруги Светланы. Как мегера становится, как овчарка цепная.

И опять его мурыжит — то приходи, Колясик, то пошел вон, идиот!

Он уходил и давал себе слово — никогда! Никогда больше не купится он на эти ямочки и на эти глазки. Все, хорош. К телефону не подходил, когда она звонила. Один день. А на второй трубку схватил, точно пожарный шланг при пожаре.

Краснов сделал вывод — приворожила! Посидели, подумали, пивка попили и решили — точно. Приворожила. А как по-другому? Если все про женщину понимаешь, а отлепиться никак не можешь? Нет никаких сил от нее отлепиться!

Стали искать знахарку. Васька сказал, что такая бабка была, и жила она в соседнем селе, откуда сам Васька родом. Поехали.

Ехали в поезде, и Любочкин смотрел в окно. Перелески, поселки, шлагбаумы. Редкие машины и переезды, мужики на телегах. Бабы в ватниках ковыряются в огородах. Пацаны на великах. В окошках свет зажигается, дым из труб валит. Короче, жизнь. А у него, у Николая Любочкина, одна лишь душевная мука.

Бабка-знахарка оказалась жива — обрадовались. Столетняя, в валенках по избе ковыляет и мутным глазом посматривает.

Достала грязную банку, бульнула туда из бутылки водой и зашептала, чего — не поймешь. Они с Васькой сидят и не дышат. Страшно. Чистая ведьма косматая. Дула, дула, а потом прошамкала:

— Пришкварило тебя к поганой бабе. — И ржет, зубом кривым хвалится.

А то он и сам не знает! Спрашивает:

— А делать-то что?

За советом приехали, а не на «красоту» ее любоваться!

— Воду, — говорит, — тебе дам. Заговоренную. И еще «почитаю».

Ладно, поверим. Вышли на улицу, закурили. Молчали — болтать неохота. А через час бабка выходит и бутылку воды выносит.

— Пей, — говорит, — по глоточку три раза в день.

Любочкин кивнул, а Васька полюбопытствовал:

— Ну, что? «Почитала»?

Бабка прищурилась и кивнула — а как же!

— Поможет? — засомневался Краснов.

Ведьма ему не ответила, глянула на Любочкина и сказала:

— Десятка с тебя.

С тем и ушли. А вода в бутылке мутная, грязная. Да и бутылка сама... Как из хлева. Противно.

Открыли, понюхали — вроде не пахнет. Вода и вода.

— Пей! — серьезно сказал Краснов. — Она, эта ведьма, человек в округе известный.

— Авторитетная ведьма, — засмеялся Любочкин.

А на душе все равно погано. Тошно на душе, муторно. И опять такая тоска... По этой Оле Мелентьевой, чтоб ее...

Воду он пил и все к себе прислушивался — тянет его к Мелентьевой или не тянет.

Вроде полегче стало. Да и она не звонит. Думал, уже отпустило, как встретил ее у метро. Идет бледная, синяки под глазами.

Остановились.

— Болеешь? — спросил.

Она только хмыкнула.

— А тебе что за дело? Ну, болею. И что? Ты у нас кто, доктор? Вылечишь, может? Ты у нас слесарь,

Коля. Водопроводчик. Сантехник — вот ты у нас кто. И лечи ты свои унитазы!

Сказала как плюнула. Стерва! Развернулась и пошла.

— А ты-то у нас кто? — крикнул он вслед. — Может, актриса? Или балерина, может? Ты у нас портниха, вот кто! Недалеко ушла! — И он плюнул себе под ноги.

Опять унизила. Вот ведь язык! Так разозлился, что показалось тогда — все. Разлюбил. А спустя месяц Васька сказал, что Мелентьева ходит беременная.

Ох, и опять его закрутило! Может, ребеночек от него? А не от футболиста этого? И где футболист? Почему не женится? Спать по ночам перестал — так волновался. Подкараулил ее у подъезда и прямо в лоб — так, мол, и так, говори, как на исповеди — чье дитя? Если мое — идем в загс.

— А если не твое? — сощурила глаза Мелентьева. — Тогда — куда?

Он растерялся, смутился и выдавил:

— Тогда... Тоже — в загс. Чего безотцовщину-то плодить?

— Да пошел ты! — прошипела она и оттолкнула его рукой. — Дай пройти, репейник!

А ему жалко ее до слез. Так жалко, что готов все простить!

До чего дошел — залез однажды к ней на балкон. По водосточной трубе. А между прочим, третий этаж. Смотрит в окно, а она сидит и плачет. Постучался. Она его увидела и от злости вся побелела.

— Чего приперся?

Он ей жалобно:

— Выходи за меня, Оль! Будем вместе детенка растить. Я тебе хорошим мужем буду, честное слово!

А в ответ:

— Да лучше одной, чем с тобой. Иди отсюда!

— Я счас прыгну, — пообещал он и посмотрел вниз.

— А прыгай! — сказала она. — Никто не заплачет.

И он заплакал. Да так горько, как баба. А она окно захлопнула и шторку задвинула.

Вот такая любовь. Такие дела...

Женька говорила, что хоккеист-футболист жениться не хочет и ребеночка признавать тоже.

Страдал Любочкин. Не из-за себя, из-за нее, дурехи. Жалел. И понял тогда, что любовь и есть жалость. Такие вот выводы сделал из своего несчастья.

Из-за угла на нее посматривал — грустная идет, понурая. Голова книзу, на мир окружающий смотреть неохота. А пузо растет.

«Ничего, — думал, — родит, и уговорю!»

Не уговорил. Родила Мелентьева и по двору с коляской мотается. А он — как двое из ларца, только один, раз — и перед ее очами возник. В руках подарочки — погремушка малому, яблоки — ему же, говорят, полезно. Зефир в шоколаде. Это — красавице своей, жизнь подсластить. Может, добрее станет?

А она на него не смотрит.

— Чего пришел? — цедит сквозь зубы. — Звали тебя?

А он все в коляску заглядывает — на кого похож ребеночек? Не на него?

Видит — носик курносый, волосики белые. Ничего не поймешь! И у него курносый, и волосы светлые — были. Мамка так говорила: «Ты до пяти лет был льняной».

Подарки его Мелентьева отвергала.

— Ничего нам от тебя не надо! И вообще — сгинь!

А однажды увидел ее с фингалом под глазом и понял — спортсмен объявился. Кранты.

— И надо тебе такое? — кивнул на фингал.

— А что такое любовь знаешь? — тихо спросила она.

Любочкин грустно кивнул.

— Знаю, Оль. Могу тебе рассказать.

И она тут печально и в первый раз жалостно, по-человечески:

— Уходи, Коля! И больше не приходи. Ничего у нас с тобой не получится.

Вот тогда до него и дошло — ничего. И еще — никогда.

И больше он к Мелентьевой не ходил. Проявил, так сказать, силу характера.

А Женька рассказывала, что спортсмен к ней заселился, так как стал поддавать, и из спорта его попросили. Сидит дома и квасит. Живут на бабкину пенсию, и Мелентьева моет подъезд. Точнее — четыре. Такие дела. Каждый кузнец своего счастья.

А вот Любочкин на своем счастье тогда поставил окончательный крест. В жизни разочаровался, в любви и, так сказать, в женщинах.

Устроился на ткацкую фабрику наладчиком станков, и дали ему комнату в общежитии. Комната хорошая, сосед всего один, да и тот ночует на другом этаже — там у него зазноба.

Вроде все тихо. А жить неохота... Потому что совсем пустая вся эта жизнь. Совсем одинокая...

А тут подоспела беда — упал Любочкин на дороге, потерял сознание. Помнит только, что голова закружилась и в груди горячо стало, будто кипятка со всей дури плеснули. Слышал, как сквозь туман, что люди возле него останавливались, наклонялись и «Скорую» вызывали. Предполагали, что пьяный. А он — как стекло.

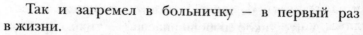

Так и загремел в больничку — в первый раз в жизни.

Утром началась суета — забегали медсестры, кому укол, кому капельница. Потом зашли врачи — строгие и молчаливые, никому ни слова, только шепчутся между собой, словно все тут уже покойники и нельзя нарушать тишину.

Любочкину назначили кардиограмму и уколы. Он лежал тихий, испуганный и голодный. Жрать хотелось. «Значит, не помру, — решил он, — никакой тяжелой болезни у меня нет». Чуть повеселел.

Обед разносила Галя — та, что ночью его пожалела.

Кивнула ему.

— Ну, как дела?

— Нормальненько! — бодро ответил он. А сердце заныло. От тоски заныло.

После обеда уснул — пропади все пропадом! Будем живы — не помрем. Так вот решил.

А вечером стали приходить родственники и знакомые. К соседям, разумеется. К пузатому и лысому пришла жена — лицо длинное, как у лошади, и скорбное, словно не в больницу пришла, а в морг попрощаться. Банок навезла, термосов — море. Лысый сел, нюхает и морду кривит — не хочу. То не хочу, это не буду. А она его уговаривает:

— Поешь, Вовчик! Это же витамины. Яблочко тертое, компотик сливовый. Котлетки из курочки, капустка цветная.

А Вовчик капризничает.

К молодому Сереге пришла девица — задница обтянута так, что вот-вот брюки треснут, и морда размалевана, как у американских индейцев. Но ничего, симпатичная. Гостинцы захватила — апельсины и вафли. На большее не сподобилась. А Серега жрет и нахваливает. И еще — за задницу ее щиплет. Веселятся, короче. Ржут как кони.

И к Петру Петровичу тоже пришли — дочь с зятем. Дочь заботливая:

— Поешь, папа, пока теплое. Оладушки, кисель клюквенный, творожок. Сама делала.

Зять к нему с уважением:

— Дядь Петь, ну ты как?

И про дачу рассказывают — что выросло, а что нет. А Петрович волнуется, советы дает. Там купоросу залить, там золой присыпать. С картошки жуков обобрать.

Как будто сдохнут без этой картошки. Она в магазине — копейки. Садоводы-любители, блин!

А к Любочкину никто не пришел. Некому к Любочкину прийти, вот в чем дело! Даже дружок закадычный Краснов из столицы смылся.

Отвернулся Любочкин к стене, и плакать охота от одиночества.

Всю ночь не спал — думал. Как же так сложилось? Жизнь вспоминал. Женщин своих. Светку, Раису, Мелентьеву. Дочку свою Дарью Николаевну. Мальчика Федю, сына Мелентьевой. А может, и его сына, кто знает?

И понял одно — никого у него в этой жизни нет. И никто к нему не придет — ни с котлетками куриными, ни с вафлями, ни с киселем.

Потому что профукал Николай Любочкин свою жизнь. Бездарно профукал. Женился не на тех и не тех любил. Вот и валяйся теперь на казенной койке и жри баланду больничную. Сам виноват.

Галина Смирнова медленно шла по дороге к метро. Медленно, как старуха. Смотрела под ноги — дорога была, как всегда, разбита. Не дай бог упасть. Не дай бог сломать что-нибудь. Некому ухаживать за Галиной Михалной, некому. Сын неплохой, но где этот сын? У него семья, дочка. Да и живет далеко и непросто. Хотя кому сейчас просто? Время такое. Сложное. Хотя если вспомнить... А было ли время попроще? Ну, только в далекой молодости, да и то — так недолго. Мама работала на обувном предприятии. Отец — на автомобильном заводе. Жили в бараке в Раменском. Вечный сквозняк и скандалы соседей. Отец пьяницей не был, а погиб очень рано — поехали в деревню к родне, выпили, закусили и пошли на речку. А брат отцовский, алкаш, стал тонуть. Бросился отец его спасать и потонул. Братца, пьянчугу, вытянул, а сам... Говорили, сердце. Такой молодой и — сердце... Похоронили его в деревне и вернулись в Москву. Мать говорила Гале:

— Учись! Учись, а то будешь всю жизнь у станка.

И показывала на свои ноги. А ноги были как тумбы — красные и распухшие.

Галя решила, что пойдет на учителя. Учителю всегда уважение и почет. В девятом классе влюбилась. В Сашу Павлова. Он неказистый был, но самый умный из пацанов. Говорил:

— Веришь, Галка, профессором стану!

Она верила. Чего б ему и не стать? Умный, да и семья хорошая.

Попала она однажды к нему. Квартира красивая, мебель, ковер на полу, книги на полках. Побоялась ступить на ковер и обошла его краем. А мамаша Сашкина вдруг засмеялась.

— Ковер, деточка, положен, чтоб на него ступали. А вовсе не для красоты!

Галя смутилась и что-то пролепетала: дескать, коврам хорошо на стене... Мама вот говорила: накопим — и на стену. Вот красота!

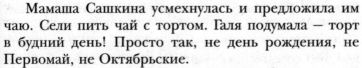

Мамаша Сашкина усмехнулась и предложила им чаю. Сели пить чай с тортом. Галя подумала — торт в будний день! Просто так, не день рождения, не Первомай, не Октябрьские.

Она всегда заглядывалась на витрины, где стояли пышные, разукрашенные, разноцветные торты. И больше всего ей хотелось цукатов, что украшали торт сверху, или желе с застывшими фруктами.

Сашкина мать расспрашивала Галю про семью и родителей. Сашка вздыхал и мать останавливал. А та отмахивалась от него, как от мухи, и говорила:

— Ну, любопытно же, с кем мой сын дружит!

Галя отвечала скупо и неохотно. Мама — на фабрике, отец... Утонул.

— Понятно. — Сашкина мать прищурила глаз и, вздохнув, повторила: — Теперь все понятно!

Галя встала и пошла в коридор. Надевая пальто, громко крикнула:

— Спасибо за чай! И за торт — особенно!

Выскочила на лестницу и там разревелась. Сашка выскочил следом и стал ее утешать.

Даже обнял. А она вырвалась и бросилась прочь. Всю ночь проплакала. Почему — самой непонятно.

Ведь ничем ее не обидели, чаю налили, торт поставили. А она чувствовала, что ее еще ни разу так не унижали. Ни разу в жизни.

Сашка пытался мириться и все приговаривал:

— Вот на что ты обиделась? Я не пойму!

А когда она ему зло бросила:

— Да пошел ты!

Он покраснел и сказал:

— А мама права! Ты еще и норовистая. У бедных особенная гордость, да, Степанова?

А мама Галина сказала, что и слава богу! Брать надо по себе. Куда со свиным рылом в калашный ряд?

Сожрали бы они тебя с потрохами, и все дела. Ищи по себе!

Нашла. Очень скоро, через полгода. Гришка Смирнов был соседом по бараку. Пришел из армии и «подцепил» малолетку, как сам говорил. Галя была тогда хорошенькая — русая коса, голубые глаза. Талия тонкая, ноги легкие... И куда все делось? Да еще и так быстро...

Школу она закончила, а в техникум поступить не успела. Залетела. Дура. Ох, мать тогда убивалась!

Гришка не отказался, и сыграли свадьбу. Столы накрыли в общем коридоре — сколотили лавки, чтобы все уместились. Свадьбу Галя помнила плохо — лампочки в коридоре были тусклые, все быстро напились, и начался гвалт и выяснение отношений. Ее сильно мутило, и на еду она смотреть не могла. Очень хотелось лечь и накрыть голову подушкой — чтобы не слышать все это и не видеть.

Гришка пришел под утро — злой как собака. Ткнул ее в бок.

— Подвинься! Корова.

Лег и захрапел, дыша ей в лицо перегаром и кислой капустой.

Жизнь не заладилась с первого дня. Муж выпивал, шлялся по соседям и смотрел на нее пустыми и ненавидящими глазами.

Когда родился Петька, ничего не изменилось. Только бараки стали ломать и давать квартиры. Дали и им — двухкомнатную, большую и светлую, и это была радость. Зарплату Гришка не отдавал, и вскоре Галя узнала, что у него есть зазноба.

— Уходи! — умоляла она. — Ну зачем мы тебе? Ты ведь нас ненавидишь.

— Ненавижу, — хмуро кивал Гришка и добавлял: — Тебя и твою мамашу. А сына — люблю! И его не оставлю. Точка.

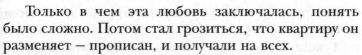

Только в чем эта любовь заключалась, понять было сложно. Потом стал грозиться, что квартиру он разменяет — прописан, и получали на всех.

Мама сказала:

— Терпи. Квартиру ему не отдам. Да и куда мы поедем? Опять в коммуналку?

Но бог не Тимошка, видит немножко. Помер Гришка. Замерз в сугробе и помер. Грех говорить, а отмучились...

Вроде и стало полегче, а счастья все не было. Учиться уже было поздно, и Галя пошла санитаркой в больницу. Надо было поднимать сына.

Больше всего боялась она Гришкиных генов — только бы парень не запил! Богу молилась, в церковь ходила. Только не это! Готова была принять любую кару, любое испытание...

Услышал боженька: Петька рос строгим, серьезным, молчаливым — слова не выпросишь, но по компашкам не шлялся, после армии пошел работать и сразу женился.

Жить уехали к его жене в Подмосковье. Свой дом, огород. Девочка была неплохая, и вот сейчас бы зажить Гале! А «зажить» все не получалось! Ну никак...

В свои сорок пять она чувствовала себя пенсионеркой. Вернее, о пенсии только мечтала. Скорей бы, скорей! Сидеть дома, смотреть телевизор — «Поле чудес» или там сериалы. Вон их сколько — по всем каналам!

Маму похоронила — свободы теперь было столько... Что задыхалась она от этой свободы! Откроешь входную дверь — а там тишина! Да такая, что слышно, как муха чешется... Разденется, чайник поставит, халат наденет, сядет за стол и — хоть вой! Так тоскливо...

Из санитарок ее перевели в буфетчицы — привезти с кухни обед, нарезать хлеб, налить ряженки или компота, раздать, собрать, вымыть тарелки и ложки. Завтрак, обед, ужин. На ночь — кефир. Два через два. Тихо, спокойно, сытно. Домой можно взять, что осталось — хлеба, кефира, яблок, что больные не съели. Были такие, что ели домашнее и отказывались от яиц и от сыра. Тогда забирала и это — чего добру пропадать? Все равно — в ведро, в помойку.

Жила она тихо и грустно. Сын приезжал нечасто, но привозил внучку, и это была большая радость. В отпуск она ездила к сыну — копалась в огороде, ходила на речку. Иногда ездила в деревню, к отцовской родне — на папину могилку. Мечтала съездить в Питер — дня на три или больше. Прокатиться на катерке по каналам, посмотреть дворцы. Копила на шубу — мутоновую, блестящую. Работу свою она не то чтоб любила... Но женщиной она была доброй, и если случалось помочь — бабушке одинокой или кому еще, — радовалась. Знала, что за зверь одиночество, как никто — знала...

Любочкин целыми днями лежал на кровати и смотрел в потолок. Жить не хотелось. Совсем. Окончательно понял, что не жизнь у него, а прозябание. Ни родни, ни друзей — никого. Васька Краснов пропал с горизонта — уехал к какой-то бабенке в Ростов и хату свою сдал, сказал, что жить будет там королем и работать не надо.

Кононенок однажды он встретил. Идут как два холодильника — большие, важные. Гусаки откормленные. Оба в огромных норковых шапках — чисто папахи. Воркуют. Важно сказали, что купили машину и дачу. На него, Любочкина, посмотрели, как солдаты на вошь. Без уважения. Ну, это понятно — он для них — шваль, а не человек. Ни добра не нажил, ни семьи.

Он посмотрел им вслед и понял, что появилась на сердце зависть. Сам удивился — кому завидовать? Кононенкам? А зависть была...

Сестра делала ему уколы, а он и не спрашивал — что за уколы, от чего его лечат? Все по барабану — залечат, и славно. Чего зря небо коптить? Ничего он хорошего никому не сделал, да и ему никто и ничего. Наверное, в ответ. Что посеешь, как говорится...

Кононенки жили правильно. Васька Краснов жил весело. А он, Любочкин? А он жил *никак*. Ни зла от него, ни добра. Хотя зло, наверное, было....

Обед разносила высокая тетка с густыми усами.

— А эта... Где? Беленькая? — тихо спросил Любочкин. — Ну, та, что вчера?

Усатая усмехнулась.

— Галька Смирнова? Да послезавтра будет. Мы ж два через два. А что, понравилась? — засмеялась усатая.

— Да ладно, — смущенно буркнул Любочкин, — какое «понравилась»... Просто спросил.

Вечером опять повалила родня. К Володьке жена с лошадиной и скучной физией — опять с банками и лоточками. Опять уговаривала: «Поешь, Вова, творожники, поешь холодца...»

А Вова опять кривил морду и был недоволен. Потом подошла его дочка. Копия Вовы — тоже с «мордашкой». Губки кривит и медицину поносит. Лечат не так и вообще — коновалы. Все рвалась с врачом разобраться. А не повезло — врачи давно по домам. Ей не повезло, а вот им — очень. Свяжись с этой... цацей. Не оберешься.

К Сереге снова пришла его жопастенькая. Снова веселая и с апельсинами. «Лучше бы пожрать принесла», — хмыкнул Любочкин.

Молодая, что понимает. Села на кровать, и воркуют как голуби.

К деду пришла супружница — так он называл свою жену. Женщина пожилая, приветливая. Гладила его по голове, а он ее держал за ручку...

Видно было — прожили они хорошо, и женой он своей гордится. Называет по отчеству — Зоя Платоновна.

А позже прискакала и внучка — хорошая девка, веселая. Пирожков принесла и мороженого. На всех.

Любочкину хотелось особенно пирожков, но он отказался. Сказал, что сыт. Неловко было. Отчего-то неловко. Вроде как его жалеют. Никто к нему не приходит.

Вечером зашла дежурная врачиха — молодая, красивая, строгая.

— А вас, Любочкин, здоровье ваше не интересует? Он невежливо молчал.

— Диагноз, анализы? Кардиограмма?
Любочкин мотнул головой.

— Какая разница? Семи смертям не бывать, а одной не миновать...

— Неправильное отношение к жизни! — возмутилась врачиха. — Как это — какая разница? Вы ведь еще совсем молодой мужчина!

— Молодой, — хмыкнул Любочкин, — просто малец... Пожил, и хватит. Что нам жизнь — копейка!
Врачиха осуждающе покачала головой.

— Надо вам психолога. Для поддержания духа. Пришлю. В понедельник, — строго пообещала она.

— Себе присылай, — тихо буркнул ей в след Любочкин, — для поддержания.

Ночью снова не спал. Ворочался, метался, как температурный. Потрогал лоб — холодный. Встал, пошел в коридор. Дошел до буфетной — заперто. Постоял у окна. Темно и тихо. Больница спит — словно замерло все до рассвета, как в песне поется. Все спят. У кого совесть чиста. А некоторым не спится. Выходит, что заслужили.

Утром пошел в душевую, а сестра на посту как гаркнет, да на весь коридор:

— Больной! Вы почему в трусах? И не стыдно? Положено в тренировочных! Или в пижаме! Здесь, между прочим, женщины. Вам что, из дома принести не могут?

— Это ты — женщина? — схамил Любочкин. — Сомневаюсь я как-то.

А нечего на все отделение орать и человека позорить! Нет у него ни треников, ни пижамы. И даже сменных трусов, пардон, нет. Как взяли на улице, верхнее все отобрали, и лежит в том, что есть. А она — орать.

Не могут ему принести из дома. Не могут. Потому что дома у него нет. И еще нет того, кому может он позвонить. Вот тебе жизненный итог, Любочкин! Как прожил, то и имеешь. А стыдно ведь перед людьми... Кому сказать...

Вышел из душа, посидел на кровати — и решился. Храбрости — хоть отбавляй. Телефон в коридоре бесплатный. Народу никого — как специально.

Снял трубку, подумал и набрал по памяти — память у него всегда была отменная.

Трубку взяла бывшая — Светка.

— Кто? Любочкин? С какого ты света явился? В больнице? А мне-то какое дело? Пижама? Мочалка? Мыло? Да пошел ты, Любочкин, в лес погулять! Это с какой я-то стати? А где ты был все эти годы? Дочь твоя замужем, внуку два года. Ты хоть одним ухом про это слыхал? Рад? Ну и радуйся. И еще — лечи свою голову, ну, раз уж в больнице!

Отбой. Любочкин разозлился и снова набрал Светкин номер.

— Дочь позови! — жестко сказал он. — Дарью!

Светка тяжело вздохнула и крикнула:

— Дашка! Трубку возьми! Папаша твой объявился. Хренов.

Дочь долго не подходила, а потом он услышал недовольное:

— Алло!

— Даша, доченька, — залепетал растерянный Любочкин, — я вот... в больнице. Говорят, сердце. Ты не могла бы...

— Нет, — оборвала его дочь. — Не могла.

Помолчали с минуту.

— Ты ж моя дочь! — с обидой сказал Любочкин. — И что я тебе... Плохого?

— А хорошего? — жестко ответила Дарья. — Вот напрягусь — не припомню! Ладно, заканчивай. Ты меня не разжалобишь. — И со всхлипом добавила: — А ты? Ко мне в роддом пришел? Или вообще — пришел? Хоть когда? На выпускной? Или на день рождения? — Она снова всхлипнула и бросила трубку.

Любочкин сел на корточки и уставился на батарею, что стояла ровно напротив.

К автомату подошел мужик в махровом халате и с удивлением посмотрел на Любочкина. Любочкин встал и отошел к окну.

Мужик болтал долго, отвернувшись к стене и прикрывая трубку рукой.

Любочкин вдруг оживился и стал поглядывать на него с нетерпением и покрякивать — мол, сколько можно? Пользуются тем, что бесплатно!

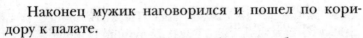

Наконец мужик наговорился и пошел по коридору к палате.

Любочкин схватил трубку и быстро набрал номер.

— Рая! — почему-то обрадовался он. — Рая, привет! Это я, Коля. Николай. Как ты там, Рая? Здорова?

Она начала что-то ему про себя, но он нетерпеливо ее перебил:

— А я вот в больнице, Рая. Говорят, неполадки с сердцем. Лежу тут... В гордом, можно сказать, одиночестве.

Жаловался Любочкин: не приходит никто. Треники принести некому.

— Может, подъедешь, а, Рай? Привезешь? С сердцем проблемы, — повторил он, — в кардиологии я!

Потом замолчал, растерянно слушая собеседницу, и сумел только вымолвить:

— Как при чем тут кардиология? Нет никакого сердца? Почему нет сердца? Что ты несешь? Какие обиды, Рая? Смертельные? Господи, ты щас о чем? Сволочь? Ну, ладно, как скажешь... И тебе не хворать... — тихо закончил он и положил трубку.

Снова присел на корточки и снова уставился на батарею. «Такие дела», — подумал он.

И добавил вслух:

— Хреновые...

Он уже пошел было к палате, как вдруг еще одна шальная мысль пришла ему в голову.

Он бросился к телефону и набрал номер Ольги Мелентьевой. Главной беды его жизни.

Трубку взял подросток со звонким, ломающимся голосом.

— Мам! — крикнул он в глубину квартиры. — Тебя! Какой-то мужик.

Он услышал ворчание Ольги и тут же ее недовольный голос:

— Кто? — переспросила она. — Любочкин, ты? Ну, и какого рожна? А, заболел! Ну, поправляйся! Приехать к тебе? Пижаму? Ты что, оборзел? Какая пижама, какое приехать? У меня своя жизнь, Любочкин. И ты не имеешь к ней ни малейшего отношения. Понял? Если по-человечески? Ты в психиатрическом, что ли?

Любочкин медленно положил тяжелую, мокрую от его вспотевших ладоней трубку и заплакал.

Первый день дома — в перерыв между сменами — Галина балдела: не надо вставать в пять утра, биться боками об углы, протирая сонные глаза и постоянно охая вслух. Вставала она тяжело — всегда, с первого класса. Потом она торопливо пила чай и вскрикивала, посмотрев на часы, — опять проковырялась, какая же она куконя!

Одним движением проводила кисточкой по ресницам, поспешно и неровно, мазнув помадой по губам, говорила:

— Достаточно. И так сойдет. — И грустно добавляла: — Да кому я нужна?

В прихожей, натягивая пальто или плащ, поглядывала на себя в зеркало. И опять тяжело вздыхала — полная, раскисшая тетка с плохо прокрашенными и отросшими светлыми волосами, морщинами под усталыми глазами и недовольно поджатыми, скорбными губами. Вечная печаль на лице, вечная озабоченность. Глаза потухшие, уголки губ опустились...

А ведь всего сорок пять! И где там про ягодку? Где? Помятая слива, подгнившее яблоко... Сморщенный апельсин.

Нет, первый день был хорош и спокоен — и снова мечталось о пенсии. Она валялась на диване, иногда проходилась по квартире с тряпкой в руках — и снова ложилась: а пошло все к чертям! Кому нужна вся эта чистота, этот порядок... Никому. И ей в том числе. Смотрела по телевизору все подряд — новости, сериалы, ток-шоу. Пила чай, грызла яблоко. К вечеру, покрякивая, вставала и шла на кухню. Открывала дверцу холодильника и долго смотрела внутрь. Сварить щи или гороховый? Да ну его, этот суп. Похлебаю в больнице. Сделать котлеты или рагу? А для кого? Для кого стараться? Неохота готовить. Совсем неохота. А раньше она любила. Когда с мамой жила и с сыном. Борщи варила, мясо тушила, блинчики пекла. Петька любил мясные, а мама творожные. Пельмени лепила, вареники. Капусту на зиму квасила — огромный трехведерный бак. Петька сидел рядом и выпрашивал кочерыжки. Варенье варила, огурцы закрывала, компоты. Всегда в воскресенье открывали компот — вишневый, сливовый, грушевый.

Густые у нее были компоты — мама говорила: «Компот что варенье». Петька разбавлял компот водой.

А сейчас... Кому, для чего... Ей — не надо. Она грустно вздохнула и вытащила из морозилки пельмени.

Поставила на плиту кастрюлю с водой и стала ждать — у окна. Во дворе гуляли мамки с колясками, на лавочке у подъезда сидели старушки.

Когда-то и она так — с маленьким Петькой, с соседками... Катали коляски по кругу — как лошади в цирке. А мама сидела на лавочке — сплетничала с подружками.

Ни Петьки, ни мамы... — одна. И будет вот есть сейчас свои пельмени и сглатывать слезы.

Нет, хорошо, что завтра еще один день, а потом на работу. И слава богу! Какая там пенсия — с ума на ней стрехнешься. Присесть со старушками рядом на лавочке? Обсуждать молодежь? И снова ползти к телевизору? Бр-р-р! Господи, какое же счастье, что есть работа. И она на хорошем счету. И с девочками у нее отношения чудные, и с руководством. И больные на нее не жалуются — Галя да Галя, Галина... А некоторые — Галюша или Галиночка.

Слава богу, что послезавтра туда. Встанет, не переломится. Доползет. Жаль, что больница так далеко. Ох, добираться! Потому и остается она ночевать — в ту ночь, что между сменами.

Поплакала, съела пельмени, полив их сметаной, и побрела в свою спальню. Счастье, между прочим. Кровать, ночничок, журнальчик рядом на тумбочке. Спите, Галина Михална! Спите и не грустите. И оглянитесь вокруг — вон сколько горя и сколько несчастий. В больнице небось работаете. Сами все видите. Так что не гневите Создателя. Помолитесь и спите. Приятного сна!

Квартира есть, денег на скромную жизнь хватает — вон, на мутон свой накопите, и будет вам счастье.

Работа есть, ноги носят. А что до женского счастья... так и тут вы не одна. Сколько женщин, ваших ровесниц. И помоложе. Куда моложе! И где оно, это женское счастье? Кто его видел?

Утром, на обходе, к Любочкину подошел лечащий врач.

— Как настроение? — поинтересовался он бодренько. — Как спалось-елось?

Любочкин глянул на него и отвернулся. Буркнул:

— Отлично. Так отлично, что жить не хочется...

— Что так? — совсем развеселился тот. — Какие-то проблемы?

— Лично у меня — никаких, — ответил Любочкин на его глупость. — Может, у вас?

Лечащий похлопал его по руке. Фамильярно похлопал, как дурачка.

— Все будет отлично, Николай... Анализы у вас неплохие, вот сейчас капельничку новую вам назначу, витаминчики продолжим, потом кардиограммку повторную забацаем — и по домам! Через недельку, дней десять...

— Бацайте, — хмыкнул Любочкин, — вам-то чего... А мне... Пофиг мне, что вы там «бацаете». По барабану, понятно?

Врач развел руками.

— Ну, так же нельзя! Надо с подъемом, с настроением надо! С позитивом и настроем, так сказать. На выздоровление!

— Ага, — буркнул Любочкин, — как прикажете. Щас поднимусь и гопак вам станцую!

Врач вздохнул, покачал головой и повернулся к соседу Любочкина.

Галя огромным половником помешивала в ведре горячий геркулес. Плюхнула ведро на тележку, туда же тазик с хлебом и миску с нарезанным кубиками сливочным маслом. Лоток с сыром, поднос с омлетом. Сглотнула слюну: кашу больничную — сладкую, густую — она любила. А еще и хлеб с маслом, горячее какао — ох, красота! Подумала: быстренько все разнесет, раздаст — и к себе, завтракать. Подойдут и девчонки-медсестры. За свежим хлебом — кашу они не едят, берегут фигуры. Правильно, молодость — куда кашей напихиваться! Они у себя, в сестринской, кофеек заварят, колбаски нарежут. Подойдет врач, Илья Матвеич, тот пожилой и к тому же язвенник. Кашу он никогда не пропускает. А заведующему, Вик-

тору Владимировичу, Галина сама отнесет — омлет, бутерброд с сыром, какао.

Он будет ее благодарить за заботу и очень стесняться. Человек он хороший и многодетный отец. Всем его жалко, а ей, Гале, жальче всех.

Знает, что дома позавтракать он не успеет — двух девчонок отвезти в школу, а пацана в детский сад.

Она толкнула дверь в палату и громко объявила:

— Мальчики, завтрак!

Все оживились и стали протягивать ей тарелки. Только Любочкин не повернулся — как вперился в стену, так и лежал.

Она подошла к его постели. Потрогала за плечо.

— Э, молодой человек! Просыпайтесь! Каша вот стынет, какао, омлет!

Любочкин повернулся и увидел ее — хорошую женщину и доброго человека.

Лицо его просветлело, и он сел на кровать.

Она улыбнулась ему, чуть зарумянилась и, оглянувшись, положила на хлеб два куска масла и два куска сыру.

— Ешь, — шепнула она, — сил набирайся!

Любочкин молча и растерянно кивнул и долго смотрел ей вслед, на уже закрытую дверь.

Потом спохватился, быстро съел кашу, которую категорически не ел никогда в жизни, проглотил квадратик омлета, два бутерброда и чашку уже остывшего какао.

И все это показалось ему таким вкусным, словно позавтракал он не в больнице, а в ресторане «Прага», к примеру, в котором не был, разумеется, никогда. За всю свою дурацкую и бестолковую жизнь. Не был, но слышал. Столичный все-таки житель.

Вошла медсестра со штативом.

— Капельница, Любочкин. Давайте руку! — строго сказала она.

Он живо протянул ей руку и хохотнул:

— С чем капельница, кудесница?

Шутку медсестра не подхватила, а посмотрела на него с осуждением.

— Со спиртом, больной. Устраивает?

— Лучше б с шампанским! — продолжал острить Любочкин.

Медсестра тяжело вздохнула и не ответила. Презирала, похоже.

На обед был гороховый суп и котлета с пюре. Галина ему улыбнулась и положила котлету побольше. И пюре шмякнула — от души.

— Киселю кому? Добавки? — спросила она, и все разом протянули стаканы.

Она подошла к Любочкину и налила ему первому. Он крякнул от удовольствия и дотронулся до ее руки.

— Спасибо! — мелодично и тихо почти пропел он. — Спасибо, Галинушка!

Галя вздрогнула, покраснела и быстро от него отвернулась.

А он, победно оглядев сопалатников, сытно крякнул и отвернулся к стене. Только вслух объявил:

— После сытного обеда, по закону Архимеда...

И — уснул. Чего ж не уснуть, если сыт, в тепле и вполне себе в хорошем настроении!

Вечером, после отбоя, он, обернувшись простыней, осторожно вышел в коридор и на цыпочках подошел к буфетной. Дверь была приоткрыта, но он постучал.

Галя сидела за столом и отгадывала кроссворд.

— Помощь нужна? — игриво спросил Любочкин. — Я в этом деле... Мастак.

Галина зарумянилась и кивнула.

Он присел напротив, подперев голову ладонями.

— Ну, что там у нас? В чем, как говорится, заминка?

— Слово из пяти букв... Не знаю, — честно призналась она.

Он почесал затылок.

— Так, значит....

Помолчали.

— Чаю... Хотите? — тихо спросила она. — С ватрушками.

— Дело! — важно кивнул Любочкин. — А слово это...

Она глянула в журнал, карандашом вписала слово и удивилась:

— Верно! А вы... Такой молодец!

Любочкин махнул рукой.

— Да что там. Кроссворд, великое дело!

— Ну, не скажите, — вздохнула она. — Говорят, что хорошо развивает память.

Потом они пили чай — сначала молча, стесняясь и все не решаясь начать беседу. А потом — понеслось. Вдруг она стала рассказывать про себя, про сына, про внучку и про сноху. Про огород и цветы, которые она так любит, — георгины, левкои, флоксы. Потом стали говорить про грибы, и обрадовались, что оба — заядлые грибники. Потом она вдруг вздохнула:

— Сто лет в лесу не была... Одной страшновато, а не с кем...

— Да сходим! — торопливо заверил Любочкин, небрежно махнув рукой.

Она вздрогнула от волнения, опять покраснела и вытянулась в струну, не решаясь переспросить или уточнить — а когда? Когда, собственно, сходим?

А он уже болтал про рыбалку, про дружка Ваську и «во-от таких сомов! В метр длиной. Веришь?»

Она верила. Кивала и верила. Всему верила — и про грибы, и про сомов.

Потом опять говорили — про маму, отца, про его родню. Она рассказывала что-то про маленького Петьку, а он про свою дочку Дашу, хвастаясь, что он уже дед и внука его зовут Дениской. Шикарный пацан. Умнейший!

Она подхватывала про внучку — красавица, умница.

— Вся, короче, в тебя, — хохотал Любочкин, — вылитая, короче!

А она опять краснела и говорила:

— Да ну, скажешь вот тоже! — А потом осторожно спросила: — Коля... Ты меня извини. Ради бога. Но что ты — в трусах? В простыне, в смысле? Без спортивного?

Он помолчал, а потом ответил:

— Честно сказать, неохота просить. Дашка, дочка, с малым. Он приболел чего-то. А бывшую... Неохота вот, понимаешь? Недобрая она, злая... Вредная, короче, дамочка.

Галя кивнула.

— И таких видали. Но ты... Не расстраивайся. Мало ли чего в жизни бывает... Наладится... может... — неуверенно добавила она.

Любочкин посмотрел на нее с интересом. Этаким мужским взглядом окинул ее. По лицу пробежался, по шее и по плечам. Притормозил на груди и вздохнул:

— Наладится. Может... И даже, — тут он помолчал, — скорее всего!

Утром, раздав завтрак, она побежала к метро. Там сбоку примостилась пара палаток со всяким рыночным барахлом. Она купила костюм спортивный. Китай. Синий с красными «генеральскими», как сказала продавщица, лампасами. Три пары носков, две — трусов и пару маек. Мыло и мыльницу, зубную щетку и пасту, два полотенца — поменьше и побольше. Тапочки домашние, велюровые, в клетку. Расческу, одеколон, гель для душа. Вдобавок — колбасы нарезанной полукопченой, полкило помидоров на веточке, три огурца свежих, две груши «Конференс» и килограмм винограда кишмиш. Без косточек.

Глянула на часы и ойкнула — через пятнадцать минут обед, а она... Все копается. Точно — куконя!

Следующий вечер они провели вместе. Опять пили чай, говорили за жизнь. Любочкин повторял, что «такого человека он не встречал никогда».

— Ни разу — за всю, Галя, долгую жизнь!

Она смущалась, не поднимала глаз и все говорила:

— Да ну! Пустяки какие, не о чем говорить.

— Есть о чем, — сурово и твердо возражал Любочкин, — очень даже есть! Ты мне, Галя, поверь.

В свои выходные она тосковала, кругами ходила по квартире и слушала пластинку любимой Пугачевой.

Потом спохватилась, забегала и поставила тесто на пирожки — с капустой, с картошкой, с повидлом.

«Принесу гостинец, — подумала, — вот обрадуется!»

А когда пришла на работу, узнала, что Любочкин выписался.

— Как? — тихо спросила она, и сердце ее словно остановилось.

— Так, — пожала плечом равнодушная медсестра, — а что ему тут валяться? Здоровый кобель, на нем воду возить!

— Здоровый? — ахнула Галя и возмутилась. — Какой он здоровый? Это... на тебе, Люда, надо воду возить!

Села у себя в буфетной и разревелась. Долго ревела, до самого обеда. Зашла санитарка Тамара и предложила развезти обед за нее.

— А ты отдыхай, Галочка! Что я, не справлюсь?

На третьи сутки после смены Галина побрела домой. Медленно шла к метро, загребая ногами осеннюю грязь. В вагоне закрыла глаза — смотреть на людей не хотелось. Тошнило просто от всех этих лиц.

Шла к своему подъезду, не поднимая головы. Думала: «Вот сейчас лягу, и на два дня. Вообще не поднимусь. И гори все огнем!»

Она поднялась в квартиру, включила свет и поставила пластинку. Пугачева пела так пронзительно, так душевно, что она опять расплакалась, плюхнувшись на стул в коридоре.

В дверь раздался звонок. Галина, чуть подумав, открыла. На пороге стоял Любочкин, и в руках у него был букет из белых гвоздик.

— Пустишь, хозяйка? — смущенно проговорил он и тут же шагнул в прихожую.

Она взяла из его рук цветы и продолжала стоять, замерев и глупо моргая глазами.

— Есть чего... поесть в доме? — строго спросил он. — Ну, из еды?

Она вздрогнула, словно очнулась, закивала головой и быстро затараторила:

— Пирожки есть — с картошкой, с капустой и сладкие. Полотенцем прикрыла — наверное, не зачерствели. И в холодильнике. Вот разогреем — и с чаем!

Он важно кивнул.

Она бросилась на кухню — разогревать пирожки и ставить чайник. Он прошелся по квартире, вышел на балкон, свесился вниз, оглядел двор.

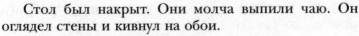

Стол был накрыт. Они молча выпили чаю. Он оглядел стены и кивнул на обои.

— Поменять надо, Галя! Несвежие!

Она сглотнула, кивнула и уставилась на него.

Потом пошли в комнату, где надрывалась от горя певица — «Без меня тебе, любимый мой, земля мала, как остров! Без меня тебе, любимый мой, лететь с одним крылом!»

Любочкин протянул к ней руки и привлек к себе. Галина побледнела и закрыла глаза. Певица уговаривала любимого ей поверить. Галине тоже очень хотелось поверить Любочкину. Она положила голову ему на плечо.

Они танцевали.

Валери
Тонг Куонг

Отрывок из романа «ПРОВИДЕНИЕ»

© Перевод Л. Ефимова

Валери
Тонг Куонг

Провидение

**Если вы думаете,
что одиноки,
вы ошибаетесь!**

Валери
Тонг Куонг

Провидение

Valérie Tong Cuong · Providence

Провидение

Эта книга — ода мужеству. Автор убежден: ничего не предопределено заранее, нужно идти до конца и верить в свою удачу.
Version Femina

www.eksmo.ru

Мое письмо.

Все, что мне осталось от тебя. Три слова и запятая: «Прости, и мужайся».

Я стиснула бумагу так сильно, что след на ладони остался до вечера.

Звуки в родильном зале стихли. Акушерка села рядом, взяла меня за руку, подыскивая слова.

Холодная вечность. Мои синие вены выпирают из-под кожи, колют мне глаза. «Прости, и мужайся». Почему запятая? Мужайся, Марилу. «Чудесный ребенок. Возьмите его на руки, мадам, осторожно прижмите к себе, это главное, кожа к коже, только это имеет значение, вы сами увидите, поймете, какой он сильный, прямо пышет здоровьем, настоящий маленький король роддома».

Найти силы. Представить себе, что однажды сумею жить без чувства, что я — всего лишь обломок самой себя. Найти силы лгать себе, сказать себе, что ты, Поло, самое главное в моей жизни, единственное существо, которое имеет значение: в конце концов, со временем это станет правдой.

А теперь — держаться.

Он забрал все свои вещи. Даже свое грязное белье унес с собой. Снял наши фотографии со стены. Вычистил умывальник и ванну, сменил простыни. От него не осталось даже волоска. В автомастерской ничего не знали, он никого не предупредил о своем уходе.

Я подурнела. Сразу же. Лицо осунулось. Кожа поблекла. Я красилась, чтобы обмануть людей, но никто не обманывался. Огорченные взгляды тех, кто попадался мне навстречу. Сочувствующие записочки в почтовом ящике.

Держаться.

Я пела колыбельные Поло, глотая успокаивающие таблетки, мы засыпали вместе в моей постели. Кожа к коже: сохранить это. В следующий месяц я решила переехать. Мы обосновались в другом предместье, с такими же серыми, покрытыми граффити домами, такими же супермаркетами, такими же крытыми автобусными остановками с растрескавшимися стеклами. И с такими же соседями, или почти, правда, тут все же было одно значительное преимущество: они ничего не знали о моем прошлом и плевать на него хотели. Поло я рассказывала, что его отец был альпинистом и исчез во время восхождения на северный склон Эвереста. Наверное, лучше было ему сказать, что он погиб, но у меня язык не повернулся. Ошибка.

— Если он исчез, значит, его могут найти.

— Знаешь, Поло, в последний раз, когда его видел один человек, это было на семи тысячах семистах метрах высоты, и погода ужасно испортилась.

— Тем более: если этот последний человек выжил, то разве и он не мог?

Как-то под вечер, около пяти часов (Поло тогда был в четвертом классе), мне позвонил школьный психолог. Дорогая мадам, поверьте, я сожалею, что

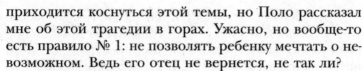

приходится коснуться этой темы, но Поло рассказал мне об этой трагедии в горах. Ужасно, но вообще-то есть правило № 1: не позволять ребенку мечтать о невозможном. Ведь его отец не вернется, не так ли?

— Нет, не вернется.

— Тогда придется сказать ему правду. Ваш Поло, мадам, воображает, что человеческое существо могло выжить и продержаться девять лет в какой-нибудь трещине. Что его отец, возможно, обнаружил параллельный мир. Что легенда о йети не лишена оснований. Хуже того: что глобальное потепление и таяние льдов могут подарить нам чудо. Простите, что говорю напрямик, дорогая мадам, но пора взять на себя ответственность.

В день его десятилетия я все ему рассказала. Поло ответил:

— Я так и думал.

Мы договорились, что больше не будем об этом упоминать, во всяком случае, не раньше, чем пройдет много времени, чтобы не причинять друг другу боль.

— Мама!

Он в дверях. Улыбается. Надеж держит его за плечо. На нем шорты и футболка, волосы взъерошены. На ней костюм в косую клетку с большой позолоченной брошью в виде цветка, а волосы подхвачены серым обручем: я ее едва узнала. Никогда не видела ее иначе как в свитере или в халате, с конским хвостом на затылке. Я попыталась пошутить:

— Я еще не умерла, тебе незачем было одеваться так торжественно.

Она насупилась, ища ответ, но опоздала: Поло бросился мне на шею.

— Ну как ты?

— Ничего серьезного, со мной все в порядке.

— Мамочка, ты, должно быть, испугалась...

Я стискиваю его в объятиях. И снова убеждаюсь, как хорошо и сладостно, что ты у меня есть, мой Поло. Время опять застывает и мое сердце отогревается.

— У вас славный мальчуган, — сказал мужчина рядом со мной.

— А вы тоже там были? — спросил Поло.

— О, нет, со мной все гораздо глупее, я свалился с велосипеда. С таким парнем, как ты, такое наверняка не случилось бы.

— Все это ужасно, — отрезала Надеж. — Сама теперь видишь, Марилу, как ты была права. У твоего босса рыльце-то оказалось в пушку. Иначе с чего бы его взорвали, а? — Она взяла меня за руку.

— Все-таки тебе чертовски повезло.

Захватывающе краткий итог моей жизни, но я согласна: тут есть над чем поразмыслить.

— Поло, сходи за моими вещами, пожалуйста, мне нужна моя сумка. И еще возьми бутылку воды в автомате.

— Иду, мам.

— День какой-то странный, — бросила Надеж задумчиво. — Хотя в гороскопах я ничего особенного не видела.

Поло уже возвращался, сгибаясь под тяжестью моей сумки.

— Там журналист хочет с тобой поговорить. Он с оператором.

— С ума сойти, — сказала Надеж. — Тебя покажут по телевизору!

— Меня бы это удивило. Я была в лифте и ничего не видела. Они не за тем охотятся.

— Вы шутите, — вмешался мужчина в костюме. — Вы же единственная, кто в состоянии говорить. Они

от вас не отстанут. Столько жертв: тут самое главное — интерес публики.

Я протянула ему таблетку и бутылку с водой.

— Это не очень сильное, но, может, станет легче.

— Спасибо, — сказал мужчина. — Уже ободряет, когда кто-то заботится о моем состоянии.

— Так что мне сказать журналисту, мам? — настаивал Поло. — Медсестра говорит, что тебе самой решать, чувствуешь ли ты себя способной.

— Скажи им, что я устала.

В этот момент в зал вошла помощница медсестры и направилась к женщине в инвалидном кресле.

— Врач сейчас вас осмотрит. Потом можете уйти.

— Не слишком-то вы торопились, — проворчала та. — Если бы я выставила счет больнице по моему часовому тарифу за все то время, что я тут прождала, это бы ее разорило.

Повернувшись к нам, она коротко кивнула на прощание, и помощница медсестры покатила ее к выходу.

Мужчина в костюме приподнялся на каталке, чтобы выпить таблетку.

— А чем, собственно, занималась ваша лавочка?

— Финансовое обеспечение компаний, покупка предприятий. Знаете, я была всего лишь секретаршей.

— Ассистенткой, — решила поправить меня Надеж. — Работала за четверых, а платили как стажерке. Классика жанра.

Поло вздрогнул. Я испепелила Надеж взглядом. Она съежилась.

— Нет ничего ценнее, чем хорошая секретарша, — сказал мужчина. — Труднее всего подобрать. Можешь гордиться своей мамой, Поло, — ты позволишь мне называть тебя по имени? Меня зовут Том.

Он говорил все медленнее, словно каждое слово требовало от него нового усилия.

— Том — это имя героя, — вдруг заявил категорично Поло.

— Вот как? — удивился мужчина. — Однако не вижу в нем ничего особенного. Интересно, что навело тебя на эту мысль.

— Том Джоуд, — ответил Поло, пожав плечами, словно речь шла о чем-то само собой разумевшемся.

— Том... как? — спросила Надеж, нахмурившись. — Я знаю Тома Круза, но этого что-то не припомню.

— Я тоже, — улыбнулся мужчина. — Это персонаж манги[1]? Какой-нибудь видеоигры? Баскетболист?

— Да нет же, — пробормотал Поло смущенно. — Это герой «Гроздьев гнева».

Мужчина аж подпрыгнул — «Гроздья гнева»? Сколько же тебе лет, Поло? Одиннадцать, двенадцать? И ты уже читаешь Стейнбека?

Я почувствовала, как мои легкие раздулись от гордости. Ну да, он читает, мой Поло. Стейнбека, Гюго, Бодлера, Рембо, Ромена Гари и кучу других, чьи имена я забыла. Каждый вечер, после отбоя. Делает вид, будто верит, что я не замечаю свет карманного фонарика под его одеялом, а я делаю вид, будто верю, что он мирно спит. По пятницам ходит в библиотеку и возвращается с двумя-тремя книгами, которые проглатывает за выходные. Он пытался и меня приохотить, но это не мой конек. Мне хватает своей собственной истории, у меня больше нет сил вникать в чужие.

Мужчина улыбнулся. Улыбка мягкая и при этом какая-то беззащитная.

---

[1] Японские комиксы.

— Знаете что? Этот ребенок...

Он не закончил фразу. Его лицо вдруг побледнело, голова запрокинулась назад, и он потерял сознание. Я не смогла сдержать вскрик.

— Не беспокойся, мама, — сказал Поло, словно взяв на себя ответственность. — Я схожу за кем-нибудь.

Привалившись к стене с несвежей покраской, Надеж таращила глаза.

— Вот черт, только бы он не помер на наших глазах!

— Ты была права, — заключила я. — Этот день и в самом деле странный.

Содержание

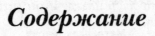

Литературно-художественное издание

ЗА ЧУЖИМИ ОКНАМИ
ПРОЗА М. МЕТЛИЦКОЙ И А. БОРИСОВОЙ

Метлицкая Мария

ВЕЧНЫЙ ЗАПАХ ФЛОКСОВ

Ответственный редактор *О. Аминова*
Ведущий редактор *Ю. Раутборт*
Младший редактор *А. Семенова*
Художественный редактор *П. Петров*
Технический редактор *О. Лёвкин*
Компьютерная верстка *Е. Зарубаева*
Корректор *Н. Овсяникова*

Иллюстрация на 1-й сторонке *П.Е. Петрова*

ООО «Издательство «Эксмо»
123308, Москва, ул. Зорге, д. 1. Тел. 8 (495) 411-68-86, 8 (495) 956-39-21.
Home page: **www.eksmo.ru**   E-mail: **info@eksmo.ru**

Өндіруші: «ЭКСМО» АҚБ Баспасы, 123308, Мәскеу, Ресей, Зорге көшесі, 1 үй.
Тел. 8 (495) 411-68-86, 8 (495) 956-39-21
Home page: www.eksmo.ru   E-mail: info@eksmo.ru.
Тауар белгісі: «Эксмо»
Қазақстан Республикасында дистрибьютор және өнім бойынша
арыз-талаптарды қабылдаушының
өкілі «РДЦ-Алматы» ЖШС, Алматы қ., Домбровский көш., 3«а», литер Б, офис 1.
Тел.: 8 (727) 2 51 59 89,90,91,92, факс: 8 (727) 251 58 12 вн. 107; E-mail: RDC-Almaty@eksmo.kz
Өнімнің жарамдылық мерзімі шектелмеген.
Сертификация туралы ақпарат сайтта: www.eksmo.ru/certification

Сведения о подтверждении соответствия издания
согласно законодательству РФ о техническом регулировании
можно получить по адресу: http://eksmo.ru/certification/

Өндірген мемлекет: Ресей
Сертификация қарастырылмаған

Подписано в печать 16.02.2015. Формат 84x108 $^1/_{32}$.
Гарнитура «NewBaskerville». Печать офсетная. Усл. печ. л. 16,8.
Тираж 35 000 экз. Заказ 1196.

Отпечатано с готовых файлов заказчика
в ОАО «Первая Образцовая типография»,
филиал «УЛЬЯНОВСКИЙ ДОМ ПЕЧАТИ»
432980, г. Ульяновск, ул. Гончарова, 14

ISBN 978-5-699-79484-3

9 785699 794843 >

16+

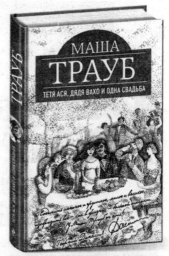

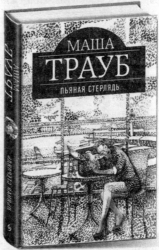

Соединить смешное и грустное, малое и великое, изобразить все как в жизни – большой талант. У Маши Трауб он есть!

Георгий ДАНЕЛИЯ

ГАРМОНИЯ ЖИЗНИ

РОМАНЫ ЛАРИСЫ РАЙТ

Вся жизнь Ларисы Райт связана с миром слов: по образованию она филолог, знает несколько языков, долгое время работала переводчиком. Романы Ларисы, с одной стороны, оригинальны и не похожи ни на какие другие, а с другой — продолжают традиции русской литературы, которой всегда был свойствен интерес к человеческой душе.

2013-201